U0109852

鄉愁
美學

—1949年大陸遷台作家的懷鄉文學

楊明・著

序

　　這本書是楊明女士在成都四川大學曹順慶教授指導下所完成的博士論文。如今兩岸雖尚未彼此承認對方的學位，但在此岸講學的大陸學人及在彼岸進修及完成學位的台灣研究生頗不乏人，可見政府的態度配合不上人民的需求，看來正式交換教師、學生及學位認證已經成為雙方學界的共同期待。

　　作為在台灣出生的遷台作家的第二代，楊明對這樣的一個主題可說是感觸良深。加以她本身是一位作家，又曾在台灣的媒體服務多年，由她來對此一主題進行探索研究，一方面具有蒐集資料、熟悉歷史過程的便利，另一方面也可因此為自己的長輩伸張正義。

　　「懷鄉文學」本來就是古今中外一大重要的文學主題，我國從《詩經》以降屢見懷念家鄉的詩文，古希臘的荷馬史詩，希伯來的《聖經》更開西方此種文類之先河。但是如論數量，台灣 50、60 年代書寫懷鄉篇章之多，參與的作家之眾，可謂空前。究其原因，1949 年國府撤退來台，同行的軍民人等足有百萬餘眾，如加上前後避禍而至者，則尤倍於此。這麼龐大的人口，並非自願離鄉背井，而係迫於不得已。自古逃避戰禍被迫離鄉者所在多有，但戰事一歇，即可返鄉。此次國共內戰大為不同，雙方糾纏了意識形態，勢同水火，自 1927 年後國民黨殺戮「共匪」絕不手軟，史稱「白色恐怖」；反之，共產黨之對待「反革命」也拋出更加厲害的「紅色恐怖」，是以 1949 年前後避禍來台的人目的是為了逃命，瞻望茫茫前途，已無返鄉之日，內心所遭受的煎熬可想而知。懷鄉書寫的作

者，有的來台前已是知名作家，更多來台後因現實情況的刺激而成為作家，故人數如此眾多；當日除宣傳「反共」的主題外，「懷鄉」的主題無法不成為這些心存隱痛的人無所選擇的自然流露。

兩岸的文評家、文史家常將反共與懷鄉連稱謂「反共懷鄉文學」，認為是言不由衷的宣傳文字，而加以貶抑。其實不然，反共文學中固然常有懷鄉之思，但更多的懷鄉文學純出於人類心靈的自然流露，與政治無涉也。這正是楊明的論文努力加以辯證之處。

一般文論中所稱的「離散」、「漂流」、「放逐」、「移民」等文學主題，其實內涵都不外懷鄉，因而此一主題早已形成文學中之大宗，不容加以忽視。惟今日所見大陸的現當代文學史，或無視「台灣文學」，或將其吊在車尾、列為附錄，予以邊緣化；台灣所謂本土的文評家，也常無視外省籍作家的作品存在，同樣加以邊緣化，以致遷台作家懷鄉書寫的一大主題，不論其重要性及文學上的成就如何，竟流為「邊緣中的邊緣」，對這些 1949 年從大陸遷台的作家實不公允。這也是楊明在論文中努力加以辯證的另一重點。

時至今日，隨著心存怨怒的強人凋謝，不論白色的還是紅色的恐怖都已煙消雲散，原來的宿敵也可成為把酒言歡的事業伙伴，證明在歷史的演進中理性總會獲得最後的勝利。回首前塵往事，那些同胞之間無謂的血腥殺伐，只令人覺得荒謬、愚蠢，猶如噩夢一場。兩岸今日雖尚待進一步的溝通與瞭解，但返鄉已不再是難以企及之夢，懷鄉也不再是揪心的煎熬，懷鄉文學自然也就不再流行了。

楊明恰在此時完成了對早期遷台作家的懷鄉文學研究，幸而為時不久，多半作者尚在人間，必要時可以登門採訪，也可由當事人釋疑，容易獲得可信的成果。她的論述在中西有關理論的燭照下，架構相當龐大，舉凡與懷鄉有關的子題無所不包，也幾乎囊括了兩

代遷台的外省籍作家，在此一領域實有闢疆之功，當然其中個別作品，猶待來者繼續細加鑽研。

馬森

2009/09/01

序

2000 年，我應邀到台灣佛光大學講學，當時楊明是文學研究所的碩士生，她一邊在報社擔任記者，一邊讀書，同時繼續創作，身兼三重身份，雖然辛苦，但是對於文學的熱情，使得她甘之如飴。畢業後，她希望繼續深造，於是我建議她可以報考四川大學，2003 年她正式成為四川大學的博士生，從事中國現當代文學的研究，由於她本身也從事創作，對於文學研究她具有更細膩的體察，也因為她身為台灣所謂外省人第二代，她對於 1949 年自大陸遷台作家的作品特別關注，有心展開研究。

1949 年因為中國政治環境的改變，造成中國境內人們大規模的遷移，一批作家遷移到了台灣，這對中國當代文學的發展產生了關鍵性的影響，因為任何一種文學作品的形成，和作者所處的時代背景以及地域環境都有著密切關係，而作家本身的遷移會在作品中反映出些什麼？尤其是一批由大陸移居台灣的作家，在他們的作品中書寫出的懷鄉之思，是她寫作本書時所欲探討的。楊明因其個人的成長背景，對於此一主題有特別深入的體悟，也使得這一本書有著深一層的意義。

楊明是我所指導的台灣學生中第一個獲得博士學位的，如今她任教於杭州浙江傳媒學院語言文學系。她一直希望能為兩岸的文學交流盡一點力，也希望能將台灣文學介紹給更多人。現在兩岸關係可以說是 1949 年後最為和諧的一個階段，未來兩岸文學界一定會有更密切的交流，中國大陸對於台灣文學的研究相信也會有更多投入。

　　本書的出版將使得這一領域更加豐富，而這豐富的成績不僅在
文學研究的領域，也必將在情感世界！是為序。

曹順慶

2009-6-3 於北京師範大學

目　次

第一章　懷鄉路漫漫

一、1949 年大陸遷台作家的懷鄉之思

　　由於時局變異造成的遷移，所帶來的懷鄉情結，一直是文學創作的一項重要主題，也是一項強而有力的創作動機，利普斯提出：「對於原始的人來說，家的基本概念，不是可避風雨和遮蓋家庭過夜的較長久的或較臨時性的建築，而是部落的土地整體。……土地才是他們的家。」[1]中國人一向對於生長的土地有濃厚的情感，除非是有重大因素，不願意輕易離開家鄉，然而在數千年的歷史中，卻有多次因為戰爭造成不得已的遷徙，這使得「懷鄉文學」成為中國文學中一項重要的類別。

　　《詩經》中的：「豈不懷歸？畏此罪罟。」（見小雅‧小明），以及「豈不懷歸？是作用歌，將母來念。」（見小雅‧四牡）都是懷鄉之作，可見懷鄉文學在中國發展之早。東晉時，北國失守，南朝在不得已的情況下，只能大規模遷徙偏安一隅，南遷士卒的心情悲淒無奈，懷鄉之情反映在謝靈運、謝朓、江淹等人的作品中，懷鄉之中，又還包含著對於國家前途的憂思。懷鄉的作品在中國文學中還有許多，像是杜甫的《孤雁》：「誰憐一片影，相失萬重雲。望盡似猶見，哀多尤更聞。」朱淑貞的《悶懷》：「我無雲翼飛歸去，杜宇能飛卻不歸。」岑參的《逢入京使》：「故園東望路漫漫，雙袖

---

[1]　利普斯，《事物的起源》，四川民族出版社，1982 年版，頁 2。

1

龍鍾淚不乾。馬上相逢無紙筆，憑君傳語報平安。」寫的都是懷鄉之情。

　　王立將中國文學分成十項主題，而懷鄉即是其中一項很重要的主題，他認為：「思鄉，不光是懷念故國父母家園等實體，更重要的是人類群體生活意識、經驗強烈而頑強的表現；它是人要以歸依誠信方式實現自我與社會要求的努力。」[2]而懷鄉其實是一種極為複雜的情緒，它緊緊扣著時代的脈動，反映出社會的變化，因此懷鄉的內容相對豐富了起來，他進一步指出：「思鄉主題還拓展了中國文學的表情層次。鄉情本身及主題系統特有的美感包容力，使得諸如離別、相思、失意、懷古、思古等人生豐富複雜的勃鬱之忱，都可以融入思鄉情懷中吐露。」[3]

　　《漢書·元帝紀》中有這樣幾句話：「漢人安土重遷，黎民之性；骨肉相附，人情所願也。」由此可知，離鄉是中國人所不願發生的，因為不得已的因素而離鄉，也因為並非出於自己主動的追求，懷鄉之情就更為深重無奈了。作家們因為懷鄉情結，離開家鄉之後自然對於故鄉的種種進行文學書寫，這些類型的作品往往在其文學生命中佔了極大的比例，具有重要的代表性。1949 年中國大陸解放，國民黨政府遷台，隨著國民政府遷至台灣的人民，來自國內各地，不同省籍的人居住在這一座面積不大的小島上，彼此不同的生活習俗和價值觀念互相撞擊，尤其離開家鄉並非出於個人生涯計畫，而是政治因素導致時局大規模變異，突然來到地理環境和語

2　王立，《中國古代文學十大主題——原型與流變》，文史哲出版社，1994 年出版，台北，頁 249。
3　王立，《中國古代文學十大主題——原型與流變》，文史哲出版社，1994 年出版，台北，頁 255。

2

言文化與家鄉迥異的台灣，許多作家在初抵台灣的十餘年間，作品主題仍以故鄉為主。

此外，軍中作家在台灣也是一個特殊現象，台灣 60 年代展露頭角的作家中，有部分是隨著國民黨的軍隊來到台灣的，1949 年離開大陸時，他們都還十分年輕，包括朱西甯、司馬中原、洛夫、商禽、梅新、楚戈、羊令野、向明、管管和辛鬱等多人。作家張騰蛟在討論台灣「軍中文藝」的現象時分析：「一個六百萬人的島嶼上，一下子就擠進了六十多萬個手執干戈的人，那是一個經濟蕭條、百廢待舉的年代，也是一個有著高度戰爭威脅的年代，因此在這塊充滿不確定感的土地上，人們的日子都是用驚恐與苦悶撐起來的。」[4]有家的人，家庭還可以提供一些穩定的力量，但是對於這些甫從大陸遷台，在台灣沒有家、沒有親人的軍人，要依靠什麼來堅定信念呢？張騰蛟指出這些離鄉背井的年輕軍人「在嚴格的管理和辛勤的操練下，難免會產生孤獨、思鄉、憂鬱甚至悲觀的情緒。這對士氣是有影響的，對戰力是有折損的，因此軍事當局和高層的領導者，以及具有文化水準的幕僚群，便為這個嚴肅的問題尋找答案，後來終於找到了，這個答案的名字叫做《文藝》。」[5]於是在 1950 至 1964 年這一段時間，台灣的軍中除了舉辦各種話劇、歌舞、繪畫等文藝活動，還設立了軍中文藝獎，並且發行軍中刊物。

1954 年創設的軍中文藝獎，一開始的項目為小說、散文、歌詞和獨幕劇本，1958 年時調整為革命理論、文藝創作、戲劇、美術和音樂，張拓蕪、瘂弦、李明和向明等人，都曾在此時獲過獎。

---

[4] 〈筆與槍結合的年代──簡述軍中文藝及文藝刊物之興起與發展〉，張騰蛟，收錄於《文訊雜誌》213 期，2003 年 7 月，頁 35。

[5] 〈筆與槍結合的年代──簡述軍中文藝及文藝刊物之興起與發展〉，張騰蛟，收錄於《文訊雜誌》213 期，2003 年 7 月，頁 35。

1965 年後，軍中文藝獎改為國軍文藝金像獎，此時獎項更為多樣，分成小說類：長篇小說、中篇小說和短篇小說；詩歌類：史詩和朗誦詩；劇本類：電影、多幕劇和獨幕劇；音樂類：合唱曲、歌謠和軍歌；美術類：連環圖畫和宣傳畫等一共五類十三項，國軍文藝金像獎持續舉辦，早年獲獎的作家被歸類為軍中作家，但是後來獲獎的如趙衛民、汪啟疆、碧果、履彊（本名蘇進強）、小野（本名李遠）、吳鳴（本名彭明輝）、塗靜怡和蘇偉貞等獲獎作家，就未再被貼上軍中作家的標籤，其間蘊含的政治意含不言而喻。

在軍中刊物方面，包括《青年戰士報》（現改為青年日報）、《勝利之光》、《國魂》和《軍中文藝》等，這些報紙和雜誌的創辦是為了提高軍中的閱讀風氣，增加官兵們發表的園地，以鼓勵創作風氣能在軍中紮根。其中《青年戰士報》的副刊除了成為軍中讀物之外，其實也提供了台灣許多年輕作家發表文學作品的園地。

不可否認，文學副刊與文學雜誌都對於文學創作有相當程度的推廣作用及影響，台灣在 50、60 年代，除了軍中所創辦的文藝雜誌，還有民間辦的文藝雜誌，其影響層面也是有一定的廣度，如穆中南所辦的《文壇》、平鑫濤所辦的《皇冠》、覃子豪辦的《藍星詩刊》、洛夫和張默辦的《創世紀詩刊》、夏濟安辦的《文學雜誌》、蕭孟能辦的《文星雜誌》等，都對台灣當時文藝風氣的提昇有相當程度正面的影響。

其他遷台作家中較具代表性的還有梁實秋、覃子豪、紀弦、張籟涵、郭良蕙、姜貴、楊念慈、端木方、田原、王藍、白先勇、余光中、琦君、張秀亞、小民、王鼎君、張曉風、羅蘭、席慕蓉、潘人木、孟瑤、劉枋、郭嗣汾、高陽、南郭、南宮博、瓊瑤、蓉子、鹿橋和馬森等多人。

　　文學作品的形成和作者所身處的時代背景以及地域背景都有著密不可分的關係，同一個時代與同一個區域的作家風格如何形成？與其他不同地域的作家又有和差異，其中所受的影響有哪些？創造的影響又有哪些？作家的遷移在作品中會反映出些什麼？是本篇論文所欲探討的，1949 年因為政治環境的變遷，造成中國境內人們大規模的遷移，對中國當代文學的發展出現了關鍵性的差異，1949 年之後，台灣地區與中國大陸地區的文學作品風格與主題都不盡相同。

　　中國現當代文學的發展，自民國初年以降，受西方文學影甚鉅，而這影響又可分成兩個階段，馬森先生曾針對此一現象提出所謂二度西潮的影響，中國文學所受到的第一度西潮影響，是在 20 年代開始，受到寫實主義的影響，當時的文學反映出所處時代的社會問題，建構出具有史學價值的長篇巨著，而此一影響也由 1949 年遷台的作家們帶入台灣文壇，直接影響台灣現代文學的發展。而第二度西潮的影響則是在 60 年代，受西方現代主義以及接下來後現代主義的影響，小說家們在作品中進行不同嘗試，探究生命的本質，不同於之前寫實主義的風格，而現代詩人們的作品中更可以見到現代主義和後現代主義的影響，此一階段的台灣明顯受到西方思潮的波動，由於 60 年代台灣和中國大陸之間文學交流阻絕，因此兩岸文學發展也有不同的走向，這也使得 60 年代的台灣文學呈現出完全不同於中國大陸文學的風格。（其後，在 80 年代，中國大陸文學也明顯受到西方思潮的影響。）

　　1949 年自中國大陸遷台的作家們，他們出生在中國，成長於戰亂中的顛沛流離，最後落腳於台灣的作家們，有些在來台之前已有作品發表，有些則是在來台之後，才開始從事寫作，他們共同擁有的故鄉記憶、流離飄蕩的年輕歲月以及第二故鄉台灣（他們在第

二故鄉台灣生活的歲月遠超過出生成長的故鄉，但是故鄉對於他們文學生命的影響卻相當巨大，甚至超過台灣。）他們的作品中究竟呈現出什麼樣的情感？

　　1949 年由大陸來台之作家，因其家鄉與台灣不盡相同之風土人情、生活習俗和戰亂中流離之經驗，也都反映在作品之中，不但形成其作品的重要特色，台灣文壇也因為有了更多來自不同地域的寫作者，發展更為豐富和蓬勃，他們的寫作成就成為台灣文壇的成績，對於後來投身文學的寫作者更有相當程度之影響，文學世界需要各種不同題材來充實，不同背景之作家能提供不同的觀點，並在此觀點之下創造出不同風格的文學作品。

　　在前述作家中，多位作家的作品受到肯定，前述作家的文學成就在各種文學領域中皆有值得稱述之處，小說領域中的姜貴、楊念慈、朱西甯、司馬中原、張薇涵、郭良蕙、白先勇等，散文領域中的梁實秋、張秀亞、琦君、王鼎鈞、羅蘭、梁實秋、小民等，現代詩領域中的洛夫、辛鬱、余光中、席慕蓉、梅新和商禽等，皆有其獨到之處。然而，作家的遷移，不僅是生活環境的轉變，也是文學生命的移植，尤其是像 1949 年因為政治環境的變遷，造成大規模的遷移，來自中國大陸的作家們因為時局不得不和其母株割離，離開原本滋養他們，甚至提供他們寫作素材的故鄉，來到風土人情和故鄉不盡相同的台灣，他們如何在這塊土地上安身立命，重新開始寫作？他們寫作的題材有哪些？是故鄉的情事人物？還是在台灣發展的新生活？由於這批所謂外省籍作家的湧入，對台灣文壇又有著什麼樣的影響？1949 年來台之外省籍作家生平的共同部分是於1949 年來到台灣，在此一共同的背景之下，來台前的成長與來台後的發展卻是不同的，這些相同處與不同處對於他們的作品又將產生什麼樣的影響？

　　在台灣，近年許多學校紛紛成立台灣文學研究所，此一趨勢的形成，其背後有其政治上的考量，在執政者（李登輝與其後的陳水扁）推動本土化的政策下，學校教育刻意淡化中國的部分，不僅是文學領域，歷史領域和地理領域也同樣明顯的減低了中國的比重，而在本土化趨勢的影響之下，所謂的台灣當代文學也開始有意忽略1949 年遷台之作家，而將重點放在諸如楊逵、鍾肇政、葉石濤、李喬、黃春明等台籍作家的作品。

　　致力於台灣文學史寫作的陳芳明認為：「曾經穿越過殖民地經驗的台灣文學，在曲折複雜的歷史巨流沖刷之下，已經不可能像一般非殖民地社會的文學那樣獲得較冷靜的回應與評價。」[6]陳芳明的此一體認，讓他相信台灣文學史的寫作，勢必無法擺脫強烈的政治意義，文學評論者在閱讀台灣文學史之時，也期待著作者要選擇一種正確的政治立場，陳芳明將此一情形稱為「後殖民的歷史現象」。如果寫作台灣文學史勢必包含了政治意識，寫作者的立場就難免會對於其所撰寫文學史中選擇的對象、引導的方向、陳述的方式以及做出的褒貶，有絕對性的影響，如何給予文學作品一個客觀的對待，公平的機會，是否只有等待政治力的介入消退，才有可能完成？

　　陳芳明認為台灣過去大學中的中文系教育，將台灣文學放入中國現代文學或當代文學的名目之下，是一種悲哀的現象，台灣文學史應該是一門獨立的學科。然而，此種認知是否又會產生一種被壓抑之後，刻意膨脹某一部份，並借此忽視另一部份的傾向情形呢？

---

[6]　陳芳明，〈我的台灣文學史書寫〉，《文訊雜誌》222 期，2004 年 4 月，頁 12。

　　細究起來，台灣文學作為一門獨立學科，除了現行以華文寫作的文學作品之外，還應該含括更早的原住民口傳文學，以及荷蘭和日本佔據台灣時期的殖民地文學，其中有不少以日文寫作的文學作品。但是原住民文學和以非華文寫作的殖民文學不是本書要討論的，暫且不提，在華文寫作的作品中，我們是否應該以更宏觀的角度來看待。旅居美國並任教於南加大的張錯，他成長於澳門，不過，大多數的作品在台灣發表和出版，因其自身的經驗和多年的觀察，他主張「華文文學區域的界定，應以語言劃分，而非以國界劃分，如此就可以避免許多無謂意識型態的爭執衝突。」[7]

　　台灣第一代外省籍作家的作品在台灣當代文學領域中被刻意邊緣化，在中國當代文學領域中亦受到忽視，因此相關研究有限，其價值也未能得到應有的重視。過去，在台灣當代文學的研究領域中，對於懷鄉文學一直缺乏完整且有系統的研究，比較常見到的是針對個人作品的研究，例如：焦桐：《台灣心和中國結──余光中詩作裡的鄉愁》，鍾怡雯：《我在／不在中國──張曉風散文中的中國鄉愁》，余昭玟：《沈光文與台灣的懷鄉文學》，楊政源：《朱西甯懷鄉小說中的人物探討》，蔡癸欄：《余光中的鄉愁與回歸》，王基倫：《余光中《青銅一夢》的鄉愁意義》，陳姿風：《林海音及其作品研究》，江衍宜：《細述衷情──朱西甯小說研究》，張林淑娟：《琦君橘子紅了敘事美學研究》，陳良真：《潘人木小說研究》等。或是片面性的研究，例如：鄭明娳：《從懷鄉到返鄉──台灣現代散文中的大陸意識》，王靖豐：《鄉愁與記憶的修辭──台灣鄉愁詩的轉變》，鍾怡雯：《故土與古土──論台灣返鄉散文》，余崇生：《從鄉

---

[7] 　張錯，〈文學獎的爭議與執行──世界華文文學領域探討與展望〉，同上註，
　　頁 6。

愁到現實——略論台灣現代散文風格的變遷》，蔡其昌：《戰後台灣文學發展與國家角色》，鄭雅文：《戰後台灣女性成長小說研究：從反共文學到鄉土文學》，張詩宜：《反共文學之外的另類書寫——以五、六〇年代的三位女作家為分析對象》，黃玉蘭：《台灣五〇年代長篇小說的禁制與想像——以文化清潔運動與禁書為探討主軸》。

　　兩岸恢復交流之初，大陸部分出版社以台灣作家的懷鄉寫作為主題，出版了相關作品集，包括巴楚編的《台灣愛國懷鄉詩詞選》（北京時事出版社），海東生編的《台灣懷鄉思親詩詞選》（上海人民出版社），鬱新林編的《懷鄉思親集：台灣作家散文集》（江蘇文藝出版社），海生編的《懷鄉‧念親‧思歸：去台人員詩文選》（福州海峽文藝出版社），王曉祥和張盛榮編的《古今懷鄉思親詩詞選》（北京中國人民大學出版社），《遊子吟：台灣同胞懷鄉思親文選》（北京出版社），季仲編的《台灣鄉愁散文選萃》（福州海峽文藝出版社）。

　　在中國文學的研究範疇裡，可以見到一些採取主題學研究的論述，例如對於古典文學進行研究的有王立的《中國古代文學十大主題—原型與流變》，對於現當代文學進行研究的有劉忠的《20世紀中國文學主題研究》。專門針對中國大陸內戰後遷徙台灣的作家的懷鄉書寫的研究，則依然很缺乏，遠較於對女性主題、鄉土主題、民歌主題等進行的研究來得少，當然有部分研究討論台灣當代文學中的鄉愁，例如台灣學者焦桐近年從事現代詩中的鄉愁研究，鍾怡雯關注台灣的懷鄉散文書寫，但是全面概括性的對大陸遷台作家的懷鄉文學進行研究，仍然是有所欠缺的。

　　由於過去對於國民黨遷台後的懷鄉文學寫作，缺乏完整的且有系統的論述，即使偶見相關論述，均嫌零散片面，有感海峽兩岸來往日益頻繁，因政治而產生的隔絕逐漸消減，在此時回顧梳理台灣

在過去五十年間累積的懷鄉文學寫作，不但有其歷史性的意義，同時還希望可彌補中國現當代文學研究在台灣文學領域中的不足之處。

不同時期，文學有其不同的風潮，在中國當代文學史中，從包括趙樹理的《小二黑結婚》、杜鵬程的《保衛延安》、吳強的《紅日》、梁斌的《紅旗譜》、曲波的《林海雪原》、羅廣斌和楊益言的《紅岩》等作品的工農兵文學，到包括鄭義的《遠村》和《老井》、張承志的《北方的河》和《黑駿馬》、箚西達瓦的《西藏：隱祕的歲月》和《西藏，繫在皮繩扣上的魂》、賈平凹的《商州系列》、阿城的《棋王》、《樹王》和《孩子王》、韓少村的《爸爸爸》和《女女女》、王安憶的《小鮑莊》、李銳的《厚土系列》、莫言的《紅高粱系列》和張煒的《古船》等作品的尋根文學，不難發現不同時期的作家有其不同的關注主題，是有其形成背景和環境的。

劉忠指出：「到了 80 年代後期，作家主體的政治激情有所淡化，由顯性轉向了隱性，由直白走向了審美。《皖南事變》、《長城萬裏圖》的作者黎汝清和周而復以現實主義原則為創作主旨，力圖客觀地再現歷史原貌，確立戰爭歷程和人物事件的敘事價值，但『隱性化』的敘事追求同樣沒有擺脫政治激情的浸染，只不過，這裡的話語表述有所淡化，即在新的社會政治背景下重寫歷史，重新確立歷史的延續性與合理性。」[8]這一段話是客觀陳述 80 年代的環境不同於 60 年代，作家寫作自然也受到環境中不同氣氛的影響，所以他也表示：「今天，當我們重新審視這些革命英雄形象的時候，應以歷史的眼光肯定其存在的審美價值和社會意義，而不能以所謂純

---

[8]　見劉忠，《20 世紀中國文學主題研究》，社會科學文獻出版社，北京，2006年，頁 195。

『人性』標準將其歸為政治畸形化產物，更不能把他們與『文化大革命』期間的文攻武鬥混為一談，否定其存在的合理性。」[9]文學作品和其創作時的現實環境與歷史背景，以及作家個人的主觀情感，相互之間有著相當程度的關係，不論所研究的文學主題為何？都不能夠忽略掉上述這些因素。

　　1949 年遷台作家們家鄉與台灣不同的風土人情，以及戰亂中流離顛沛的深刻經驗，都反映在作品中，不但形成其作品的重要特色，也為台灣文壇注入更多生命力，使之發展的面相更為豐富和蓬勃，文學領域需要各種不同的題材來充實，作家們依其不同的成長背景，能提供不同的觀點，並在此觀點之下創造出不同風格的文學作品。

二、時代變革下懷鄉書寫的位置

　　在討論 1949 年遷台作家的懷鄉文學書寫時，顯而易見所論述的作品都和作者的自身經驗有相當程度的關係，這些作品的內容有強烈的時間和地域色彩，甚至有著絕對的個人情感價值，如果在討論這些作品時，只論其文學藝術性，而不兼及形成的歷史背景，所能領略的動人之處也勢必大打折扣。朱光潛指出：「從一方面說，藝術生於直覺，直覺的對象全在形相本身，與實際人生無涉，所以欣賞作品和瞭解作者的生平是兩件不相同的事。從另一方面說，藝術是情感的表現，與生活經驗息息相關，則欣賞作品又不能不瞭解作者生平的遭際。……瞭解和欣賞雖是兩回事，但是二者不可缺

---

[9]　同上註，頁 131。

11

一,瞭解是欣賞的預備,欣賞是瞭解的成熟。只就欣賞說,作者的史蹟是題外事;但就瞭解說,作者的史蹟卻非常重要。」[10]

所以,在閱讀 1949 年遷台之外省籍作家的懷鄉作品時,自然要對國共間的矛盾衝突有所瞭解,這些矛盾衝突終將成為歷史的一頁,逐漸成為過去,但是文學作品卻留了下來,盧卡契在《小說理論》一書中明白的指出,嚴格地說,史詩中的英雄人物從來都不是單獨的個體,史詩的主題也不是個人的命運,而是某一個時代中群體的命運。[11]1949 年的國共戰爭,造成來自中國各省大規模的人口遷徙,海峽兩岸的隔絕長達四十年,這四十年在歷史的洪流中,只是短短一頁,在人的一生中,卻可能是最重要的歲月,從此人生改寫,有著截然不同的命運。

因此,1949 年遷台作家的懷鄉作品,除了其中蘊含的文學價值外,也反映出當時流離失所的外省族群的思維,以及紀錄外省籍人士在台的生活情形,這些涵蓋歷史意義的價值,也是後人在研讀時所不該忽略,或因為政治因素而刻意遺漏的。芒卓斯曾經提出,文學的社會生產不僅意味著它本身是被社會化地生產出來,而且也意味著它是具備社會生產功能的。[12]文學紀錄人生反映情感,也因而和當時的社會緊密結合,人類的情感是跨越時空依然存在,依然感動人心的,這也就是文學作品之所以能夠流傳的原因,我們今天讀唐朝詩人杜甫所寫的:「戍鼓斷人行,邊秋一雁聲。露從今夜白,月是故鄉明。有弟皆分散,無家問死生。寄書常不達,況乃未休兵。」

---

[10] 朱光潛,《文藝心理學》,台灣開明書店,台北,1978 年重刊 14 版,頁 82-83。

[11] Georg Lukacs, The Theory of the Novel: A Historico-Philosophical Essays on the Froms of Great Epic Literature, P66, Anna Bostock (Cambridge, Massachusetts: MIT press, 1990.

[12] Louis Althusser, Professing the Renaissance: The Poetics and Politics of Culutre, P12, San Diego: Harvest/HBJ Book, 1963.

依然可以感受到字裡行間濃濃的思親之情，就是因為不論時代怎麼變，但是人同此心，心同此理，有感情為基礎的文學作品，經過時間的淘洗，依然動人心弦。

不可否認的，造成 1949 年國民黨政府遷台的原因和政治脫不了關係，我們應該如何看待 1949 年之後的二十年，甚至三十年的文學作品，試圖將政治抽離，還是以當時的政治情勢作為閱讀背景？如果將政治因素完全摒除，可不可能在理解上出現不足或偏差？反之，如果將政治因素納入日後文學史的編寫論評，又可能因為立場和選擇的角度，無法公平對待，而刻意忽略遷台作家懷鄉寫作中的部分作品。

台灣在 80 年代之後，強烈主張本土意識，文學作品的寫作應以台灣為背景，1949 年遷台作家描寫故鄉的作品被刻意摒除在台灣文學的範疇之外，自詡一生為文學而努力的台灣作家葉石濤（曾任台灣總統府資政），在寫作《台灣文學入門》一書時，願意以寬廣的胸襟接納居住在台灣的日籍作家，以及以日文寫作的台籍作家，卻不願意接受 1949 年隨國民政府來台的外省作家，尤其是這一批作家中有不少是來自軍中，因為隨國民黨政府來台的人口中，本來軍人就佔了相當大的比例，葉石濤認為：「軍中作家的作品其實和軍隊無關，也沒有什麼戰鬥性，大多取材於中國，懷鄉情緒濃烈，脫離台灣現實，是很不可思議的文學。」[13]葉石濤對於遷台作家懷鄉感到「不可思議」，但是對於 1937 年日本總督府禁止台灣人以漢文寫作，只能以日文寫作，卻沒有任何意見，並且以日籍作家為師，他指出：「決戰時期的《文藝台灣》（日籍作家西川滿在台灣創辦的文學期刊）逐漸加強戰時體制，進行皇民化運動，……我在

---

[13] 葉石濤，《台灣文學入門》，春暉出版社，高雄，1997 年，頁 114。

《文藝台灣》發表過兩篇日文小說〈林君寄來的信〉及〈春怨〉，也擔任過短暫的編務工作，算起來西川滿是嘉惠我很多的文學老師。」[14]由此可以看出，部分台籍人士在祖國認同上傾向日本，而不認同和其祖先來自同一地的中國籍人士。令人費解的是，離開中國後定居在美國的張愛玲，其寫作小說的背景也是以中國為主要場景，卻又被納入了台灣文學。

究竟台灣文學該如何界定，才能忠於歷史原貌，刻意的去中國化，只是窄化了台灣文化的內涵。1949 年遷台作家的作品中，部分主題包含了反共思想，這是可以理解的，因為當時遷台的外省籍人士不得已離開家鄉，流離異鄉的歲月，思及家鄉種種，骨肉親情讓他們對於個人無法對抗的政治情勢感到無奈，傷懷中凝聚的力量便轉化成為反共思潮，他們的主張因為當時的時代孕育產生，原本是可以理解的，但是在政治力量的影響之下，80 年代後，不論是台灣的文學評論者還是大陸的，均刻意將之視為反共八股，刻意摒除其存在的事實，完全不考慮其中的文學價值，以及作家們寫作時的特殊背景。王德威認為：「在海峽兩岸交流日趨頻繁，在統獨爭辯方興未艾的今天，談反共復國文學還有什麼樣的意義呢？我們是否只能對這樣的一段文學經驗故作視而不見，或依賴『反反共』的新八股，斥為胡言夢囈呢？反共復國小說既為一種政治小說，自難免因意識型態而興，因意識型態而頹的命運。但口號之外，這些作品裡也銘刻上百萬中國人遷徙飄零的血淚，痛定思痛的悲憤，不應就此被輕輕埋沒。」[15]或者後人在閱讀 50 至 70 年代遷台作家的懷鄉作品時，可以將當時的歷史環境納入，但是將自身所處時代的政

---

[14] 葉石濤，《台灣文學入門》，春暉出版社，高雄，1997 年，頁 76-77。
[15] 張寶琴、邵玉銘、瘂弦主編，《四十年來中國文學》，聯合文學，台北，1995 年，頁 79。

治因素抽離，也就是說以更寬廣的心態跳脫去看一個特殊時代背景產生的文學。

　　朗格鮑姆指出，所謂的浪漫主義既是理想的，也是現實的，因為浪漫主義主張理想只有與現實結合時才存在，而現實又只在與理想相連時才存在。[16] 遷台作家的懷鄉寫作融合了寫實主義和浪漫主義，其中浪漫的成分又多些，從此一角度來看，遷台作家的作品就更容易理解了，因為參雜了思鄉的情感，因為渴望扭轉離鄉背井的命運，在作品中形成了一種不知不覺的主觀思維，以潘人木的《漣漪表妹》為例，作者自認不是反共小說，文評者卻多將其歸類違反共小說，因為作者不是以反共為出發，而是因為有家歸不得，在抒發愁懷，描述流離時，自然而然的出現了。王德威在談到台灣 60 年代的小說時表示自己無意輕視反共作家的創作熱忱，反而希望能夠從不同的角度肯定他們存在的意義，他指出：「四、五十年代之交，倉促來台的流亡者。他們有的少小離家，有的拋妻棄子，避亂海角，對家國命運的猶疑，未曾稍息。發為文章，故國之思與亡國之痛，竟成互為表裡的象徵體系。五十年代懷鄉小說的興起，不是偶然。」[17]

　　1988 年，王曉明和陳思和在上海文匯報和《上海文論》上發表了討論重寫文學史的系列專欄，他們認為中國自五四以來，新文學運動和政治現實鬥爭是分不開的，陳思和指出：「我們過去讀的文學史，特別是在五十年代中期以來日益嚴重的『左』的路線影響下寫成的文學史，大都以文學領域的政治思想鬥爭為主要線索和脈

---

[16] Robert Langbaum, The Poetry of Experience, P24, New York: w.w.Norton Literary, 1963.

[17] 張寶琴、邵玉銘、瘂弦主編，《四十年來中國文學》，聯合文學，台北，1995年，頁 70。

絡,而把文學的審美功能和審美標準放在從屬面、甚至可有可無的位置上。由五十年代中期到文革,這個『文學史』的空白愈來愈多,不要說許多在歷次政治運動中被迫害的作家以及他們的作品遭到禁止,而且許多地區性文學也無法研究。」[18]

和大陸有著相同的情形,魯迅、巴金、丁玲、老舍等多位作家的作品,過去長達數十年在台灣都被列為禁書,而隨國民黨來到台灣的作家,在大陸也曾經受到相同的對待。如今,1949 年遷台的外省籍作家大多數也同時被兩岸所刻意忽略,台灣文評家因為強調本土,不認同來自中國大陸而作品又以描寫中國為主要題材的外省籍作家,而大陸的文評家則因為這批在台的外省籍作家作品中透露出對共產主義的不能認同,而一股腦將之歸類為國民黨政策下的產物,使得這些作品有逐漸被淹沒的趨勢。在文學的發展上來看,批評,甚至是謾罵,其傷害程度都比不上刻意忽視,中國大陸一直主張台灣是中國的一部份,當我們從文學史的角度來看這一個複雜時代所留下來的作品時,是不是也可以用更寬廣的角度,而不以政治為首要考量,願意在文學領域中,留下一些不一樣的聲音。

王宏志認為:「很多時候,評論家對於政治加諸文學的干預——或更嚴重的說,文學成為政治的附庸——的現象,並不以為有什麼不妥當的;相反來說,不少評論家更以政治的標準來作為評價文學的標準。杜甫的偉大,其中一個重要原因,是在於他那悲天憫人的精神、在於他那『致君堯舜上,可使風俗淳』、更在於他『一飯未忘君』。」[19]我們不能否認,政治對文學勢必有相當程度的影響,

---

[18] 陳思和、王曉明,〈關於重寫文學史專欄對話〉,上海文論,第 6 期,1998 年,頁 5。

[19] 王宏志,《文學與政治之間——魯迅・新月・文學史》,東大圖書公司,台北,1994 年,頁 2。

甚至如果不是因為政治主張不同，導致國共戰爭，本篇論文所討論的 1949 年由中國大陸遷往台灣的作家群們也不會存在。雖然遷台外省籍作家的創作背景確實和政治脫不了關係，但是後人在閱讀時卻可以給予更多美學上的關注，畢竟創作是主觀的，評論卻應該盡可能客觀，當因政治而起的戰爭已經成為過去，是時候給予過去的文學作品一個更寬廣的對待，讓文學的歸於文學。

本篇書涉及遷台作家的作品類別包括：小說、散文和現代詩，小說的部分分別是以故鄉生活為主題，以戰爭為主題，以及以離亂歲月中的愛情為主題的小說。經過文本分析，發現在這些作品中可以看出懷鄉的歷程中發展出的幾個重點，包括寫史的企圖、以方言重現故鄉語境、期待團圓、肯定戰爭中堅毅的精神、傳述鄉野色彩濃厚的傳奇故事等不同主題的闡釋。由於 1949 年遷台的作家們所生長的年代，本來就處於連年的戰亂之中，因此在描寫故鄉的人物、故鄉的生活、發生在故鄉的故事時，都難脫戰亂的背景，關於故鄉的回憶對於離鄉的人，可說是在心頭時時牽掛，文學創作從生活中找尋題材是最自然不過的方式，進而吸取養分，因此對於故鄉的記憶很自然的就出現在作品中。

詩的意含常是文字表面含蓄內裡蘊藏深意的，如此讀來特別讓人感到有餘韻，懷鄉主題本來就是中國文學傳統裡重要的主題，詩人借物象徵懷鄉之情的意含也有很多種，常見的包括：杜鵑、秋天、月亮等，這些時常出現在古典詩歌中的象徵意含在現代詩中也常常可以見到，可見懷鄉的心情古今皆同，即使經過時間淘洗依然能夠撼動人心，台灣的現代詩人們很自然地傳承了中國古典文學，在創作時運用傳統意含結合現代詩的寫作手法。值得注意的是，1949年國民黨遷台，隨著國民政府來到台灣的大陸籍人士中，日後投身現代詩創作者，許多是來自於軍方，他們受到西方現代主義頗深的

影響，包括《現代詩社》、《藍星詩社》和《創世紀詩社》所屬的詩人們，所以他們的作品在屬於中國的古典意境中，又多了西方的現代感，形成一種嶄新的韻味。

藉著有形的地界來引發鄉愁聯想的詩作是另一種類別，當詩人來到中國大陸的邊界，像是香港落馬洲和韓國板門店，因為地界離故鄉更近了，憑界眺望，濃濃的懷鄉之情躍然紙上。

懷鄉詩的寫作在開放探親之後，因為和故鄉的人事物有了進一步直接或間接的接觸，牽引出更多感人的故事，成就了另一波的高潮，探親詩的寫作是懷鄉文學中不容忽略的一項重點，包括余光中、洛夫、辛鬱和梅新等台灣詩壇的重要詩人在此時都有感人之作。

和小說與新詩相較，散文創作更貼近於作者的生活，小說融入作者的巧思，以情節和人物推演完成，是一種角色扮演過後的文學呈現；而新詩則是以詩化的語言，揉合了象徵的手法完成的創作形式。相對於小說和新詩，散文更接近白描，作者往往是用更直接的方式向讀者敘述一段記憶，在台灣的懷鄉文學中，散文作家將故鄉的風土人情、飲食特色和對親人的思念娓娓道來，藉此抒發思鄉情懷，他們的文字，不僅抒發了一己的思鄉之情，也撫慰了有相似經驗的讀者寂寞的心懷，更和未曾去過他們家鄉的讀者有了美感的分享。在懷鄉文學中的飲食書寫部分，我們可以看出南北地域對書寫內容產生不同的影響，而作家們最懷念的母親，則有著鮮明且相似的形象，那就是溫婉、慈祥。

在台灣現代文學的發展上，前述這些遷台的外省籍作家們有著舉足輕重的影響，他們一生中絕大多數的時光在台灣度過，台灣文學史不應該刻意忽略他們，或者是貶抑他們，中國當代文學史的撰寫未來也應該以開放的態度更廣泛的將台灣文學納入，現階段文學史另將台港澳歸成一類，篇幅相當有限，香港和澳門在行政體制上

雖然屬於特別行政區，但是文學創作上既然同是使用漢字，文學理當比經濟、比行政更加沒有界線，以宏觀角度看待世界華文寫作。何況大陸文學在 1949 年之後到文化大革命落幕的這一段時間中，多數文學作品淪為政治附屬品，宣傳功能大於藝術性，兩相比較此一階段台灣華文文學的發展要繽紛繁茂的多。

對於 1949 年遷台外省籍作家的作品，同樣身為中國大陸遷台人士的台大外文系教授齊邦媛將之稱為「漂流文學」，她認為漂泊一直是文學中重要的主題，對於部分文學評論者將這些作家的作品歸類為反共文學，她指出除了是受到當時國民黨政府提倡的「反共抗俄」，也是為了撻伐色情和暴力作品，希望端正社會風氣，她寫道：「即使真正的軍中家的作品也並非都是『戰鬥文學』，而『反共懷鄉』作品也絕非無病呻吟。除了質量豐富的新詩外（詩人瘂弦、洛夫、辛鬱、管管等），有一些小說由於藝術價值和題材的歷史意義而傳誦數十年而且必可傳世的，如姜貴的《旋風》和《重陽》、陳紀瀅的《荻村傳》、潘人木的《漣漪表妹》、朱西甯的早期短篇小說如《旱魃》、《八二三註》等，司馬中原的《荒原》、《狂風沙》和早期短篇小說等，情意深摯，引起廣大共鳴，也曾給青年作家相當影響。但是他們在這個不幸的政治掛帥的世界，既被貼上『反共』標籤又被責為『壓根兒不認識這塊土地（台灣）的歷史和人民』（見葉石濤《台灣文學史綱》），在大陸和台灣文學史中都找不到有尊嚴的地位，將只有作 1949 年辭鄉後的第二度漂流了。」[20]

齊邦媛認為 1949 遷台外省籍作家的創作其實是一種悲情的昇華，同樣寫作過許多懷鄉作品的作家王鼎鈞曾經表示，鄉愁是美學，而不是經濟學。思鄉不需要別人獎賞，也不需要和別人競爭。

---

[20]　齊邦媛等著，《評論十家》，爾雅出版社，台北，1993 年，頁 41。

雖然遷台作家們無意和其他人爭，只是本能的以文字抒發情懷，但是作為閱讀者，依然應該客觀的給予其基本的尊重。以王鼎鈞為例，他的作品寫的是鄉愁，也是文學創作者的憂患。徐學指出：「從《離騷》到《史記》，從杜詩到元曲，中國文學歷來與『憂患』有不解之緣，在這些源於憂患意識的文學創作中有著無言的抗爭和積極的的進取。」[21]作家們的憂心不僅是個人的骨肉離散，也是眾人離鄉背井的遺憾，以及整個民族未來將走往何處？

蘇俄文學理論家赫爾岑認為：「詩人和藝術家在他們真正的作品中總是充滿民族性的。不問他創作了什麼？不管在他的作品中目的和思想是什麼？不管他有意無意，他總得表現出民族性的一些自然因素。總是把他們表現得比民族歷史本身還要深刻、還要明朗。」[22]所以本篇論文討論的遷台作家作品，在文學性之外，很自然的還蘊含深刻的歷史性，而這屬於歷史的部分，不論寫作者還是閱讀者都有著主觀的情感，這歷史和情感因素既是這些作品感人之處，同時也是引發非議之處。

遷台作家的寫作有其歷史因素，強調台灣文學本土性的文學評論者，其實也有其歷史因素，我們同樣不能忽略，1945 年之前的台灣，還是由日本所佔據，二十世紀末的台灣，年齡在六十歲以上的台灣籍作家，他們的經驗是撕裂的，一部份是日本的，一部份是中國的，年紀更大的作家，他們一開始甚至是以日文寫作，中文對他們而言有如外國語般陌生。1981 年，台灣籍作家企圖確立台灣文學的主體性，而非中國文學的一部份，台灣文藝雜誌社舉辦了一場「台灣文學的方向」座談會，會中提到當時新出現的名詞，將台

---

[21] 同上註，見頁 218。
[22] 辛未艾譯，《赫爾岑論文學》，上海譯文出版社，1989 年，頁 27-28。

灣文學視為「邊疆文學」，也就出現在台灣的中國文學，詹宏志認為「邊疆文學」的名詞暗示和中國的疏離，他說：「藉著邊疆文學這個名詞，我想指出一個可能：雖然台灣文化的發展，跟整個中國的傳統文化，因為三十年來的隔閡，已經因為生活制度，社會制度的不同，而形成一種過於獨特的面貌，以至於雖然因著血緣的緣故而必須繼續成為一體，但在文化上已經無法統一了。」[23]

　　1981 年，詹宏志認為台灣和中國有三十年的隔閡，這是從 1949 年算起，但是部分台灣籍人士並不這樣想，他們認為詹宏志活在「歷史幻影」中，宋冬陽認為：「台灣歷史並非只在 1945 年以後才發展出來的，很不幸的是，詹宏志的歷史視野卻只集中在最近三十年的『隔閡』。如果他發現台灣與中國竟至已隔閡了近四百年，恐怕就會更悲觀吧。要觀察台灣歷史和台灣文學，不能機械地視為『中國的一部份』就可獲得瞭解。三百餘年來的台灣移民社會，具備一套長期的改造過程，那就是把來自古老中國的漢人，改造成適應於台灣風土的拓殖者。」[24]

　　如果我們將中國視為一個文化上的概念，同屬中國的北京人、紹興人、重慶人和廣州人也都有相當大的不同之處，包括說話的口音、飲食習慣，甚至是外貌，中國的幅員遼闊，一方水土養一方人，不同省籍的人本來就會有不同之處，所以 1949 年遷台的外省籍作家們在出來台灣時，才會因為身在異鄉而懷念故鄉。但是地域的觀念可以確實說出其方位所在，文化的影響卻是無遠弗屆，當中國和台灣慶祝同一個端午節、中秋節、農曆春節，有著相同的節慶傳說，讀著相同的唐詩宋詞，文化意含上同屬一個中華民族，應該是無庸

---

[23]　《台灣文藝》革新版第二十期，台北，1981 年 7 月，頁 203。
[24]　陳永興編，《台灣文學的過去與未來》，台灣文藝叢書，台北，1985 年，頁 22。

置疑的,只不過在此一中華的概念下,不同的地方又因其特殊的歷史背景和地理環境,於是發展出不同的文化特色。

從中國大陸來到台灣的外省籍人士,在台灣生活了數十載,理應受到台灣環境的影響,而和過去有所不同,但是其身上承襲自中國文化的影響,卻也依然根深蒂固的存在,兩者不但不互相牴觸,可以同時並存,而且也對原本生活在台灣數代的台灣籍人士,產生某種程度的影響,人類文化本來就會隨著自身的遷移,以及他人的移入產生變化,因此當討論到台灣本土文學時,不能忽略掉 1949年以後遷台的外省籍作家,就如同我們不能只以原住民文學來代表台灣文學是一樣的。

1949 年由中國大陸來到台灣的作家們,他們的懷鄉之情是理直氣壯,無庸置疑的。但是,在台灣出生的外省第二代作家,心情就要來得糾結許多,還有孩提時代隨家人由大陸來到台灣者,他們清楚自己的籍貫,卻對家鄉沒有記憶,說話的口音還隱約有鄉音,至少和台灣腔的普通話有所不同,他們在鄉愁的夾縫中,因為缺乏記憶作基礎,所以無法那般理直氣壯,就更需要確切釐清自己的認同問題。

祖籍江西省永新縣的劉大任,出生於 1939 年,在台灣成長,大學畢業後即赴美,並定居紐約,他在中國大陸度過十年的童年時光,在台灣經歷了十五年的成長歲月,成年後的數十年都在美國度過,對於像他這樣的人,故鄉究竟在哪裡?定居美國的他會因為週遭各種不同的因素觸發,而反覆思考。小說〈杜鵑啼血〉的主人翁在追溯與家人失去聯繫的小姨的遭遇時,發現她當年背叛家庭,和愛人私奔,回到祖國尋夢,結果夢想沒實現,卻過了血淚愛恨交織的一生,小說中回鄉探親的年輕主人翁於是「不能自已地陷於這種既似血緣的本能感動,又像是莫名的文化鄉愁的混雜情緒之

中。」[25]類似劉大任這樣三度遷移的人，在 60、70 年代的台灣，不算少見，他們在台灣成長，然後赴美國唸書，從此就留下來了，他們在美國過著中國人的生活，比留在台灣的人更在意認同的問題，他們的鄉愁是曲折而複雜的，就如劉大任所言，既有「血緣本能的感動」，又有「文化鄉愁」。

至於出生在台灣的外省籍作家，其背景亦有所不同，李登輝執政後的台灣，省籍意識不斷被挑起，但是出生在台灣的外省人中，最粗略的分又有父母皆為外省人，以及父親是外省人，但是母親是台灣人，這兩者又有所不同，前者的認同問題比較純粹，後者的認同卻常常是矛盾的，他們在台灣有許多母系親戚，外祖父、外祖母、阿姨、舅舅、表兄弟姊妹，講著和父親不一樣的語言，很可能也有著不一樣的政治理念，成長階段，父系這邊通常是孑然一身，母系這邊卻擁有龐大的家族，開放探親後，他們回到籍貫欄上填寫的故鄉，發現其實父系也有著龐大的家族，卻是那般的陌生，和原本的想像無法貼合，因此在既有的矛盾中，又出現新的矛盾。

駱以軍在大陸遇到人問他對於統獨的看法，遂陷入模糊無奈的思緒，「像我這種人，在台灣被稱為外省第二代，我們的看法不算是看法。我的父親在半世紀前跟著潰不成軍的國民黨逃到台灣，在那裡生下了我。……在我們那兒我們不被稱為台灣人被稱為外省人。有一些簡單的辨識方式變使我們第二代以學說流利台語混跡其中。那時我們就是台灣人了……他們不會對『獨立』或『統一』有任何看法。這些人會狡獪地說『維持現狀』。他們灰撲撲地活在一個奇幻的『現在』的身分裡。」[26]

---

[25]　劉大任，《杜鵑啼血》，洪範書店，台北，1990 年，頁 170。

[26]　駱以軍，《遠方》，印刻出版社，台北，2003 年，頁 60-61。

　　這種奇幻的、灰撲撲的身分，到今天又添新情節，台灣人娶了大陸籍新娘，又生下第三代或第四代，在血液中呈現的究竟是融合？還是糾結？所謂的「同文同種」是不是唯一界定的標準？還是繼續受著地域上、政治上的實質影響呢？即便是一句「維持現狀」，這「現狀」中其實也是有著不同的標準，又該如何認同呢？

　　同樣父親是外省籍，而母親是本省籍的作家郝譽翔，從小父母離異，更可以說是在撕裂的環境中成長，由於這並不能算是一個特殊現象，台灣的外省第二代在適應上倒也遊刃有餘，直到省籍問題被政治人物挑起，郝譽翔在母親批評父親的行事時，反駁：母親和外婆總在父親面前說他聽不懂的台灣話；當高齡的父親又要在大陸結婚，母親感到不以為然，認為前夫被大陸女人騙了，郝譽翔回答，他（指父親）也是大陸人啊。在這些對話中，第二代的郝譽翔彷彿置身事外，既不是大陸人，也不是台灣人，她是一種新的人種，企圖超然看待這些糾結纏繞的命運。

　　郝譽翔在化身為父親的剖析中自述：「他從此被海包圍著，成為島上的囚徒，澎湖、金門、台灣，被閉鎖在這島與島，島與島，島與島。……他卻一直原地打轉，再也沒有出過這座小島。1949 年的郝福禎仍在馬公街上奔跑，跑了整整五十年，才發現他原來身在圓形運動場的軌道上，環繞一圈的看台觀眾早已驚離去，只剩下他一個人還在舉步向前跑著，鞋子輪番打在地面上，擊出巨大而空洞的回響。」[27]

　　以為一直在向前奔跑，結果只是在原地打轉，打轉了一生，沒人知道，也沒人在乎，甚至於自己也到用盡了時間和力氣才發現，原來一切都是徒然，在郝譽翔的眼中，上一代的命運有太多徒然和

---

[27]　郝譽翔，《逆旅》，聯合文學出版社，台北，2000 年，頁 129-131。

無奈,而這些悲劇已經失去觀眾,當成故事來說,可能也乏人問津,這樣的想法不論是覺悟?還是感嘆?文學家呈現的面貌都難以完整。

　　台灣曾經被荷蘭人佔據、曾經割讓給日本都是既存的歷史事實,這也使得台灣文學文學出現了分裂的面貌,林瑞明認為:「『雙重民族性結構』不僅日本統治時代存在,其實在今天依然存在,這也是在中華民國轄下的台灣,內在緊張的根源之一,尤其1947年228事件的陰影,迄今揮之不去,統獨之爭除了現實政治的理由之外,台灣人本身『雙重性的民族結構』亦是必須正視的問題。」[28]關於因為查緝私煙,而引發國民黨政府武力鎮壓,造成包括台灣民眾及甫遷台的外省人在鎮壓中犧牲的228事件,成為台灣內部族群撕裂的一項重要因素,林谷芳認為在台灣:「真正族群衝突的關鍵是『228』,不過,『228』所造成的撕裂一定程度卻有賴於後來幾十年的強化論述,這個論述首先只在政治運動裡出現,到了80年代則迅速滲透到其他領域,於是本土/中原、台灣/中國再也不祇是政治獨/統的依存概念而已,它更成為許多論述的基本座標,從文化、藝術、學術到更廣泛的社會心理型塑莫不如此,終至成為許多台灣人判斷與取捨事物時的最重要依據。」[29]

　　現存的文化問題往往與歷史有著必然的關係,回頭審視歷史可以幫助後人瞭解,然而歷史會隨著時間,產生距離感,應該讓這距離感逐漸減低主觀視野,提高客觀視野,有更多機會讓歷史的歸歷史,政治的歸政治,而非不斷的掀起傷口,為獲得個人的政治利益,便企圖阻止癒合的可能。期待文學評論者,甚至讀者能對政治歷史有了瞭解後,以其為背景,再讓文學研究歸文學。

---

[28] 林瑞明,《台灣文學的歷史考察》,允晨叢刊,台北,1996年,頁88。
[29] 林谷芳,〈從分的思惟到合的思惟〉,《文訊雜誌》224期,2004年5月,頁4。

　　懷鄉文學在台灣果真已成為逝去的書寫嗎？第一代遷台作家已隨著歲月的流逝逐漸凋零，但是他們對年輕一代作家的影響，卻依然有可能持續加深，隨著時間篩選掉意識過於窄化的作品之後，給予留存下來的佳作應有的評價，是當代文學評論者應該正視的工作。在談到台灣文學中的懷鄉書寫時，齊邦媛曾經就其傳承脈絡清楚的指出：「潘人木的《漣漪表妹》、潘壘的《紅河三部曲》、王藍的《藍與黑》、彭歌的《落月》、楊念慈、尼洛、田原、墨人、姜穆等人的小說都為當年的反共懷鄉文學開拓了寬廣的領域。……文學寫作的潮流不僅受時代的影響，也有它自身興衰的必然性。六十年代興起的現代主義文學，在某種意義上顛覆了也取代了反共懷鄉文學的地位，但是沒有任何寫作的潮流是可以驟然切斷的。八十年代有一批軍眷宿舍中生長的第二代作家，如朱天文、朱天心、蘇偉貞、袁瓊瓊、蕭颯、張大春、孫瑋芒、張啟疆等開始寫他們獨特的生長經驗和批判，這種被稱之為眷村文學的作品已受到相當重視。一九八七年開放大陸探親以後，風起雲湧似地興起大量的探親文學的寫作，在台灣多元化的社會都有發展的意義。」[30]

　　不可否認的，文學作品或多或少反映了作者所處的時代，隨著歷史的演進，文學也產了相當程度的變化，1949 年國共戰爭造成了中國的分裂，也使得許多家庭因而破碎，來到台灣的外省籍人士是歷史因素造成的漂泊者，對於安土重遷的中國人，有家歸不得是人生中莫大的悲劇。雖然至今大陸和台灣依然有著一定程度的隔閡，但是此一歷史造成的悲劇，在開放兩岸探親之後，已經獲得了極大的紓解，也形成了新的文學創作動力，如今的開放直航，以及經濟上的頻繁往來，更促進了兩岸民間新關係的成型。

---

[30] 張寶琴、邵玉銘、瘂弦主編，《四十年來中國文學》，聯合文學，台北，1995年，頁 15。

　　從離鄉到返鄉，是一條漫長的人生道路，對於走上這一條路的人，是不幸，也是幸，不幸的是必須離開家鄉，忍受思鄉之苦；有幸的是，有朝一日得以回到家鄉，重享天倫團聚的安慰，這些深刻的情感在沉澱後都昇華成為台灣文學的養分。

　　龔鵬程指出：「到了現今的全球社會，在國家之上逐漸有了一種不同於國家的互動和法律形式，感情、宗教、價值、文化、宗族、職業、地域組合等等，依憑著這個國家之上的網絡卻獲得了新的生命、新的發展。……現在，這個文學世界卻已形成了超越國界的「世界華文文學」新世界。在這個新世紀、新世界中，新的秩序當然還有待建立。因此，我建議採用這個新的架構和思維來正視華文文學書寫已然全球化的現象，擺脫近年本土論述和散離認同之間的緊張對立關係……」[31]台灣部分人士的本土論述急於撇清和中國之間的關係，然而由於台灣和中國本屬一源，文化根基相同，以文學而論，不但使用同樣的文字元號，也閱讀相同的古典作品，並且長期受其薰陶。在此一歷史和文化背景之下，1949 年的散離只是因為國共內戰產生的歷史事件，而這一段歷史影響了許多人的一生，我們不應該忽視，但是也不應該扭曲，如果我們將華文視為一種文化符號，那麼，在此一共同符號之下，已具備一種認同，現在應該有的是更多的包容和尊重。

　　在海峽兩岸交往日益頻繁的今天，原本的隔閡逐漸在消弭中，新的關係和新的文化逐漸被建立，台灣的懷鄉文學很可能出現新的一頁。二十一世紀，有愈來愈多的人由台灣前往大陸，並在大陸定居，新的懷鄉情感於焉展開，不同的是，1949 年的離鄉是迫於政

---

[31] 龔鵬程，〈世界華文文學新世界〉，《文訊雜誌》210 期，2003 年 4 月，頁 81。

局情勢，不得不然；現在的離鄉，卻是出於自身的抉擇，更重要的是，故鄉不再可望不可即，隨時可以返回，可以團聚，懷鄉的情緒中少了對立和無奈，多了交流和瞭解。

中國大陸總書記胡錦濤 2006 年 4 月 16 日在北京舉行的的兩岸經貿論壇中，與國民黨榮譽主席連戰會面時，提出兩岸應該朝「求同存異」的方向努力，「求同存異」求的是同屬一個中國，在此一概念之下，彼此對於相異之處尊重與包容。畢竟兩岸的中國人曾經分隔數十年，要在一夕之間，屏除相異之處，只留相同之處，不僅困難，在文化的層面上，也有趨於狹隘窄化的可能，尊重彼此不同的角度和價值觀，將可以使文化發展的更為蓬勃豐富，呈現出多元樣貌不能否認，台灣 50、60 年代興起的懷鄉文學，因為有其特殊的時代背景，在當時蔚為風潮，既然成為風潮，其中難免有「濫竽充數」之作，也許是企圖趕風潮流行，也許是受其影響模仿，還有一種情形是，雖然情感是出自於真心，但是文學技巧不夠，儘管有真實情感，也難成佳作。我們可以說，在 50、60 年代的台灣出現了不少以寫作大陸家鄉為主題的作品，當然並非所有作品都有討論的價值，經過一番去蕪存菁之後，留下來的文學作品，後人能給予公平的機會，將文學的歸於文學，不再因為不同的政治立場、不同的價值判斷，而全然忽視或否定這些作品的價值。

金聖嘆提出：「吾見其有事之巨者，而礧砢焉；又見其有事之細者，而張皇焉；或見其有事之缺者，而附會焉；又見其有事之全者，而軼去焉；無非為文計，不事計也。」[32]作者在進行文學創作時，文與我已成為一體，為了文學上的效果，以及為了抒發自己內心的情感，寫作時不盡然符合客觀事實，更準確一點的說，也許對

---

[32] 《水滸傳》，第二十八回回首總評，世界書局，台北，1987 年版。

作者而言，作品符合了事實，但是是主觀的事實，而非客觀的事實，畢竟進行的是文學的創作，而非史實的撰述，更何況即便歷史的陳述，都常常需要時間的沉澱，才能更清楚其中脈絡因果，而文學主觀的陳述，自然受到作者一己之經歷、情感、主張的影響。又或者因為力求文學上的表現，而有所剪裁取捨、刻意突顯、揣摩想像，這原是無可厚非，就文學論文學，並不因此而減損其藝術性。

歷史不斷向前演進，兩岸關係亦朝向和諧、和平的道路邁進，昔時分裂的歷史因素已有所改變，文學評論者和文學史撰述者也可以以更寬廣的胸襟給文學作品一個不受其他因素影響的空間，重新審視 1949 年之後在台灣出現的「懷鄉文學」。

三、鄉愁是一種美學

50 至 60 年代遷台作家的小說作品部份，姜貴、楊念慈、鹿橋、王藍、潘人木、朱西甯、司馬中原、端木方、紀剛、孟瑤、瓊瑤和白先勇等多人的作品，依其主題之不同，本書將分章討論，包括以故鄉生活為主題的小說、以動盪歲月中的愛情為主題的小說、以戰爭為主題的小說。

散文的部分，選擇梁實秋、琦君、張秀亞、王鼎鈞、小民、梁實秋、逯耀東、席慕蓉等人的作品，並依其主題的不同，分別討論，共分成三個部分，分別為描寫故鄉風土人物為主題的散文、以故鄉飲食小吃為主題的散文、抒發個人思鄉情懷為主題的散文。

現代詩的部分，包括覃子豪、紀弦、洛夫、商禽、梅新、向明、辛鬱、余光中、席慕蓉、羅門、蓉子和張默等多人的作品，依其主題的不同，同樣分成三個部分，分別是以地域為主題的現代詩、蘊含傳統懷鄉意象的現代詩、懷想親人為主題的現代詩。

　　50 至 60 年代作家的作品對於接下來台灣 70 年代的文學發展有哪些影響？從國民政府於 1949 年遷台以降，50 至 70 年代，兩岸處於隔閡封閉的狀態，直到 80 年代開放探親之前，文學上幾乎沒有交流，但是在這缺少交流的三十年間，作家們對於中國大陸的記憶、情感、鄉野情調卻依然透過文學書寫豐富了台灣文壇，因為懷鄉，作家們栩栩如生的勾繪出故鄉的面貌，此一懷鄉情結形成了 50、60 年代台灣文學發展的巨大動力，對於後來台灣文學的發展也有著一定程度的影響。

　　時局變異造成的大規模遷移，對於個人及群體的命運都有相當程度的震撼，離鄉所產生的懷鄉情結，則成為了文學創作的一項重要主題，同時也是一項強而有力的動機，王立提出：「同懷古等主題一樣，思鄉主題是較能體現中華民族文化精神的。受到這種文化類型規範，長期的政教倫理薰陶下人們極具恆定性的情感生活、深廣的經濟、文化與民俗傳統，使思鄉意識早就注入了中國文學的血脈，從而作為不可忽視的一個文化基因，該主題又強化了中華民族獨特的文化模式。」[33]

　　前幾年在台灣，「分」成為一種主張，在此一概念下，部分人士希望台灣能和中國劃清界線，政治人物甚至提出「去中國化」，社會大眾受到政治情勢的影響，比過去更清楚的區分「台灣人」和「外省人」，為了獲取政治利益，他們以「分」的概念撕裂族群，林谷芳憂心的指出：「文化是歷史的累積結果，有人卻以為可憑己意隨便二分，排他的結果不僅使自己利基流失、夜郎自大，更喪失了可以雖小猶大的機會。」[34]

---

[33] 王立，《中國古代文學十大主題──原型與流變》，文史哲出版社，1994 年出版，台北，頁 246。
[34] 林谷芳，〈從分的思惟到合的思惟〉，《文訊雜誌》224 期，2004 年 5 月。

　　在談到華文文學觀時，王潤華則提出了：「當五四新文學為中心的文學觀成為殖民文化的主導思潮，只有被來自中國中心的文學觀所認同的生活經驗或文學技巧形式，才能被人接受，……這種文化霸權（Culturalhegemony）所設置的經典作品及其作品規範，從殖民時期到今天，繼續影響著本土文學，魯迅便是這樣一種霸權文化。」[35]

　　上述的觀點，在台灣也有部分人士持同樣或相似的主張，援用後殖民文學理論，認為 50、60 年代的台灣文學因為受到中國絕對的影響，汲取同樣的養分，出自同樣的價值觀，只能算是在台灣的中國文學，由中國大陸來到台灣的作家們，如果寫作題材仍然環繞著故鄉，那麼他們的作品是屬於移民文學，是離散文學，而不是台灣文學。

　　龔鵬程指出：「援引後現代、後殖民以彰顯本土者，均努力將本土形容成一個多元文化的場域，以降低中國在此的地位，但無論怎麼說，中國畢竟是這多元中最大的一元，而且大得多，要想藉多元論去否定或稀釋或替換中國性，都非常困難，……何況，若以多元論打破中國性一元獨霸之局面，以追求多元文化新境，為何又不能容忍多元社會中有人仍願獨尊中國性或仍願認同中國這種情況呢？」[36]如同龔鵬程所言，多元社會應該有更多的包容與尊重，而不是刻意的排擠與漠視。

　　1949 年因為國民黨在國共戰爭中失利，許多文學創作者隨之遷到台灣定居，在這一塊土地上一住六十年，甚至在這裡走完生命

---

[35] 王潤華，《華文後殖民文學——本土多元文化的思考》，文史哲出版社，台北，2001 年，頁 139。

[36] 龔鵬程，〈世界華文文學新世界〉，《文訊雜誌》210 期，2003 年 4 月，頁 79。

的最後一刻。2000 年，國民黨因為選舉失利，民進黨成為台灣地區的執政黨，為了分割與中國之間的血緣關係，50、60 年代外省籍作家的作品被刻意邊緣化，尤其是對於故鄉的書寫部分，不同的生命經驗孕育不同的文學風格，故鄉是創作者的根，綜觀文學史，文學發展很難不受到政治的影響，但是在文學創作的場域中，依然希望能透過研究討論，對其價值及影響給予客觀的定位。

第二章　離散現象之興起

一、離散的廣泛意義

英文中的 diaspora，我們將之翻譯為離散，這一個詞出於希臘，原始的意義是指一個群體往不同的地方散去；diaspora 在猶太人的典籍中則是指基督教興起之後，猶太人的離散歷史，加拿大多倫多大學教授亞諾艾吉思認為猶太人的離散不是出於政治上的壓迫，而是猶太人本身就肩負將神諭傳往世界各個角落的使命。[1]美國威廉學院的尼可以色列則認為，摩西出埃及之後，向世人提出警告，所有背叛上帝旨意的人將註定四處漂泊。[2]當然這種主張是完全由基督教的觀點來出發，認為猶太人四處流浪是因為祖先背叛上帝，所以遭到流浪的命運。跨出基督教世界，我們也可將背叛上帝視為信仰發生牴觸，所謂的信仰不純粹是宗教上的，也可能是不同的政治主張，而導致離散的命運，這樣的延伸變化更適合非基督教社會及二十世紀的現況。

隨著世界上有愈來愈多不同原因的移民，1986 年瓦特孔納對於 diaspora 一詞採用比較廣泛的定義，意指住在非原鄉地區的人，[3]瓦

---

[1] Arnold Ages, The Diaspora Dimension (The Hague: Martinus Nijhoft, 1973) P10.

[2] Nico Israel, Outlandish: Writing Between Exile and Diaspora (Standford, California: Standford University Press, 2000) P2.

[3] Walter Connor, The Impact of Homelands-in Modern Diasporas in International

特孔納對於離散概念的定義後來得到英國牛津大學研究員尼可希爾的支持，尼可希爾做了更詳盡的解釋，認為 diaspora 是指：從原鄉散居到兩個以上的地方，定居於國外雖然不一定是終生的，但是是長期的；離散的人們和原鄉之間依然有社會、經濟、政治或文化方面的互動。[4]

離散（diaspora）的觀念是後殖民理論所關注的範疇之一，意指某個種族出於外界力量或自我選擇而分散居住在世界各地的情況，流浪散居的族裔生活在祖國之外的地方，所居處的社會是不同於母體文化的異文化結構，其身份認同因此產生了跨界後的模糊與矛盾，體現出邊緣、邊陲、或被視為邊陲的複雜情結。個人的身份認同並非單一由血統來決定，還有很大一部份是產生於社會和文化的因素。因為跨界生存而夾處於相異文化群體之間，身陷新國度邊緣從而產生的矛盾與張力，使離散群體註定徘徊在身分認同的分歧道路，經歷尋找自我定位的過程，甚至不斷的試圖重新定位。舉凡種族、階級、性別、地理位置都會影響「身份」（identity）的形成，具體的歷史過程、特定的社會、文化政治語境通通都對所謂的「身份認同」產生決定性的影響。前述離散主體在文化層面的矛盾張力，轉化後以藝術形式再現，漂泊離散的美學（Diaspora aesthetic）便因此形成。

由於 diaspora 定義愈來愈廣泛，到了二十世紀末，diaspora 的定義早已脫離了猶太人的歷史，泛指散居世界各地的非裔、亞裔、印度裔族群，約翰戴克提出：「離散人士所指涉的，應該含括擁抱著不只一個以上的歷史、不只一個以上的時空、以及一個以上的過

Politics (New York: St Martins, 1986) P46.

[4] Nicholas Van Hear, New Diasporas (Seattle: University of Washington Press, 1988) P15.

去與現在，還歸屬於此間與他地，又背負著遠離原鄉與社會的痛苦，成為異地的圈外人，而淹沒在無法克服的記憶裡，苦嚐失去與別離。」[5]

　　亞歷山大基特洛進一步指出，「離散」應該擴大沿用包含移出母國後，仍與原鄉割不斷牽繫的族群，猶太人當然是其中一支，散居世界各地的華人、希臘人和義大利人也是，「離散」人士和移民者的不同是，移民者可以認同其移民的社會，而「離散」者卻對於故鄉有一份抹不掉的記憶。[6]「離散」的概念對於移民的海外華人可以適用上述的說法，從早年至舊金山打工的苦力到後來赴美留學留在美國發展的高科技從業人員甚或轉營餐飲業者，選擇留下或者有著對美國富庶生活環境的一種嚮往，這種嚮往其實也是一種生活方式和品質的認同。但是從中國大陸來到台灣的外省人，卻因為兩地政治主張不同，在開放交流之前，其隔閡遠較兩個不同國家更深且巨，在認同的意義上自然也有不同的解釋，而海峽兩岸之間的主張與認同，六十年來有不小的變化，比起基督教單一的信仰上帝，要來得複雜太多，種種現實環境和情感糾雜在一起，若以「國」論（不論是從政治意涵上還是文化意涵上來看），居住在台灣的外省人當然不是「離散」人士，但是在海峽開放探親之前，以及台灣獨立的主張興起之後，部分在台的外省人其心情與身分，卻又與「離散」人士相同。

　　關於離散主體錯雜的文化身份，霍爾（Stuart Hall）在〈文化身份與族裔散居〉一文中曾針對散居在西方的非裔加勒比黑人作深

---

[5]　John Docker, 1492 The Poetics of Diaspora (London and New York: Continuum, 2001) P7.

[6]　Alexander Kitroeff, The Transformation of Homeland-Diaspora Relations: the Greek Case in the 19th-20th Centuries, P233.

入的探討。他認為對文化身份的認知，牽涉到「再現」的問題，誰才是文本中的主體？他／她從那裡說話？也就是說，闡述的位置影響美學再現的結果。他提出應該把文化身份（Cultural identity）當作一種生產，它永遠不會完成，而形成持續的歷程。對於文化身份的生產，史碧娃克在一篇訪談中呼應支持霍爾的說法，她認為每一個人都有無數的根，產生於過往各種經歷的累積，具體體現於當下，因此每個人帶著根四處流浪。這個觀點企圖傳達出離散主體的生命經歷是交融混和之後，同時體現於當下，此一觀點主張沒有一個永恆的根源，也就是其實沒有純粹的原鄉，所謂的原鄉其實是融雜了個人的經歷。這裡所說的混合融雜和「後現代混雜派」有所不同，「後現代混雜派」將「混雜」本質化，因此西方文化中心的主體不會感到矛盾和分裂，他們沒有身分認同的問題，於是混雜給人的印象是豐富的、多元文化的，不同於離散主體在身分認同上經歷苦痛的分裂與矛盾。

中文的「離散」一詞，如果從字面上來解釋，可以解釋為離開分散，孟子梁惠王篇便說道：「父母凍餓，兄弟妻子離散。」往後「離散」的現象一直出現在中國文學裡，衍生出許多懷鄉文學的寫作，在本書緒論部份已有討論，此處不再贅述。二十世紀，不論是早年由中國閩粵地區前往美國開發修建鐵路的苦力，或是在美國淪為黑奴的非洲裔，英國殖民印度帶往歐洲的印度裔，他們的後代逐漸在新國度生根，第二代、地三代及其後代早已擁有該國公民權，熟悉該國語言文字更甚其母語文化，但是依然有「離散」之情出現在其文學作品中，例如華裔作家譚恩美的小說《喜福會》、《接骨師的女兒》討論的都是雙親遙遠的童年記憶，故鄉的外祖母及更久遠的親裔既熟悉又陌生的母體文化。于人瑞在〈讀《喜福會》的十三種方法〉裡寫道：「基本上，生而為女性是因緣，生而為中國女性

是宿命，生而為中國的女性卻必須留駐他鄉，則是令人扼腕的劫數一場。《喜福會》一書所探討的，便是這一群乃不知有無奈的女性，掙扎要在新大陸著根的際遇。然而，據此而視全書為一部自女性角度出發，重寫人類心靈與肉體漂泊歷程的《奧德賽》，則又不免失之偏頗。……此番有類於薄伽丘《十日談》，喬叟《坎特伯利故事集》的骨幹，看似泥古而生硬，實則寄往昔的殊相於現今的共相，在時間上為讀者建立了一個比較完整，多層次的背景。」[7]該書中四位女人翁在經歷了對日抗戰後離開中國大陸前往美國，她們對於故鄉的記憶是紛亂扭曲的，但是她們對於美國的生活也沒打算認同，她們保持著距離用自己的價值觀活著，固執的邏輯糾纏著她們的女兒，華裔第二代依然擺蕩在「離散」的概念中，美國可以安身，卻難以立命。2006 年台北舉辦了一場以「離散」為主題的研討會，會中劉浩發表〈俄羅斯流亡詩人 V.N.伊萬諾夫與 A.洽伊爾的詩歌〉，鄔定嘉的〈瑪申卡中的雙重世界〉，彭世綱的〈二十世紀旅德土耳其移民先驅〉等，我們可以發現離散現象近兩百年出現在世界各地，也許猶太人是最早離開故鄉的族群，使其背負著悲劇色彩，其實移民的故事在人類歷史上不斷上演，只是不同的遷徙原因也造成日後不同的文化反響。

　　中國大陸作家高行健獲得諾貝爾文學獎後，他在法國書寫的中國記憶，也使得更多華裔作家源自母體的書寫，成為世界離散文學中受人矚目的一支。劉再復指出高行健寫作的《靈山》：「那一分為三的主人公『我』、『你』、『他』的三重結構變為『你』與『他』的對應。那『我』竟然被嚴酷的現實扼殺了，只剩下此時此刻的『你』與彼時彼地的『他』，亦即現實與記憶，生存與歷史，意義與書

---

[7]　譚恩美，《喜福會》，聯合文學出版社，台北，1990 年，頁 1。

寫。」[8]錯綜的人物心靈投射，也反映出流亡者的複雜情緒，一邊是深沉的痛，一邊是什麼也不在乎無所謂的人生觀，交織成矛盾的、讓人心驚的情感，選擇沒有歸屬的表相下，潛藏著擺脫不掉的宿命傳統，若真能無所謂，創作者也就失去了寫作動力。

林鎮山以其在加拿大的研究經驗提出，加拿大學者菲力浦史翠佛針對加拿大特殊的法語區與英語區並存的現象，認為沒有單一的加拿大文學，最好以等距的平行線來記述加拿大兩大族群彼此互不隸屬的現象。林鎮山認為：「這種『平行論』的第一個特質是：平行線從不互相交叉，這充分敘述了加拿大英法語『雙文化／雙文學』的確缺乏交流、互相衝擊。第二個特質是：平行線相互畫距、定位，畢竟，一如諾斯洛普佛來的說法：只有在與他者互相對照、界定的時際，身分認同方才具有實質意義。

的確，追尋：平等、和諧、寬容、尊重與大同——真卻是加拿大文學（史）書寫／研究的理想深層結構要素，這也和諧地反映在英國與加拿大互相尊重的個別『文學史書寫』傳統之中。」[9]林鎮山將加拿大文學研究之經驗放入台灣文學研究的領域中，他認為：「菲力浦史翠佛教授的『平行論』似乎也可以記述中國大陸『改革開放』與台灣解嚴之前，台灣文學與『中華人民共和國文學』——兩個文學之間錯綜複雜的關係。畢竟，雙方的確是：（我們必須再度重複）『在中國大陸改革開放與台灣解嚴之前』，有如平行線從不正式相互交叉，既缺乏『密切』的交流，也沒有『大規模』的相互影響。彼此文學（史）研究／書寫的平行線，也沒有相互畫距、定位，更談不上重複演練。然而，雙方的開放與解嚴，一如諾斯洛普

8　高行健，《一個人的聖經》，聯經出版社，台北，1999年，頁452。
9　林鎮山，《離散‧家國‧敘述——當代台灣小說論述》，前衛出版社，台北，2006年，頁48。

佛萊的說法：在與他者相互對照、界定的時際，身分認同，才有了
實質的意指。」[10]

　　然而任何一個民族或是一個區域的文學不是憑空築起的閣
樓，而是紮根深厚的大樹，供其滋養茁壯的土地是先民遺留下來的
文學作品，台灣人民和中國大陸人民同出一源，學習欣賞同樣的中
文文學作品，從浩瀚的中文世界裡尋找養分，積累三千年的文化遺
產，不會因為三十幾年的隔閡阻斷，就成為兩條獨立發展的平行
線，更何況在這三十幾年的隔閡之前，有相同的養分供給成長，三
十幾年的隔閡之後，又已有二十幾年的交流，不論就背景基礎或現
況前景來分析，台灣文學和中國文學都絕對不是兩條平行線，這和
加拿大的英語社會和法語社會不同，台灣部分學者為了支持自己的
主張，時常引用國外的例子作為援證，但是引用的案例與台灣現況
多有出入，無法成為有力的佐證。況且，在北美英語國家中的非裔
作家或猶太裔作家，其寫作的作品或許以其民族的離散為主題，但
使用的往往並非母語，而是英語；而遷台作家、在台作家、台灣移
民作家依然是使用中文寫作。

　　法國社會學派文藝理論家泰納曾經提出「文學三元素」，指的
分別是種族、環境和時代，主張在研究不同的區域文學時，必須要
考慮到這三個因素。朱雙一在《閩台文學的文化親緣》中也指出：
「不同區域文學間的差異和變遷，源於『種族』、『環境』和『時代』
等三大要素，古今中外的史家學者，對此多有揭櫫。先秦之詩經和
楚辭，已初顯文學的北南之別。漢代司馬遷《史記·貨殖列傳》指
出了各地風俗民情與地理環境之密切關聯。此後班固《漢書·地理

---

[10]　林鎮山，《離散·家國·敘述──當代台灣小說論述》，前衛出版社，台北，
　　2006 年，頁 52-53。

志》更直接揭示了文學創作與地理、民風等聯繫。它按秦、魏、周、韓、趙、齊、魯、宋、衛、楚、吳、粵等十二地域,『凡有詩見於《國風》者,皆具引之』,蓋由詩以知俗,由俗以明詩。」[11]汪辟疆在討論近代詩派與地域之間的關係時,也提出:「若夫民函五常之性,系水土之情,風俗因是而成,聲音本之而導,則隨地以繫人,因人而派系。溯淵源於既往,昭軌轍於方來,庶無誤焉。」[12]區域文學細分起來又可分出許多支,但是總的來看還是會有同質性,尤其是同一區域同一時代的作品,環境已經是相同的,如果種族相異,還會因文化傳統不同,發展出不同風格,種族相同時,也就是泰納所提出的三項文學元素都相同,在研究區域文學時已經提供了基本的分類。

朱雙一對於台灣地區的種族漢文化進一步指出:「台灣的漢族人民,主要是明鄭、清朝時期先後由閩粵等地移居台灣的,且漢族人口比例高達總人口的 98%,這一情況使得大多移民自福建的台灣人,其遠祖籍貫為河南者佔有極大的比例。……這種血脈、種族上的規定性,使得閩台社會、文化的形成過程中,必然是以中原文化的社會、政治、經濟和文化教育模式為藍本,而他們的語言、文化、心態、倫理道德、思維方式和行為準則,也必然保有承自中原漢族的傳統。」[13]

台灣絕大多數的人口是漢人,不論是 1949 年遷台的外省人,或是兩三百年前已經由中國大陸移居至台灣的漢人,其文化背景上都是十分相似的,有相同的倫常背景,相同的道德觀念。原本相同的種族和相同的文化背景,先後遷台漢人之間的隔閡應該不會有太

---

[11] 朱雙一,《閩台文學的文化親緣》,福建人民出版社,福州市,2003 年,頁 1。
[12] 汪辟疆,《汪辟疆文集》,上海古籍出版社,上海,1988 年,頁 294。
[13] 同註 11,頁 4。

大的縫隙，即使有也是稍加時日可以弭平的，但是政治因素的介入，在原本和諧相容的基礎上，將細微的縫隙拉大，甚至扯裂，讓「離散」的氛圍起伏擺盪。

明朝末年，一些不願意向清朝稱臣的人士隨鄭成功渡海來台，明朝的名號繼續在台灣延續了數十年，這一批人為台灣的離散文學寫下了第一頁，沈光文的詩句〈感憶〉：「暫將一葦向東溟，來往隨波總未寧。忽見遊雲歸別塢，又看飛雁落前汀。夢中尚有嬌兒女，燈下惟餘瘦影形。苦趣不堪重記憶，臨晨獨眺遠山青。」[14]另有〈思歸〉：「歲歲思歸思不窮，泣歧無路更誰同。蟬鳴吸露高難飽，鶴去凌霄路自空。青海濤奔花浪雪，商飆夜劫葉梢風。待看塞雁南飛至，問訊還應過越東。」[15]詩句中洋溢對故鄉濃濃的思念，從此開始了台灣文學中的「鄉愁」主題，像沈光文這樣出生在中國大陸，來到台灣落腳的知識份子，對於故鄉有真實且直接的記憶，對於反清復明的志向不願放棄。但是也有另外一些人士所持的主張不一樣，他們對於從此定居台灣覺得也沒什麼不好，反正中國是回不去了，流亡是一條不歸路，既然不能認同滿族統治中國，就乾脆留在台灣，徐孚遠就將台灣比做桃花源，而渡海遷台的人士就是避秦而來的，不須再管島外紛爭，因而可以自得其樂。這樣的兩種主張，就某種程度而言，與今日台灣民眾對待大陸問題的看法倒也有相似之處。

渡海來到台灣的漢人，第一代本身就註定了「離散」的命運，而其後代因為紛擾的歷史環境，有著更複雜的體認。離散美學在近年成為文化研究重要課題，涉及範圍很廣泛，不僅僅是在文學領域，還包括了電影、文化，內容則涉及歷史、政治、移民、族群、

---

[14] 《台灣詩乘卷一》，《台灣文獻叢刊》，1960 年，頁 4。
[15] 《台灣詩乘卷一》，《台灣文獻叢刊》，1960 年，頁 7。

語言、身分、認同、後殖民、後現代等論述與議題。在文學的領域中，作家移居他鄉，或在家國以外書寫，所產生的經驗與感受，形成一種複雜的離散情境與現象，放置在當前整個世界因為媒體的快速傳播使得文化交流頻繁而趨於一體化、多元文化主義、跨國與越界脈絡探討已成趨勢，自有其適當性。

從另一個角度來看，當代歐美諸國的文學，由於亞洲離散族裔作家的崛起，呈現出更多元的面貌與聲音，也改變了歐美國家的文學版圖，在原本的主流文學中出現另類思考。離散美學的研究對象包括美國、英國、加拿大、澳洲、法國等地的亞洲離散族裔的文學表現，以及其所彰顯的離散課題，當亞裔族群參與其社會層面愈深，亞洲在世界整體發展所擁有的影響力愈大，其所發出的聲音也就更不容忽視。

然而，在亞洲，或是在中國，回到前述所討論的出現在歐美等國離散族裔的母體文化時，現階段在其本身所產生的離散現象，卻因為複雜的政治和文化問題，研究者在探討時反而出現了不同的認同。林鎮山指出：「放眼世界文學史，其實，思鄉與戀家原是人類初始的普世性（universal）情感特質，毋庸以社會科學的實證方法來論述。由是，馬森教授曾經在新近的一篇散文中指出：歸鄉／返家，可以說是古今中外文學「經常巡迴出現的母題」，他又引述千百年傳頌的李、杜詩句，而感慨：「其思鄉、戀家之情何等急切！」[16]然而，陳映真的〈故鄉〉，其中的敘述者「我」，思及歸鄉／返家，卻是：鄉關何處？腸斷關山，回鄉需斷腸——「我不要回家，我沒有家呀！」人類初始的普世性渴望，竟然扭曲至此，真是情何以堪？」[17]

---

[16] 馬森，〈何處是吾家〉，聯合報副刊，台北，2003 年 4 月 16 日。

[17] 林鎮山，《離散、家國、敘述——當代台灣小說論述》，前衛出版社，台北，2006 年，頁 80-81。

馬森出生在中國山東，1949 年隨父親來到台灣，完成大學學業後未久，即赴巴黎留學，隨後客居法國、英國、墨西哥、加拿大多年，80 年代回到台灣，如今又返回加拿大居住，居住過許多國家的馬森，思鄉情切。而陳映真出生在日據時期的台灣，對於身份的認同不同於出生在中國大陸的馬森，且更形複雜，促使他一度在其作品中說出沒有家的吶喊，而此一感慨的原始點不也是一種思鄉情切嗎？

在中國，台灣究竟處於什麼樣的位置？從地理上來看，是最容易說清楚的，台灣位於中國大陸東南邊陲地帶的一座小島，但是台灣當代文學在中國當代文學的範疇裡又是居於何種位置？是不是和地理環境一樣的居於邊緣地位，相隔的海峽或是政治情勢是否依然持續著「離散」的現象，計璧瑞指出：「總體上，在兩岸關係充滿變數的大背景下，個人感覺大陸學界存在不同的研究理路，一方面，既往的研究方式仍在持續，並加入了一些應對的話語和立場，這在部分文學史類寫作中表現的比較明顯；另一方面研究者的關注點更加多樣，加上交流的增加，對台灣現實情境和熱點問題的理解和把握大大加強。對台灣學界的最新進展也有相當的瞭解，體現在研究上，並且願意更多地以同情之理解為基本前提，更有探尋現象背後諸多因素的願望。雖然絕對規模並不小，但在大陸現當代文學研究整體中，台灣文學研究仍處於相當邊緣的位置，所佔的比重仍然非常小，『主流學界』仍然沒有真正把目光投向這個充滿挑戰的領域，也似乎更樂於將理論、方法的實驗在其他領域進行，而忽略這片本應帶來豐厚寓意的園地。」[18]台灣當代文學在中國現當代文

---

18 計璧瑞，〈誘惑、期待與挑戰並存〉，《文訊雜誌》，台北，2005 年 12 月號，頁 75。

學中的邊緣地位,也是促使離散情境繼續在台灣發酵的環境因素之一吧。

目前離散文學的研究領域,已經由純粹文本或作者的研究,進入區域研究、族群研究和文化研究。針對離散現象進行的研究,包括將「離散」這一名詞歷史化和理論化,並連結到關於民族主義、跨民族主義和跨國遷徙等對於離散現象具有重要影響的問題上。在連結離散現象和地理實體,例如民族相對於國家時,不能忽略掉一個重要的關鍵時期,那就是二次大戰之後,國家的形成與建構問題,例如東西德、南北韓,甚至於中國和台灣,韓國漢詩研究院就曾經在 1983 年出版過一本《離散家族再會詩集》。在許多文化或文學的批評中,評論者愈來愈關切「族裔」和民族認同的問題,並且詳細審視當代從旅行甚至到流亡的過程中,出現的各種「移動」(displacement)、「移位」(dislocation)等問題,包括大規模的遷徙運動、一波一波政治難民到別的國家尋求政治庇護、民族國家的重新建構等,都和離散文學的形成有著密切的關係。

關於離散文學,有許多代表性的作品,為此奠基的應屬 Stuart Hall 的 The Diaspora and Cultural Identity。另外,印尼出身的澳洲學者 Ien Ang 的 On Not Speaking Chinese,探討身分認同與後現代種族性的關係,是很值得討論的作品。印裔美籍作家拉希莉,其得獎作品 The Namesake,描寫移民經驗中產生的文化衝突,同化過程裡出現的矛盾情結,以及兩代移民間互相難以瞭解的鴻溝,以女性觀點特有的細膩,寫實地刻畫了一個印裔家庭在美國紮根、成長和分離的歷程,此外尚有魯西迪寫作的四部曲,這些作品提供了文學研究者關於離散文學的重要議題。

研究者在薩依德的許多作品裡可以一再發現,薩依德認為西方經典小說是帝國主義下的產品,此一主義下衍生出來的文學作品與

該主義所主張之疆域有著相互建構的關係。在薩依德的觀念中，小說是西方布爾喬亞社會的基本文化產品，它與帝國主義所衍生的中產階級價值觀有很高的親近性，儘管兩者之間的關係不能單純視為因果關係，然而，薩依德將小說視為西方歐美國家和它們所支配的「他者」之間一種重要的文化界面，通過這個介面，西方與他者兩個對話者之間不平等的關係便彰顯出來了。此外，小說的「自述」功能也非常重要，正如馬丁・格林（Martin Green）所指出的，述說自己民族的故事不但賦予自己民族堅強的意志，從而還可產生更大的力量。

　　歐美國家的帝國主義影響著二十世紀的世界主流文化，但是從二十世紀末開始，中國開放之後展現的強大影響力，已經從經濟層面向文化層面印證，中國文學將日益重要，在此同時，台灣當代文學雖屬於中國當代文學的一部份，但是似乎壁壘分明，尚不曾因為同出於一種文化底蘊，使用相同的文字，而融為一個大範疇。黎湘萍指出：「在大陸普通讀者層和學界那裡，『台灣文學』的特殊性是從作品內面的審美經驗和生活經驗去感知，而更少一些概念的糾纏。『台灣文學』這一『概念』，在他們看來，似乎都比較清楚：凡是來自台灣地區的作品，或從台灣到世界各地的作家，以其特有方式直接或間接呈現其『台灣經驗』的，都很自然地被放在『台灣文學』範疇裡。事實上，『概念』只對於研究者有效，特別是當他們有意要在『文學史』中去處理如何『敘述』台灣文學的時候；然而，閱讀並喜愛台灣文學的人，更被台灣文學的文學特質所吸引，他們往往忽略概念和概念背後的政治意識型態，直探文學最深厚的美學意蘊。」[19]

---

[19]　黎湘萍，〈跨越疆界：台灣文學研究的出路〉，《文訊雜誌》，台北，2005 年 12 月號，頁 51。

　　文學原本只有創作者使用的文字不同，而不需要有疆界，但是在融合了文化意涵和歷史背景後所進行的研究，不但有國界，還有區域。在台灣文學的範疇裡，對於 1949 年遷台外省籍作家的作品，同樣身為中國大陸遷台人士的台大外文系教授齊邦媛稱之為「漂流文學」，她指出漂泊是文學中重要的主題，不只是在台灣，對於台灣部分文學評論者討論遷台作家的作品時，只將注意力放在作品中顯現的反共思想，她認為是有失公允的。且上述作品形成有其歷史因素，當時國民黨政府提倡「反共抗俄」，某種意義上是為了撻伐色情和暴力作品，希望端正社會風氣，反共思想有其特殊背景，而當時國共戰爭中失利的國民黨退居台灣，在初抵異鄉時為了安定人心，反共也是凝聚民心的一種途徑，畢竟遠離家鄉，且不知何時才能返鄉，已成為既成事實。齊邦媛認為 1949 年遷台外省籍作家的創作可以說是一種悲情的昇華。雖然遷台作家們的寫作的漂流文學是以文字抒發情懷的一種本能，但是作為閱讀者，依然應該客觀的就其審美特質給予其應有的評價。當時遷台作家們所憂心的不僅僅是個人的骨肉離散所造成的人生悲劇，也是眾人離鄉背井的憾恨，以及整個中華民族未來的方向。

二、中國歷史上的離散文學

　　討論離散文學時，常會提到的族群如非裔、拉丁裔、猶太裔作家，都是離開了原本的國度，移民至新國度，甚至於寫作時不是使用母語文字，而是採用英文、法文等新移民國家的文字，但是，離散現象並不只限於分散在兩個不同國家的情況，雖然同屬一個國家，但是國家之內因為政治情勢發生變化，也會出現離散現象，中

國的魏晉南北朝、南宋是最明顯的時期，因此當時的文人們留下了一些離散文學作品，可說是中國離散文學史的先聲。

　　以東漢末年的民歌為例，在現留存下來的樂府詩可分成貴族文人的頌歌和民間的歌謠，樂府是漢武帝時設立的音樂機構，由文人寫作詩詞，配上樂譜，可供演唱，或收集地方民歌，後人於是將樂府所採之詩名曰樂府詩或樂府民歌。據《漢書·藝文志》所載，當時收集到的樂府民歌有一百三十八首，地區遍及黃河、長江流域，後來西漢哀帝時，下令罷樂府，多數民歌散失，現存者共四十多首，多數是東漢時期收集。東漢的戰亂，因此也出現在樂府詩中，樂府詩深刻地反映東漢民間的思想感情。其主題可分為幾類：一、反對戰爭和徭役的民歌，如《戰城南》；二、反映離鄉謀食、漂泊生活的民歌，如《東門行》、《婦病行》、《孤兒行》；三、描寫愛情堅貞的民歌，如《上邪》。其中不乏描寫當時社會中離散現象的詩篇，如〈十五從軍征〉：「十五從軍征，八十始得歸。道逢鄉裏人，家中有阿誰？遙望是君家，松柏塚纍纍。兔從狗竇入，雉從梁上飛。中庭生旅穀，井上生旅葵。烹穀持作飯，採葵持作羹。羹飯一時熟，不知貽阿誰？出門東向望，淚落沾我衣。」在外征戰多年的戰士，老了才能回到家鄉，想不到家鄉房屋荒頹，親友凋零，讓年邁的戰士不禁落淚。

　　建安是東漢最後的皇帝漢獻帝的年號，即西元 196 年起，220年止，稱為「建安時代」。當時，由於先後經過兩次「黨錮之禍」的摧殘，朝廷正直之士和天下文士受到思想上的鉗控壓抑，甚至因有異議而遭殺害。宦官、外戚、軍閥掌權，朝政腐化，人民生活日益艱困，最後爆發了以黃巾為首的農民起義，紛擾多年，平定之後，地方州牧又擁兵自重，四分五裂，軍閥連年混戰形成內亂，終致招來外患，在戰爭兵禍飢荒中，百姓離散。雖然東漢衰落了，但是，

建安時期的文學成就卻頗高，詩人們親歷戰亂，目睹民間疾苦，心
中感受深刻，反映在作品之中，情感真實動人。加上建安時期政治
上的領導者曹氏父子，不但提倡文學風氣，本身亦能創作、批評詩
歌，在此一社會、文化背景下，很自然促進了文學的發展，因而使
建安時代成為中國文學史上一個相當重要的時代。

　　曹操字孟德，建安時代的政治家、軍事家、文學家。他在各種
施政上富有反傳統精神，同樣的他所創作的樂府詩，也不喜因襲古
意，而繼承樂府民歌緣事而發的精神，以古詩的形式來寫時事，因
而創作了不少反映漢末社會動亂的詩歌，如〈蒿裏行〉、〈薤露行〉，
明人鍾惺稱讚曹操的作品為「漢末實錄，真詩史也。」他的抒情詩
如〈短歌行〉，雖然有著感嘆人生苦短，不如今朝有酒今朝醉的及
時行樂心情，但也透露出歷經亂世期許以天下為己任的壯志，以及
積極奮鬥的進取精神。至於他的四言詩，以《詩經》為基礎，繼續
有所發展，他的詩作，風格悲涼慷慨，沉鬱雄健，這當然和他個人
的經歷相關，至於他的用字則比較古樸。曹操的兒子曹丕和曹植都
在中國文學史上佔有重要的一席之地，除了文學作品外，曹丕的文
學批評更是不容忽視。

　　曹丕和曹植都可說是「生於亂，長於軍」，作品中也可看出亂
世人民的別離之苦，曹丕的〈燕歌行〉：「秋風蕭瑟天氣涼，草木搖
落露為霜。群燕辭歸雁南翔，念君客遊多思腸。慊慊思歸戀故鄉，
君何淹留寄他方！」還有〈雜詩〉：「草蟲鳴何悲，孤雁獨南翔。鬱
鬱多悲思，綿綿思故鄉。」曹植的〈送應氏〉：「步登北邙阪，遙望
洛陽山。洛陽何寂寞，宮室盡焚燒。垣牆皆頓擗，荊棘上參天。不
見舊耆老，但睹新少年。側足無行逕，荒疇不復田。遊子久不歸，
不識陌與阡。」詩中描述了戰亂與分離，東漢末年連年動亂，影響
民間生活，情感豐富的文人，心中感觸自然更多了。

　　在中國的歷史上，曾經不只一次因為政治局勢而造成人民的離散，例如晉朝時期就因為長期內亂，使得外族入侵，造成南北分裂，西晉末年「永嘉之禍」開始，中國出現南北分裂的局面，東晉歷經十一位君主，一百零三年間，北方則為五胡十六國，南朝宋、齊、梁、陳則與北魏、北齊、北周相對峙，許多知識份子為了躲避外族的統治，紛紛渡江南下，並且將文化帶到南方，從文化融合的角度來看，北方外族侵入，有機會出現更豐富多元的文化，但是南北對峙的情況之下，使得詩人們離鄉難返，身處分裂局勢的詩人也寫作了一些以離散為主題的詩作，當時由於政治情勢的影響，玄學風氣盛行，懷鄉之思多寄託於山水詩，雖未成詩的主流類別，但是思鄉情懷仍然在字裡行間流露。

　　庾信是北周時頗具代表性的詩人，他曾在西魏和北周做官，後來周陳通好，當時很多離鄉的人士都可以回返家鄉，但是庾信卻無法還鄉，因此他寫下抒發心情的詩篇，如〈寄王琳〉一詩中的：「玉關道路遠，金陵信使疏。獨下千行淚，開君萬裏書。」又如〈重別周尚書〉一詩中的：「陽關萬裏道，不見一人歸。唯有河邊雁，秋來南向飛。」還有〈詠懷〉二十七首中的：「不言登隴首，唯得望長安。」以及「秋風別蘇武，寒水送荊軻。」的詩句，可以看出庾信憂心國勢，也為了自己不能還鄉，鄉愁難以消解，而感到悲傷。

　　南朝詩人作品中的離散之思更為常見，南朝宋詩人鮑照的〈日落望江贈荀丞〉一詩中的：「惟見獨飛鳥，千里一揚音。推其感物情，則知遊子心。」〈登翻車峴〉一詩中的：「遊子思故居，離客遲新鄉。知新有客慰，追故遊子傷。」其他如南齊謝朓也有體現離散之情的作品，如〈晚登三山還望京邑〉一詩中的：「有情知望鄉，誰能鬢不變。」以及因為離散而產生的相思之情的描敘，如〈秋夜〉一詩中的：「秋夜促織鳴，南鄰擣衣急。思君隔九重，夜夜空佇立。」

如〈落日悵望〉中寫的：「已傷慕歸客，復思離居者。」〈送江水曹
還遠館〉中寫的：「上有流思人，懷舊望歸客。」〈冬日晚郡事隙〉
中的：「已惕慕歸心，復傷千里目。」等，寫的都是懷鄉之思。南
北朝時興起的離散之情在隋朝詩人的作品中也還可以看到，如薛道
衡的〈人日思歸〉一詩中的：「入春才七日，離家已二年。人歸落
雁後，思發在花前。」

　　離散詩在中國的另一個朝代南宋出現的更多，這當然是因為宋
室南遷的影響，王偉勇在討論南宋詞時，對於文學和政治環境間的
關係就明白指出：「政治之於文學藝術，有莫大之影響，或關係其
興衰，或左右其內容，此不易之理也。如漢代試經，經盛於漢；唐
以詩取士，詩盛於唐；明清考八股，制藝盛於明清。而屈原值主昏
臣亂之世，乃多憂愁幽思之作；杜甫逢安史之亂，爰多悲壯之音；
李煜遭亡國之痛，詞風丕變，盡是故國之思，皆足為證。詩序曰：
『情發於聲，聲成文謂之音。治世之音安以樂，其政和；亂世之音
怨以怒，其政乖；亡國之音哀以思，其民困。』即此義也。以此論
南宋詞，實亦深受政治環境影響，……此種宋金以及後期宋蒙對峙
之局面，由於北方山河在望，總予人無限恢復之期盼；然朝臣爭議
不休，權奸誤國益甚，令有心之士，憂思不已。故終南之世，雖偏
安苟且之風瀰漫，而關注家國之心仍不時流露詞中。」[20]

　　靖康之亂為宋朝的政治局勢帶來重大的影響，徽欽二帝被金兵
擄走，山河破碎，雖然皇室南遷，偏安一時，但是有志之士深深感
受到國破家亡的悲痛，因此南宋詩人的詩作在思鄉之情中還包含著
對於山河變色的深沉傷懷，如辛棄疾〈菩薩蠻：畫江西造口壁〉一
詞中的：「鬱孤台下清江水，中間多少行人淚！西北望長安，可憐

[20]　王偉勇，《南宋詞研究》，文史哲出版社，台北，1987 年，頁 19-31。

無數山。」還有〈水龍吟〉中寫道:「落日樓頭,斷鴻聲裡,江南
遊子,把吳鉤看了,欄杆拍遍,無人會,登臨意。」朱敦儒〈朝中
措〉一詞中的:「昔人何在,悲涼故國,寂寞潮頭。」還有〈鵲橋
仙〉中寫道:「東風吹淚故園春,問我輩何時去得。」〈採桑子〉中
寫道:「扁舟去作江南客。旅雁孤雲,萬里煙塵。回首中原淚滿巾。」
陸遊的〈鵲橋仙〉中寫道:「故山猶自不堪聽,況半世飄然羈旅!」
〈訴衷情〉中寫道:「胡未滅,鬢先秋,淚空流。此生誰料,心在
天山,身老滄洲。」還有〈示兒詩〉中寫道:「王師北定中原日,
家祭無忘告乃翁。」

南宋詞一般可以分成三個時期,第一個時期:南宋初期時和金
發生戰爭,豪放詞風再度興起,因奸權當道,知識份子深以戰事失
利為辱,於是寫下慷慨悲壯的作品,以辛棄疾、陸游為代表。第二
個時期:南宋中期,此時蒙古滅金,成為南宋苟安時期。文人暫且
不提時局,作品講求聲律,崇尚詞藻,以姜夔、吳文英為代表。第
三個時期:南宋後期,此時蒙古南侵,是南宋滅亡時期,文人為求
自保,不敢流露亡國之痛,只在詠物寓意上下功夫。以周密、張炎、
王沂孫為代表。

南宋初期的詞是涉及離散主題最多的時期,前面提到過當時代
表詞人為辛棄疾和陸遊。辛棄疾,字幼安,號稼軒,濟南歷城(今
山東濟南市)人。他出生於金人統治下的北中國,青年時期就參加
山東抗金的農民起義。南歸後,宋高宗授承務郎,歷任湖北、湖南、
江西、福建、浙江安撫使,兵部侍郎等職,在政治上、軍事上表現
出不凡的能力,但因一心想北伐復國,為權奸壓抑,屢遭罷黜。晚
年隱居,依然關心國事,牽掛民間疾苦,可說是憂憤而終,年六十
六,著有《稼軒詞》,和蘇軾齊名,世稱「蘇、辛」。

　　辛棄疾的作品使南宋「豪放詞派」有了更好的發展，辛詞的重要精神是愛國思想。他對於南宋的偏安局面感到憤慨，寫下〈菩薩蠻──書江西造口壁〉，他並且以為國雪恥為己任，常以仰慕歷史人物來寄託雄心壯志，如〈永遇樂──京口北固亭懷古〉；或以英雄志業和朋友互勉，如〈水龍吟──壽韓南澗尚書〉；作品中時而顯現出壯志未酬的感慨，如〈水龍吟──登建康賞心亭〉。辛棄疾繼承了蘇軾豪放的詞風，同時展現了南宋初期愛國詞人的豪情，突破晚唐五代詞家傳統題材的限制，抒懷議事敘事寫景的手法都更趨成熟，具有強烈的浪漫主義色彩。由於所處時代背景讓他憂憤，作品更形個性鮮明，詞作中的豪情壯志、悲憤抑鬱，讓人印象深刻。辛棄疾常採用托古喻今的方式、曲折的比興手法，他的詞在南宋詞壇有重要影響。

　　南宋初期另一位愛國詞人陸遊，字務觀、號放翁，越州山陰（今浙江紹興）人。他生長在民族矛盾異常尖銳的南宋初期，北宋亡國的慘痛教訓，父親陸宰的愛國思想教育，使他年輕時便立下「上馬擊狂胡，下馬草軍書」的壯志。陸遊三十歲時應禮部試時，因主張恢復中原，觸怒秦檜而被斥落。四十六歲入蜀，在川陝前線先後參加王炎和范成大幕府。東歸後，在福建等地作官。六十六歲後，大部分時間在山陰老家度過，生活寧靜簡樸，卒年八十五歲。他的〈訴衷情〉：「當年萬裏覓封侯，匹馬戍梁州。關山夢山斷何處？塵暗舊貂裘。胡未滅，鬢先秋，淚空流！此生誰料：心在天山，身老滄洲！」充滿了國恥未雪、壯志未酬的悲憤之情。劉克莊在《後村詩話續集》中稱讚陸遊的詞是：「其激昂感慨者，稼軒不能過。」

　　詞發展至兩宋，可說是該類型文學作品已達登峰造極之境，不過詞在風格上，北宋的詞和南宋的詞，有不同之處，時代背景不同影響了作品的精神和情感，北宋自太祖至仁宗年間，社會承平，民

生康樂，故其詞和婉，多雍容愉揚之聲；而南宋時偏安之局，百姓
歷經離散生活困苦，令知識份子憂心忡忡，作品也彰顯其悲憤之情。

因為政治情勢而造成人民的離散，往往促成那一個時代的文學
特色，王偉勇在討論南宋詞時，針對這一項特點便寫道：「因之家
國身世之慨，終南宋之世，無時或已。寫入詞中，或感懷家國，或
志切恢復，或隱刺朝政，或哀痛淪亡，或敘寫羈旅，或發抒不遇，
均頗感篆人心。而此種由家國變動所引發之內容，實南宋詞極大之
特色，亦令詞之體用，自此登於騷雅之境，與詩文鼎足而三。」[21]

1949 年國民黨遷徙至台灣，和前述的中國歷史有相近之處，
經過連年戰亂，政治因素造成百姓離散，南北相隔數十年，雖然仍
然同屬一個國家，但卻有著長時間的分離隔絕，離散的定義並非專
指分散在不同的國度，也可以是兩個隔絕的區域，如南韓和北韓，
如大陸和台灣。於是遷徙到台灣的人民在強烈的思鄉之情觸動下，
寫下了許多感動人心的懷鄉文學，為當代文學史註記新的一頁。

三、離散書寫在台灣

離散文化書寫，包含後殖民論述和少數民族論述的立場，著眼
於跨界離散的層面，如果回歸離散的最早定義，來自西元六世紀猶
太人被困巴比倫後，不回初生地，也不知該何去何從散居各處的景
況是離散，此處絕非認為遷台作家的離鄉是緣於個人自由意志，而
是希望透過對遷台作家的離散圖景進行歷史化及脈絡化的考察，探
察與歷史之間的對話。使台灣離散書寫的探討，這一場因政治因素
造成的大規模遷移，一方面凸顯離散經驗，一方面也顯現文學作品

---

[21] 王偉勇，《南宋詞研究》，文史哲出版社，台北，1987 年，頁 493。

中的美學堅持。離散是一種苦難的生命狀態，當它寫入文學，是否能藉由藝術加工，以美學的方式呈現苦難人生的離散狀態，將充滿分離傷懷的離散世界，經由藝術的追求，產生更高的價值？遷台作家作品在美學層次上展現了什麼樣的成果，當我們以客觀的態度重新審視以文學之筆描寫的離散主題，才能瞭解作家是否達到藝術層面的轉化。

離散美學近幾年在台灣頗受重視，中山大學設立專案研究計劃，交通大學之跨文化研究也將其列為重要主題，2003 年台灣舉辦的第二十七屆全國比較文學會議，主題為：「民族主義、族群譯適合文化根源」，緣於文學藝術表達與地方、記憶與認同關係密切，且隨著目前全球化趨勢中人口、財經、資訊、科技以及音像文化大量傳播交融，使得民族主義、族群譯適合文化等議題更形複雜，該次會議的子題包含：東西文學的流離／放逐、全球化與文學中族群意識的消長、殖民主義與文化根源、文學中的民族主義／民族主義中的文學、通俗文化與族群認同、族群與生態，會議裡發表多篇涉及離散範疇之論文。2005 年第二十九屆全國比較文學會議以「跨界／介與遊移／離」為主題，二十一世紀，遷徙對許多人而言，是一種生活方式，意謂著跨越界限，相關創作者面臨了跨越某種型式的疆界，也許是地理與空間上的、文化及語言上的、或是時間和歷史上的種種界限。擴大言之，各種文本與理論也在這個全球化的年代旅行、翻譯，在不同的時空地點下，經由不同的媒介，不斷面臨改寫與誤讀。在跨界／介之際，另一個值得探索的是遊移之間的懸而未決，它可能是幽微曖昧的第三空間，此性非一的閾限（liminality）認同。會議以「跨界／介與遊移／離」為主題，希望提供一個對話空間，結合不同領域的學者思索二十一世紀的流動與書寫，如何影響自我認同與文化交流，該次會議子題包含：文學中

的旅行（追尋、旅程、航行）、理論的旅行、自我與他者的再現、移民、外勞與身份認同。由此可知，離散或是族群間身分認同等範疇近幾年在台灣頗受重視。

離散的概念，可以幫助我們簡單的區分文學的主題，並且瞭解到此一類型文學產生的歷史因素，但文學研究最重要的仍然是文本的精讀以及分析，透過作者的闡述位置，體察離散身份在其作品中的呈現。呂正惠在談到文學研究中理論應用的問題時，指出：「每一個時代的文本，產生於同一環境，以前叫『時代背景』，現在叫『語境』。同時代的文本之間可能有互文性。前一個時代（語境 A）的文本與後一個時代（語境 B）的文本也可以有影響或互涉關係，所以，也可以有互文性。如果我們把這些特殊的『語境』和『互文性』通通切斷，而只選一些文本，用一種理論架構切入，這樣就算瞭解作品（文本）了嗎？……譬如，50 年代有所謂外省籍作家的『懷鄉』文學，60 年代有白先勇、劉大任的外省人在台北的小說，進入 80、90 年代以後，外省認同小說愈來愈多。但當我們把這一切都歸入『離散』的觀念之下的時候，它們的語境的差異，互文性的複雜狀況一律被抹平，而只剩下『離散』這一概念，整個複雜難解的現象就被『簡單化』了。」[22]文學理論有其一定的主張或原則，但是文學創作卻往往不是，這有時是文學研究者在面對作品和理論時的兩難，於是有人將具有文化特殊性的理論直接套用，卻疏於閱讀文本，這種寫作論文的方式，也許是出於一種習慣，也可能是覺得容易被認可，於是出現一種研究模式，在還沒有閱讀文本之前，

---

[22] 呂正惠，〈應用流行理論是一種「偷懶」的行為〉，《文訊雜誌》，台北，2006 年 1 月號，頁 39。

就先準備好了一套理論，然後將文本拆散放入理論的架構中，如此
的研究方法，由於缺乏對文本及作者的瞭解，很容易造成誤讀。

　　遷台作家的懷鄉文學在台灣出現已半個世紀，當作遷台的作家
們當中已經有部分人離世，現階段從事遷台作家懷鄉文的研究，對
於其形成背景並不陌生，對於作家的生平也有更多機會進行比較深
刻的瞭解，精讀文本是研究任何一種文學必備也是最基本的功課，
各種分類方式和理論則是有助於梳理、體現遷台作家懷鄉文學書寫
的位置，以及世界思潮的趨勢。陳器文指出：「文學論述的『建制』
功能愈來愈凸顯，各類理論倏忽而起形成風潮成為論述的型範，為
評論家帶來菁英文化的權威感，將屬於感性的、會意的、直覺的初
階閱讀及詮釋趕出文學社區，不但理論與文本疏離，也使學者與研
究對象疏離。」[23]

　　理論用於研究，應該是一種輔助工具，而非套用的框架，一套
可以應用在各種類型作品的公式，畢竟，文學不是數學，有一定的
規則和公式，文學充滿變化，蘊含作者主觀的意識（如遷台作家的
政治選擇及歷史切入角度），人性客觀的情感（如對於家鄉的思
念，身在異鄉的疏離感），時代共通的認知，以及運用文字所營造
出的閱讀美感，遊走在字裡行間的意涵，潛藏在作品中的感動，這
些都是文學作品無可取代的意義，所以才值得研究者深入梳理，
讓日後時間流逝而造成距離日益遙遠的讀者，有更多機會認識與
瞭解。

　　根據在加拿大出版的《離散學報》（Diaspora）的主編卡齊塗
洛彥的分析，認為離散的概念廣泛化之後，應該具備以下幾個要

---

[23] 陳器文，〈古典文學研究現代化、現代文學研究古典化〉，《文訊雜誌》，台
　　北，2006 年 1 月，頁 47。

素：一、典型的離散是由於高壓統治而產生，導致泛眾從原鄉集體移出，連根拔起，爾後定居於異邦。二、離散社群積極地保存集體記憶，這是他們獨特的身分屬性的基本要素。有些集體記憶，具體地再現於文本之中，例如猶太人的舊約聖經。三、離散人士很重視彼此之間，以及和原鄉家人、親戚、朋友間的聯繫。四、離散人士如果因為環境不能和原鄉維持具體聯繫，也會存有迷思式的想念。[24] 1949 年由大陸遷台的作家們完全具備以上四項要素，一、國民黨與共產黨兩派主張在當時無法相容，遷台作家傾向國民黨，國共戰爭失利之後，只能出走，且不能返回。二、懷鄉文學的書寫廣泛來說就是一種集體記憶的再現。三、即使是兩岸隔絕的年代，許多在台人士也試著透過海外友人與大陸的家人輾轉取得聯繫。四、遷台人士在台居住半個世紀，時間遠遠超過在故鄉的時間，對於故鄉之情卻依然無法割捨，使得離散之情至今仍無法完全消除。

　　美國學者多蜜尼史娜波認為：「離散」這一個詞彙和「國家」相比較，後者傳達的意涵要來的比較僵化、不變，而前者則是屬於一種流動化的概念，與時代的價值觀比較一致，如果能夠將「離散」一詞的正面衍生意義和負面衍生意義通通消弭，只留下一種立場中立的詞面意義，對於其作為知識性的工具將更加有益。[25]

　　除了遷台作家的「懷鄉文學」，「留學生文學」與「移民文學」是台灣當代文學中具備離散概念的兩種類型，王德威指出「海外

---

[24] Kaching Toloyan, Rethinking Dispora (s): Stateless Power in the Transnation Moment, Diaspora 5:1, 1966, P3-36.

[25] Dominique Schnapper, From the Nation-State to the Transnational World: on the Meaning and Usefulness of Diaspora as a Concept, Diaspora, 8:3, 1999, P250-251.

作家一直是當代中國小說的主力之一。原鄉的失落、人際的隔膜、時空的睽違等主題,每在異國文化背景的襯托下,成為這些作家的拿手好戲。久而久之,海外華人文學形成一套獨有的語言敘述模式,一方面提供讀者各色轉手風土資料,一方面也預設不少『本該如此』的情緒反應──海外文學不談孤獨、疏離、流浪者幾希!」[26]致力研究台灣旅美作家小說的蔡雅薰認為:「海外華人作家雖然是處於文化與政治上的邊緣人,但所創作的文學,因能在差異甚大的特定環境中,激盪沉潛,故能充分反映潛在內心隱性的感知,是本土的延伸,也是生存的考驗,作品故能具備獨特的民族色彩,又能兼具反思的批判精神。近二十年來,移民熱潮方興未艾,人數激增,移民動機更形複雜化。除了移民之外,尚有流寓或回歸等情形仍在衍進,是故欲來愈多的作品,呈現出多樣的移民素材,新舊作家前仆後繼,『移民小說』愈顯豐贍,引起文壇的關心與各方學者的注意,甚至可以預見『移民文學將成大氣候』的前景。」[27]

台灣留學生或移民文學的書寫當然也是有其歷史背景的,中國在唐朝時已經有移民前往國外發展,當時以南洋地區為多,清朝時則有較多赴海外的留學生,這些海外遊子在當時交通不變的環境之下,其疏離與孤獨較之於今日,相信是有過之而無不及。而清朝時去到海外的華工,足跡更遍及加拿大、美國、澳州、日本和東南亞,白人殖民主義下的政策對待華籍勞工是苛刻嚴酷的,以晚清的華工為主題的小說可謂是一頁血淚史,也是中國移民文學的先趨,不過

---

[26] 王德威,〈異鄉風華──評蓬草《頂樓上的黑貓》〉,《閱讀當代小說》,遠流出版社,台北,1991 年,頁 215。

[27] 蔡雅薰,《從留學生到移民──台灣旅美作家之小說新論 1960-1999》,文史哲出版社,台北,2001 年,頁 4。

這些作品多是後來由其他作者寫成的，主要因為早年移民海外的華工教育程度低，難以運用文字表達自己的心聲。例如張錯的《黃金淚》、Ruthanne Lum Muccnn 的《悲涼之旅》。文學本就是反映人生，移民文學充分顯現移民們所受的衝擊，安土重遷的中國人選擇到海外工作，一定有其不得已的原因，所以移民文學多是因為時代、因為環境而產生的辛酸故事，尤其是在晚清時，移居到海外的華人大多是從事當地人不願做的苦力，不但生活條件差，更不可能得到應有的尊重。

至於晚清時出現的留學生文學，較移民文學為豐富，這當然和留學生本身是高知識份子有關，例如履冰的《東京夢》、老林的《學堂現形記》、叔夏的《女學生》、南武野蠻的《新石頭記》、嶺南羽衣的《東歐女豪傑》、杞憂子的《苦學生》等。其後中國到海外的留學生人數愈來愈多，也為國內帶來許多改革，包括重要的民主運動，到了民國初年五四新文學運動更是完全改變了中國文學的創作方式，魯迅、周作人、胡適、徐志摩、郁達夫、梁實秋、冰心、林語堂等都是留學生，他們不僅將新的文學風格帶進中國，更重要的是帶進了顛覆過去封建思想的新思潮。

王德威在討論民國初年一直到 30 年代的留學生文學時，他歸結出三點值得注意的意義：「第一，留學生小說以國外為背景，為中國文學引入了異鄉情調，相對的也烘托出鄉愁的牽引，及懷鄉的寫作姿態。第二，五四以來的留學生小說藉著孤懸海外的負笈生涯，凸現了彼時知識份子在政治及心理上的種種糾結，進而形成一極主體化的思辯言情風格，頗有可觀。第三，留學生出國、歸國與

去國的行止，不僅顯現留學生個人價值抉擇，也暗指了整個社會、政治環境的變遷。」[28]

　　台灣留學生文學和移民文學的出現，其背景已經和清朝及民國初年明顯不同，但是依然潛藏著對現狀的不滿，以及對新生活的追求。二十世紀後四十年出現在台灣的留學生文學和移民文學之間，有哪些同質性？又有哪些異質性？是不是由留學生所寫或是描寫留學生生活的作品就稱之為留學生文學，而描寫移民生活的就稱為移民文學呢？本身是作家且在美定居數十年的叢甦，對於留學生和移民兩者的生活皆有切身體驗，她認為以「流放文學」來涵蓋留學生文學和移民文學比較恰當，她指出：「『六十年代文學』在台灣的文學發展史上佔有一個奇怪的地位。它有閃爍，也有滄桑；有叛逆，也有懷舊；有吶喊，也有唱嘆。……而當『六十年代』的作家群重新飄洋過海『留美』時，他們已是『二度流放』；美國是新土，台灣已成故園。」[29]居住在海外多年的作家張讓同樣也主張採用「流放文學」這一個名詞，她說：「台灣一度叫『留學生文學』，現在無以名之則稱為『海外文學』。其實若必要掛名，可稱『漂流文學』或『流放文學』。漂流，或者流放，其實是每人必然的經歷。」[30]

　　叢甦和張讓所提出的「流放文學」，和齊邦媛將遷台作家的懷鄉寫作歸為「漂流文學」，其概念上和「離散文學」是一致的。不同於叢甦和張讓主張的「流放文學」，李黎認為移民文學是「拓荒者文學」，她指出：「1981 年諾貝爾文學獎頒給了德國三十年代『流

---

[28] 王德威，〈賈寶玉也是留學生──晚清的留學生小說〉，《小說中國》，麥田出版社，台北，1993 年，頁 229。

[29] 叢甦，〈沙灘的腳印──留學生文學與流放意識〉，《文訊雜誌》，2002 年 2 月，頁 49。

[30] 張讓，〈鄉愁的方位〉，《文訊雜誌》，台北，2002 年 2 月，頁 63。

放的一代』作家卡內提,而被認為是『諾貝爾文學獎承認了放逐的一代之文學成就』。這引起一個有趣的問題:這些海外華人作家,是不是也算『放逐的一代』呢?⋯⋯海外華人的文學不該是流放文學,而是拓荒者的文學,是伸向空中的枝葉投給大地的消息,是來自遙遠的域外的書柬,是檢視這一個遷徙動盪時代的見證與史歌。」[31]有趣的是,這兩種對於台灣海外移民文學的說法,和台灣本土對於中國大陸來台人士的說法倒是一致的,1949 年遷台的作家們認為自己是飄移在故鄉之外的,而祖先們來自中國閩越地區的台籍作家們,寧願將自己視為拓荒者的後代,並且崇尚祖先們拓荒者的精神。當然必須先離鄉才需要開始拓荒,但是兩者在意涵的詮釋和著重上不盡相同,流放離散代表著對故鄉念念不忘,對於融入新土仍有著矛盾;而拓荒則顯示對新生活有更多的期待,對於故園的牽掛也不是那般魂牽夢繫時刻繚繞,猶如擺脫不掉的魂魄遊走在字裡行間。

對於台灣地區在 60 年代興起的留學生文學,蔡雅薰認為:「遊子出走,產生漂泊的失落感,引發懷念家鄉故土的情思,失去所依存的土地與語言的根源,因而引發對故土與母體文化的尋求與皈依。而文學中對於『尋根』主題的多重演繹,已不再是一個具體的概念,而是故土、親人和中國傳統文化的總和。⋯⋯台灣旅美作家身上也保有中華民族文化傳統的歷史淵源,她們使用中文創作,不僅小說中的語言已包含一個民族特有的文化內容,寫作的動機與實際的創作行動,寄回家鄉來發表,未嘗不是尋求故土與母體文化的一種尋根行為。」[32]台灣 60 年代留學生大多前往美國,這當然有

---

[31] 李黎,《傾城》,聯經出版公司,台北,1989 年,頁 136-137。

[32] 蔡雅薰,《從留學生到移民——台灣旅美作家之小說析論 1960-1999》,萬卷樓出版社,台北,2001 年,頁 167。

其歷史因素，然而留學生完成學業之後不願回國，卻又和 1949 年
國共內戰之後產生的海峽兩岸隔絕情勢有關，中國的分裂情勢使得
海外的華人只能在二者中擇一，對於從台灣出國的留學生，外省籍
者承襲父母的情感心中的故鄉是大陸，因此會有劉大任寫下〈杜鵑
泣血〉。台灣旅美學者何秀煌指出：「許多留學生不願歸國，原因是
他們不喜歡台灣的社會風氣與政治風氣；在現存的風氣之下，他們
對於回國之後的前途沒有一個可以預料的展望。」[33]

　　60 年代在美華人對於台灣缺乏信心，事實上當時有許多人認
為台灣的前途並不樂觀，不但料想不到後來的經濟發展，尤其擔心
台灣眼下偏安一隅的生活是否會有崩塌的可能，畢竟台海危機是存
在的，在擔心台灣的安全之時，似乎留在美國是較好的選擇。海外
華人除了對於回台灣有疑慮，對於中國大陸一樣存在著疑慮，余英
時指出，中國人在北美地區的移民歷史雖然有一百多年，但是在
1949 年以前，中國是統一的，在美國的華僑依然抱持著「落葉歸
根」的心理，他們之所以留在美國，是為了當時的美國有較好的賺
錢機會，將來年紀大了，還是可以回家鄉養老，所以對於眼前在美
國的生活認為是暫時的寄居，也就是社會學家為移民分類時所謂的
「暫時居住」型（sojourn）。可是 1949 年以後，中國大陸的政治局
勢產生了巨大的變化，和海外華僑過去所熟悉的中國已經不再相
同，由於出現不能確定的情形，希望保留原有生活方式的海外華
人，多數寧可選擇留在美國。余英時說：「『逝將去汝，適彼樂國』。
《詩經‧碩鼠》這兩句詩便是新移民的心理最好的寫照。五十年代
以後，中國人留居美國的人數大量上升，其中知識份子的比例更是

---

[33]　何秀煌、王劍芬合著，《異鄉偶書》，三民書局，台北，1971 年，頁 143-144。

達到了前所未有的高度。」[34]近半個世紀的中國歷史，或直接或間接都和 1949 年的國共分裂脫不了關係，遷台作家的懷鄉書寫肇始於此，台灣地區出現的留學生文學或移民文學，又何嘗不是受此影響而產生的。

出生在上海，在台灣完成中學和大學學業的於梨華，赴美之後成為所謂留學生文學系列的一員大將，對於自己身為外省人，離開大陸後，她不覺得自己有根在台灣，所以不想留在台灣，美國當然也沒有根，但是反而比較容易接受，這是在台灣外省人的一種矛盾，明明台灣至少還是中國，但又因為不是故鄉，那種身在台灣卻有著被流放的感覺，還不如徹底流放到外國。於梨華在《又見棕櫚・又見棕櫚》中寫道：「在美國十年，既沒有成功，也沒有失敗。我不喜歡美國，可是我還是要回去。並不是我在這裡（指台灣）不能生活得很好，而是我和這裡也脫了節，在這裡，我也沒有根。」又如：「我在那邊（指美國）也沒有根，但是，我也習慣了，認了，又習慣了生活中帶那麼一點懷鄉的思念。」還有「他們的情形不同（指台灣籍在美國取得學位者），他們在此地（指台灣）有根，而我們，我不知道別人是怎麼想的，我總覺得自己不屬於這裡（台灣），只是在這裡寄居，有一天總會重回家鄉，雖然我們那麼小就來了，但我在這裡沒有根。」[35]

於梨華這幾段話代表了遷台初期許多外省人在台灣的心情，台灣是中國，但不是故鄉，且當時的局勢兩岸完全隔絕，來到台灣的外省人本身就是流亡而來，離散之情讓其中一部份人不願繼續留在台灣，而寧願選擇出走他國。然而，不論是留下，還是繼續遷徙，

---

[34] 余英時，《中國文化與現代變遷》，三民書局，台北，1995 年，頁 51-53。
[35] 於梨華，《又見棕櫚・又見棕櫚》，皇冠出版社，台北，1996 年，頁 132-159。

都仍然處於離散的狀態。數十年後，海峽兩岸開放交流，昔時遷台的外省人不僅可以返鄉探親，也可以回家鄉定居，但是家鄉已經變了，也許是親人不在了，也許是時移事往，物換星移了，也許是在台灣娶妻生子，選擇回去與家人團聚，又得與台灣的妻小分離，出現新的離散狀態。隨著改革開放的腳步，經濟起飛之後，家鄉的面貌變化之快速更是讓心心念念數十年前家鄉景緻的人，覺得當年失去的故鄉，其實已經消失了，回不去了，種種原因，使得他們成為無根的一代，在台灣無根，在移民的國度無根，即便故鄉也因為時間改變了一切，就連在故鄉也沒有根，1949 年遷台的人，在離開家鄉之時，就已經註定這一世的離散。

　　台灣當代文學範疇中的離散書寫有兩大類別，第一類是遷台作家的懷鄉文學；第二類則是作家離開台灣後的移民文學。遷台作家的懷鄉書寫在台灣是更早於留學生文學和移民文學的離散文學，雖然當時台灣文壇還沒有使用離散文學此一名詞。不同於散居美加地區非洲裔作家的離散書寫，非裔作家對於家鄉黑色大陸的省思是以種族為重的，明顯的不同膚色的概念下包含著關於人文的、歷史的、宗教的思考；但是遷台作家擺脫不掉的是直接來自戰亂的記憶，以及政治上的鬥爭，海峽兩岸為同一種族、同一文化背景，我們相信假以時日，原有的隔閡或誤解將被弭平，被瞭解和包容取代。但是在二十世紀的後半個世紀，為什麼離散仍是在台灣外省人持續的處境？其原因並不是不認同台灣，情感上外省人早已認同居住了大半輩子的台灣，但是台灣的政治情勢不斷被政客掀起分裂情結，因此身分認同問題至二十一世紀仍然持續發酵。

　　綜上所述，本書所探討的主題是離散的、也是美學的。此外，就離散的討論而言，不同的社會背景、不同的生命經驗都將形成相異的離散圖景，沒有一種理論模式可以適用於不同文化環境，因

此，以離散討論遷台作家的作品並非套用理論從而指導論述，而是希望藉著「挪用」（appropriation）理論，以與文本進行對話，提供舊文本的新詮釋。

方忠指出：「從 90 年代初開始，大陸台灣文學研究界出現了一種新的研究思路，即運用比較的方法將台灣文學與大陸文學進行整合研究，探尋兩岸文學間的複雜關係。台灣文學是在中國歷史大背景下，由於局部地區的特殊際遇而形成的一種有特色的文學，它與大陸文學有著深刻的淵源關係。台灣現代文學在其發展過程中，不自覺地接受了大陸的現代文化和現代文學的影響，並在大陸文學的催生下實踐著其文學現代化的進程。台灣現代作家繼承了中華民族優秀的文學和文化傳統，在創作實踐中表現出反帝反封建，追求民主與科學的思想內容。強烈的民族民主意識，構成了台灣現代文學的主旋律。而台灣文學自身特殊的文學經驗，也為大陸文學提供了一個參照。」[36]方忠提出的是一種整合的觀點，但是很可惜的此一整合的觀點在二十世紀的中國當代文學研究中並未看到，大陸學者時常將台灣文學和港澳地區文學置於對等的位置來作討論，如果就其中的離散情境論，香港曾由英國統治管理，澳門由葡萄牙政府管理，文學中的離散現象應該更加明顯，融合了後殖民省思，但是事實並非如此，承繼著中華傳統的遷台作家們，在此一主題上所投注之心力筆墨，完全不亞於港澳地區作家，且擁有更為豐厚的成績。

---

[36] 方忠，〈從紛紜走向整合——近期大陸台灣文學研究的一種趨勢〉，《文訊雜誌》，台北，2005 年 12 月，頁 60。

第三章　遷台作家的懷鄉小說

　　當我們研究遷台作家的懷鄉書寫時，這一些在 1949 年由中國大陸遷移至台灣的創作者，其背景有相似之處，例如都是在年輕時離鄉、經歷過戰亂；也有相異之處，例如來自中國東西南北不同的地方，故鄉的地理環境和成長經驗自然有絕對的差異；又如隨軍方來到台灣的年輕人，和在大陸完成教育的成年人，思想上也會有所不同；隻身避難來到台灣和舉家遷徙的人，在心情上當然也不盡相同。這些「相同」和「相異」，都累積成為遷台作家展現在懷鄉文學寫作中的特色，而他們共同的創作動機是面對回不去的家鄉，都有著深深的思念與眷戀，這一份思念眷戀讓家鄉種種纏繞心頭，產生「不吐不快」的寫作衝動與熱情，使得懷鄉文學在 1950 至 1970 年代的台灣文壇綻放出引人入勝的光彩，也為原本貧乏的台灣現代文學注入茂盛的生命力，展現更豐富多樣的面貌，其成就不應該被忽視。

　　懷鄉文學的寫作，在遷台初期的二十年最為蓬勃，因為遷台作家的思鄉情切，且正值創作力最旺盛的年歲，1950 年代，在台灣從事寫作的外省籍作家中，以二十五至三十歲者為主力，他們的人生經歷了重大的轉變，這轉變不僅包括了外在環境的變異，也包括了從少年跨入成人社會時心理的糾結，在本章所討論的懷鄉小說寫作中的張漱菡、郭良蕙、楊念慈、朱西甯、司馬中原、郭嗣汾、王藍和潘人木等皆是如此，他們從不同的角度切入，在共同的懷鄉主題書寫中呈現出不同母題，像是分離、團圓、人性的正反掙扎、戰

爭中的愛情等等，這些懷鄉文學中不同的母題深深吸引著戰後成長的讀者，也為曾經存在的離亂歲月留下深刻且真實的紀錄。

　　提格亨指出：「同一時代的許多種文學的作品之平行的考驗，是一課心理學；人們在那裡學會認識人所不知的世人的角隅，並也學會認識藝術之種種新的面相。」[1]文學作品呈現出一個時代的人生故事，雖然相較於歷史的撰寫，文學作品往往流於主觀，尤其是在情感和價值觀上，而且作為一項藝術，文學創作可以是純粹個人的觀點和陳述，但是即便如此，依然呈現了片面的真實，尤其是在小說寫作上，不論是採寫實手法的小說，還是理想主義式的小說，這些小說作品都在讀者面前顯示了一個角落，對於同一個時代有相似遭遇的讀者，這一個角落可以引發共鳴，對於不同時代或是背景相異的讀者，則展現了具有啟示作用的嶄新人生經驗。

　　朱光潛在《文藝心理學》一書中指出：「理想主義和寫實主義對於『距離』，一個是太過，一個是不及。凡是藝術都要有幾分近情理，卻也都要有幾分不近情理。」[2]因為文學作品中具備了這幾分近情理的基礎，和讀者之間的距離才不至於過遠過大，在閱讀時也才能夠被瞭解和欣賞；而文學作品最好又有幾分不近情理的特質，這樣才不至於在閱讀時因為距離太近，甚至沒有距離，過於接近現實，而失去了美感。

　　小說類創作在 1949 年遷台作家的懷鄉文學中所佔的篇幅最重，比例最高，作家們以小說描寫發生在家鄉的故事，同時呈現出家鄉的生活面貌和價值觀。無法返鄉的現實情勢，造成跨越不了的

---

[1]　提格亨著，戴望舒譯，《比較文學論》，台灣商務印書館，台北，1995 年台二版，頁 216。

[2]　朱光潛，《文藝心理學》，台灣開明書店，台北，1980 年十四版，頁 28。

距離，再加上由於思鄉情感的主觀作用，家鄉的景物被美化了，所以這些小說在寫實的描寫外，融入了更多理想主義的元素。

　　本章所討論的是 1949 年遷台作家在遷台之後的二十年間所寫作帶有懷鄉色彩的小說作品，依其小說主題的不同分成三節，分別是以故鄉生活為主題，以戰爭為主題，以及發生在離亂時代的愛情為主題的小說，在這三大項主題之下，又有不同的處理方式和關注焦點，曹順慶主編的《比較文學學》在討論到主題學時指出：「這類研究以相同或相似的各種母題、題材、主題等為基礎，在『求同』的基礎上，彰顯變異和各自的特點，明顯體現出文學變異性的特點和研究意義。」[3]

　　由於國民黨遷台，使得作家們在離鄉後產生的懷鄉之情，是本篇論文所探討的共同主題，而在此一基礎上，作家本身的背景相異，選擇的切入點不同，意圖傳達的理念亦不同，因此又在其作品中呈現出不同的特質，劉介民在《比較文學方法論》中表示：「作家對題材的選擇不僅反映時代精神，而且還與主題及作家本人的思想有一層很微妙的關係。」[4]遷台作家在抒發懷鄉之情時，選擇了不同題材傳達，包括鄉野傳奇、愛情、家族、戰爭等，使得台灣的懷鄉文學有了更豐富的面貌，更深遠的意含。

一、以故鄉生活為主題的小說

　　關於故鄉的回憶對於離鄉的人，可說是魂牽夢繫，纏繞在心頭，文學創作本來就需要從生活中找尋題材，吸取養分，因此對於

---

[3]　曹順慶主編，《比較文學學》，四川大學出版社，成都，2005 年 1 版，頁 234。
[4]　劉介民，《比較文學方法論》，時報出版公司，台北，1990 年，頁 283。

故鄉的記憶很自然的就出現在 1949 年自大陸遷台作家的作品中，本節將討論遷台作家中以故鄉生活為主題的小說，而在此一主題之下，又包含了鄉野傳奇、方言特色、撰寫歷史和異鄉生活等不同的母題呈現。

（一）鄉野色彩濃鬱的傳奇故事

中國幅員廣闊，北方和南方風土不同，人民的生活方式也不同，北方人豪放，南方人細膩，是比較粗略的印象，由於北方寒冬時間長，生活環境比較艱苦，民風保守而又強悍，來自中國大陸北方的人，到了亞熱帶的台灣，寫下家鄉的故事，故事裡不但有土匪也有游擊隊，形成台灣文壇鄉野傳奇式的小說類別，小說世界中呈現的世界，完全不同於台灣的現實生活，在抒發懷鄉之情的同時，傳奇式的轉述了故鄉截然不同的生活面貌，因為陌生和好奇，在閱讀過程中，產生一種嶄新的吸引力。

楊念慈，祖籍山東省濟南市，1922 年出生，1949 年來到台灣之後，擔任教職多年，創作的小說近二十部，其中以《廢園舊事》和《黑牛與白蛇》最負盛名，不但是 60 年代初期的暢銷書，而且還拍成電影和電視劇，其他作品如《風雪桃花渡》、《罪人》和《少年十五二十時》等小說也都是描寫發生在故鄉的故事，其中《風雪桃花渡》字裡行間更是充滿中國北方鄉野傳奇色彩，故事張力十足。

《廢園舊事》於 1962 年由文壇社出版，是楊念慈重要的代表作，2000 年由麥田出版社重新出版。書中描寫的大掌鞭和大酒簍兩位人物，經作者塑造的性格鮮明，十分傳神，小說的背景是 1945 年年初，也就是對日抗戰的最後一年，地點則是山東西部，由於當地仍是日軍佔領區，因此當時有些人將該小說歸類為抗戰小說，又因為書中描寫的蔡跛子為八路軍收編，而雷家的遊擊隊由國民黨中

央軍收編，因此也人說這是反共小說。其實小說的主線敘述的是幾個表兄弟姊妹童年時代成長歲月中的事件，導致長大後的心結，故事由龍表哥被殺牽出懸疑的情節，他的妻子雲表姐對丈夫的叔叔充滿懷疑，認為是丈夫的堂弟殺了丈夫，引出整個故事，作者以文字呈現魯西鄉下的風土人情，情節則是大家庭裡糾葛的人際關係，雖然以抗戰末年的淪陷區為背景，人物歸屬又牽涉到國共間的政爭，不過，當時在中國魯西鄉間，這些因為戰事而出現看似特殊的關係其實是尋常情形，就故事發展而言，那是作者理當說明的時代背景，作品精神仍是闡述作者家鄉傳統崇尚仁義的是非價值觀為主軸，流露出北方鄉民特有的粗獷與溫厚性格。

雷家花園是小說的重要場景，作者細膩的描寫了抗戰前花園的繁景，淪陷後的衰敗，童年時代表兄弟姊妹在這裡的嬉戲，以及成年後的恩怨情仇，花園的林木景觀是北方的自然風土，像是「雷家花園可以分成四個區域。左後方的一大片園地，完全種著牡丹，就叫作牡丹園；右後方種著芍藥，就叫作芍藥圃，……在故鄉，這木本的牡丹和草本的芍藥，本來就是當作莊稼一樣種的，……故鄉有些水土適宜的地區，這兩種花卉幾乎到處都是，一大片，一大片，每年四五月間，大平原上成了一片花海，……故鄉的玫瑰，與冒充玫瑰的月月紅大不相同，它不止於盆栽瓶供，也照樣長的又高又大，花艷刺銳，有些人家就種玫瑰當圍牆，把盛開的玫瑰花剪下來，製成玫瑰醬。」[5]楊念慈用了近千字描寫雷家花園，其實也是描寫家鄉魯西的風土。

此外，還有北方風雪瀰漫的嚴寒天氣下產生的民間傳說，像是「風緊天寒，雪深路軟，吃苦受累都還在其次，最怕的是迷失了方

5 《廢園舊事》，文壇社，台北，1962 年，頁 106。

向，像驢拉磨那樣在原地轉圈子，轉了一整夜也轉不出二百步去。鄉下人把這種情況叫作『鬼打牆』，」[6]「鬼打牆」便是一種富含中國北方鄉野色彩的傳說，這些充滿地方特色的傳說突顯出作者家鄉與台灣風土的差異，而此一差異融進日常生活，其實也就是懷鄉之情的所在。

《黑牛與白蛇》是楊念慈另一部代表作，1963 年由大業書店出版，後來因為大業書店倒閉，改由皇冠出版社二度出版，2000年則又由麥田出版社第三度出版發行。本書的寫法採第一人稱敘述，敘述者是一個十歲的小男孩，小男孩的家庭背景和作者成長環境相似，小說中的場景綠柳坊則就是作者的家鄉，故事的推展時間則是從 1928 年開始，中國的內戰告一段落，對北方農民而言是生活比較太平的一段日子，小說透過小男孩敘述來到綠柳坊的一對異鄉人，他們是一對外型迥異的夫妻，妻子水靈秀美有如戲曲中的白蛇一般，丈夫是粗獷威武的黝黑大漢，就像是壯碩的黑牛，形成對比。妻子的肚子裡正懷著一個新生命，這對夫妻在綠柳坊一落腳就是七、八年，對日抗戰正式展開，小說的高潮就是他們的兒子遭綁匪綁架，綠柳坊的人如何協助這對異鄉夫妻救回獨生子，故事情節並不複雜，山東鄉下憨厚的人情卻表現的十分深刻，魯西地區強悍的民風和處事方式也表露無遺。

2000 年，楊念慈在《廢園舊事》和《黑牛與白蛇》重新出版時，寫了一篇自序，自序中寫到：

> 《廢園舊事》一直被歸類為「抗戰小說」，或者稱作「反共小說」，其實我寫這部書的心情，和寫《黑牛與白蛇》是一

6　同上註，頁 153。

樣的，兩部書都是抒發個人感情的懷鄉、憶舊之作。……時
間相去六十年，空間阻隔數千里，人們的思想、觀念、衣著、
打扮……處處都有很多變化，……對年輕一代讀者，我願另
作提示：書中故事，真偽難知，信不信由你，信呢，就承認
它是「歷史」；不信，就當它是「傳奇」。事實上，在這幾十
年後回顧當年足跡，幾乎人人事事，都有著幾分「傳奇」意
味。[7]

楊念慈在這一段文字中清楚交代了他的心情，從初抵異鄉時對家鄉
的懷念。

　　憑著記憶、憑著感情創作了這些小說，然而時間的變化之迅速
有如魔術師一般，異鄉固然和故鄉不同，但是逐漸熟稔了，反而是
家鄉的人事物也起了變化，作者在不勝唏噓之餘，而有了「傳奇」
之說，對家鄉的思念沒有絲毫減少，只是這樣的心情能瞭解的人愈
來愈少。

　　本名吳延玫的司馬中原，祖籍江蘇省淮陰縣，出生於 1933 年，
十五歲從軍，未接受正規教育，1962 年以中尉軍階退役後，以寫
作為專業，曾經擔任中國青年寫作協會理事長，著作六十餘部，創
作量相當豐沛，其中以鄉野傳奇最具代表性。

　　司馬中原的長篇小說《荒原》以故鄉蘇北農村為背景，描寫出
中國農村的粗獷典型，在面對外來入侵時展現的草莽英雄性格，成
為對日抗戰中一股不能忽視小看的力量，他在《荒原》中成功的塑
造了忠肝義膽的歪胡癩兒和堅毅樸實的六指貴隆，他們都具有中國
農民崇尚忠孝節義的傳統思想，王志健在《文學四論》中指出：「歪

---

[7]　楊念慈，《廢園舊事》，台北，麥田出版社，2000 年，頁 8。

胡癩兒恰似民間野台戲裡農民心目中帶點傳奇色彩的英雄典型，貴隆則像通俗說部上白袍小將的豪勇形象。」[8]《荒原》的故事發生在蘇北洪澤湖，野草叢生的沼澤地，獵狼人歪胡癩兒和販賣私鹽的盧大胖子，他們沒有知識份子的理想，卻展現了鄉野小人物的勇氣，因為見鄉民受到日本人的侵害，他們組織遊擊隊打「鬼子」，寫下令人動容的一頁戰史。

司馬中原的《荒原》呈現出抗戰時期中國農村的生活情形，中國農民的善良單純與堅忍不拔，對於日軍侵華姦淫擄掠的仇恨憤起抵抗，那是作者熟悉的鄉野傳奇，也是他心中念念不忘的家鄉，而這些帶有傳奇色彩的鄉野小說也就成為台灣懷鄉文學中的一種典型。

齊邦媛認為：「最早用文字精雕細琢，把來台後懷鄉之情化作純藝術小說的首推朱西甯、司馬中原和段彩華了。這三位少年隨軍來台的作家用個人獨特的風格講述了許多大陸家鄉的故事，而且多是硬漢的故事。當然更多的時候他們是在柔情萬縷地重塑記憶中家鄉的景物。」[9]劉登翰等人所主編的《台灣文學史》中也指出：「懷鄉之情隨之升起，他們更多是以鄉間傳奇或鄉野趣聞為題材，再現富有風味的民間生活。如朱西甯的短篇集《鐵漿》、《狼》、《破曉時分》等；司馬中原的《路客與刀客》、《紅絲鳳》、《煙雲》等五個中篇集和三部長篇，組成的『鄉野傳聞』系列；段彩華的《花雕宴》，以其選材特色，延伸了懷舊鄉愁的主題。」[10]

---

[8] 王志健，《文學四論》下冊，文史哲出版社，台北，1988 年，頁 528。
[9] 齊邦媛，《千年之淚》，爾雅出版社，台北，1990 年，頁 14。
[10] 劉登翰、莊明萱、黃重添、林承璜主編，海峽文藝出版社，福州，1993 年，頁 39-40。

　　在司馬中原的《荒原》一書中，他描寫的故事發生在洪澤湖東岸的紅草荒原，在小說裡擁有強韌生命力的紅草象徵中國人民看似平凡無奇其實堅毅頑強的性格。這些紅草年復一年在草原生長，春季萌芽，冬季枯萎，蘊藏生命的種子卻潛伏在凍土裡等待生長的機會，就像是在戰爭中掙扎求生、不屈不撓的中國人。除了紅草之外，司馬中原在該部小說中還描寫了許多洪澤湖邊上的植物，並以此寄託心志，像是他寫一種帶刺的金橘：「它本生長在江南，不知道誰多管閒事，硬把它移到江北來，它氣得渾身豎起毛刺，誰碰它它就扎誰！而且不再結甜橘子了，只結一種酒盅大的硬毛球，表示它不服異鄉的水土，害著懷鄉的病。」[11]而由蘇北來到台灣的司馬中原，怕也和那金橘一樣害著懷鄉病，單從他的筆名司馬中原，也可看出端倪。

　　鄉野傳奇小說是司馬中原作品中最受矚目與肯定的，晚年他寫作系列鬼故事，甚至在電視節目中講鬼故事，出版有聲書，恐怕又是另一番心境，有著對台灣眼下環境的不滿，所以藉鬼怪之說稍作抒發。司馬中原表示：「小說中的靈異世界，可以說是人的精神世界中重要部分，人不知命，人不知未來，因此他對未來的嚮往、祈求，對現實不平的一種刺激，而跳躍起來的一種超現實的臆想，都包括在這廣大的部分，這中外小說都一樣，但外國這類靈異小說，恐怖是恐怖，像吸血鬼、蝙蝠妖……但這些小說除了恐怖之外，在人生的導向上不及中國小說廣闊。」[12]由這段話可以看出，現實世界中的不平是司馬中原寫鬼故事的動機之一。

　　司馬中原的鄉野小說，故事背景都是中國大陸，齊邦媛指出：「史詩性的小說是司馬中原以山河戀為經，以三十年前抗日剿匪的

---

[11]　司馬中原，《荒原》，大業書局，高雄，1965 年，頁 296。
[12]　司馬中原，《無弦琴》，皇冠出版社，台北，1986 年，頁 79。

戰爭為緯，襯托出人性正邪之爭的作品，⋯⋯貫穿他二十年寫作生涯的是一首激情洶湧的民族苦難而不屈服的史詩。他那夢魂縈繞的家鄉—蘇北魯南接壤的大草原如何在狼煙中成為荒地，他質樸鄉民的靈魂在恐懼，迷信，貪婪的折磨下也淪為知性的荒原。在哀痛的心情中，軍人出身的作者總忘不了塑造一位或數位強有力的正面人物，賦他們以渾忘小我的悲天憫人的熱忱和近乎神奇的力量去保護鄉民，阻擋殘暴，奮鬥至肝腦塗地為止。」[13]

對於司馬中原的鄉野傳奇，齊邦媛給予了很高的評價，她表示：「這種大火燎原前和死亡肆虐後的復甦境界，是純中國式的史詩境界。這種對比性的平靜襯出極端的動盪。在幾乎每一個中國人的童年回憶裡似乎都有那一棵村前的大樹，在那棵大樹下都有孩童圍坐聽鄉野傳奇故事的境界。枝葉覆蓋的樹蔭下經常有那口井，夏天井裡常鎮的沁涼的瓜果；也鎖著些古老的、陰森的、奇奇怪怪的傳說。當聽故事的孩子長大了，家鄉是個萬裏外的舊夢，透過懷念的彩網，他們時時襲上心頭。」[14]

《狂風沙》是司馬中原另一部膾炙人口的長篇小說，也屬於遷台作家的懷鄉文學，作者因為對家鄉強烈的思念，因此將濃濃的鄉思、幻想和幻滅在心裡反覆構思，寫成此一長篇。司馬中原對於傳統古典小說中如紅樓夢中的賈寶玉、西廂記裡的張生都有一種輕視，所以在他的作品裡塑造的是豪情萬丈的英雄，這種英雄人物的塑造，其中的創作動機和二十世紀初期中國的積弱不振脫不了關係，面對日軍的侵略，司馬中原期盼的是有能力有勇氣保鄉衛國的英雄。對於這樣的英雄人物，關於他們流傳的事蹟是否全都屬實

---

[13] 齊邦媛，《千年之淚》，爾雅出版社，台北，1990 年，頁 78。
[14] 同註 13，頁 81-82。

呢？司馬中原在書中寫道：「加添了多種神祕的、誇張的、想像的描述。到後來，每個轉述那些傳說的人，都自由的加上了他們內心潛藏著的希望，使那些傳說中充溢著廣大民間神祕的願望。」[15]

司馬中原的鄉野傳奇小說被齊邦媛譽為中國式的史詩，格奧爾格・盧卡其所寫作的《小說理論》中提出：「嚴格地講，史詩的主人公決不是一個個人。傳統上認為，史詩的基本特徵之一是這樣一個事實：史詩的主題不是關於個人命運而是關於一個團體的命運。這是千真萬確的，因為決定史詩天地的價值系統的完美和充實造成了一個整體，它太有機了，以致它的任何部分都不能如此封閉在自身內部，如此依賴於自身，因而感到自己是一種內在體——即變成一種個體存在。」[16]

司馬中原在其小說中所塑造的人物，也可以說是當時眾人共同期盼的，這樣的英雄並非個人，而是當時許多為了保鄉衛國而奮不顧身的人，這樣具有勇氣的人就是司馬中原心目中算得上英雄的好漢。格奧爾格・盧卡其認為：「思想較為深邃的人試圖用他們自己流淌的血液來鍛造一件紫色的鋼鐵盔甲，以便永遠隱藏他們的創傷，以便他們英雄姿態會成為即將到來的真正英雄主義範例。」隨軍隊來到台灣的司馬中原，在濃濃的鄉愁中，他除了渴盼英雄保衛家鄉，也想為那些曾經在戰亂中勇敢對抗強暴勢力的英雄們，留下紀錄，讓更多人認識這樣的英雄典型。

（二）使用方言營造情境

語言的運用在小說寫作上尤為重要，不同的人物使用不同的詞語，知識份子文雅，鄉下人俚俗，運用得宜，才能符合人物的身分，

---

[15] 司馬中原，《狂風沙》，皇冠出版社，台北，1968 年，頁 686。
[16] 楊恆達編譯，《小說理論》，五南出版社，台北，1988 年，頁 44。

不顯得唐突甚至錯亂，除了小說中的對話之外，意含豐富的渾名綽號，直接暗示了人物的性格，生動的家鄉俚語也被大量使用在以家鄉風土人物為主題的小說中，讓作品的家鄉味更加濃郁了。

　　以楊念慈的作品為例，在小說中描寫的人物，幾乎都以渾號稱之，而稱呼也就顯示著人物性格，像是前面提到《廢園舊事》中的大掌鞭和大酒簍，其他還有妓女繡花破鞋、小草驢，遊擊隊裡的單打一、王不扁和孫大膽等。楊念慈《廢園舊事》中的人物不僅是性格，裝束也完全是北方充滿土氣的樸實鄉人形象，像是「齊眉蓋眼的帶著一頂『火車帽』，身上穿著一件不長不短的老藍布棉袍，攔腰束著一件淺灰色的布帶，前頭插了一根旱煙管兒，後頭掖著一隻鷯鷯兜兒，拖拖拉拉的，就只有腳底下紥裹的還算俐落，兩條黑絲布帶子纏了褲腳，下麵是月白色的布襪，醬紫色的『兩道眉』軟底鞋，」[17]就連說話的語氣，也都是如實呈現：「這麼大的雪，人不出門，鬼不出墳，連橋底下的鯰魚精也正登著火盆烤腳呢。」[18]

　　楊念慈的創作技巧受中國古典章回小說的影響，文字敘述有說書的韻味，小說《黑牛與白蛇》對於故鄉白花河和老龍潭的地形都有細膩的描述，對於小說中的人物也有畫龍點睛的形容，例如貫穿全書忠實正直的大管家，平日在鄉間過日子自有一套規矩，腦後一根辮子是他蓄留多年的，對他而言，人民能安居樂業最重要，改朝換代和剪辮子有什麼關係呢？卻因為去了一趟省城，辮子就給洋學堂的學生給剪了，楊念慈在書中這樣形容：「原本是像大公雞一樣精力充沛的人，現在被拔了尾巴，就顯得垂頭斂翼，一點兒也不神氣了。」[19]和《廢園舊事》一樣，《黑牛與白蛇》中許多人物敘述

---

[17] 《廢園舊事》，文壇社，台北，1962 年，頁 13-14。
[18] 同上註，頁 155。
[19] 《黑牛與白蛇》，麥田出版社，2000 年，頁 95。

時用的都是鄉人口中慣用的綽號或小名，而不是名字，除了小說的主人翁黑大漢和白娘子，還有馮二尾子、臭屎蛋兒和二掌鞭等，讀來分外傳神。

小說之外，楊念慈的散文作品也不乏對故鄉的描寫，《狂花滿樹》中便對故鄉的民性、戲劇、瓜果、寺廟、聯莊會、休閒生活等均有生動的描述，字裡行間滿溢思念，潛藏鄉愁。

朱西甯，本名朱青海，山東省臨朐縣人，1927 年出生，杭州藝專畢業，隨著軍隊來到台灣之後，朱西甯持續創作，他一生中重要的作品全都在台灣完成，包括短篇小說《狼》、《將軍令》，長篇小說《八二三注》等，以及他生平最後一本著作《華太平家傳》，可惜該部作品結構過於龐大，而當時抱病寫作的朱西甯，終於還是沒能完成，於 1998 年去世，未能全部完成的《華太平家傳》後由聯合文學出版社出版。朱西甯的作品以小說為主，一生出版小說集近三十種，另有數種散文集，和一本人物傳記《林森傳》，1963 年至 1984 年的二十年間，可以說是他創作期的顛峰，幾乎年年都有作品問世，尤其是 1970 年，一年之間他出版了四本小說集，包括兩本長篇小說，分別是皇冠出版社的《畫夢記》、《旱魃》，以及兩本短篇小說集，分別是仙人掌出版社的《冶金者》、阿波羅出版社的《現在幾點鐘》。

《華太平家傳》小說背景描寫的是山東地區，不同於朱西甯其他作品，在該書中使用了許多地方方言和俚語，《華太平家傳》的主人翁是擔任傳教士的牧師，背景則是義和團崛起的山東鄉下，小說夾雜農村的粗話和俚語，再加上作者刻意使用具說書韻味的文字，該書的地方色彩愈發濃厚，雖然寫的是一個傳教士家庭，但其實呈現出的是山東的農村生活，全書情節依照時序鋪陳，完整的描繪了農村一年間生活的節奏，依照不同時序種不同的莊稼，忙不同

的活兒，進入臘月，田裡的活兒閒下來，又該忙過年，準備各色吃食，開春是一年中唯一可以名正言順開禁的日子，平日被視為禁忌的賭，在新春期間卻成了正當娛樂，這是中國社會中特有的現象，所以《華太平家傳》不只是作者的家族史，也是山東農村生活的紀錄。例如書中 250 頁的「一伏餃子二伏麵，三伏烙餅炒雞蛋」，286頁的「有錢難買五月旱，六月連陰喫飽飯」，289 頁的「衙門錢，一陣煙，生意錢，六十年，種地錢，萬萬年」，543 頁的「歪瓜裂蘿蔔，歪好歪好吃」，這些俚語都可以反映出當時的生活情況，不但充滿鄉野趣味，而且讀來生動鮮活，對於瞭解作者家鄉有所助益。

語言一直在演變，許多時代流行用語會因時因地而有所不同，全篇採用方言，可能會造成閱讀時理解障礙，例如香港地區以廣東方言寫成的作品；或者是因為有語言無文字，借用其他字傳達，形成誤解，部分台語創作就出現此一問題，都不適當，但是在恰當的地方，使用家鄉俚語，卻也可以有畫龍點睛的效果，作品的風格更突顯。

（三）小說寫史留下見證

小說家們以小說再現故鄉種種情緻人物，藉此抒發思鄉情懷，隨著時間過去，即使有朝一日回鄉，家鄉也已有許多改變，意識到這一點，加上所處時代正在改變歷史，作家們雖然不是史家，也出現了以小說記史的念頭，尤其是在小說家們的晚年，此一企圖尤其明顯。

前面提到過的朱西甯，《華太平家傳》是朱西甯生前最後一部作品，寫作此書長達十八年，可惜依然未能在生命結束之前完成。朱西甯在文壇上最讓人津津樂道的，是他有一個文學家庭，他的妻子劉慕莎，女兒朱天文、朱天心和朱天衣全都是作家，1978 年朱天文和家人朋友共同成立三三集刊，三三集刊發行期間，朱西甯有

多本著作由三三出版，三三當時在文壇的影響力不小，朱西甯本人由三三出版的作品包括小說《八二三注》、《將軍令》、《牛郎星宿》、《茶鄉》、《黃樑夢》和散文《微言篇》，重新出版的書則包括《狼》、《鐵漿》、《破曉時分》、《貓》、《畫夢記》、《旱魃》、《冶金者》、《春城無處不飛花》和《獵狐記》等。1998 年在朱西甯去世後由聯合文學出版的《華太平家傳》，和他過去的小說形式風格皆不同，朱西甯呈現家族史的意圖明顯。朱天文在〈做小金魚的人〉一文中寫到：「《華太平家傳》開筆於民國六十九年，十年裡七度易稿，八度啟筆，待突破三十萬大關時，全遭白蟻食盡。他重起爐灶第九度啟筆，就是眼前這部手稿了。……手稿裡充滿了實物、實事和細節，它們經常離題、蔓生。寫上一頁又一頁如何種植鴉片割鴉片，如何喜鵲築巢，如何神壇練拳，著迷其中不再記得歸途。父親似乎和卡爾維諾一樣清楚，離題是一種策略，為繁衍作品中的時間，拖延結局。是一種永不停止的躲避，和逃逸。躲避什麼呢？當然是死亡。」[20]這一部相當龐大的巨著，看得出來作者有以文學記史的企圖，還沒完成，已經有了將近六十萬字，全書原定將達百萬字，不同於朱西甯過去寫作的小說，這一部小說完全以作者的家鄉為背景，有著濃濃的自傳意味，就連文字風格因為大量使用家鄉俚語，也和過去的作品有明顯不同，朱西甯寫作《華太平家傳》時，恐怕心中是有著濃濃的鄉愁，隨著年齡的增長，居住了五十年的台灣早已成為他的家鄉，但是童年時的一景一物，一言一笑，卻一直藏在心頭。

　　企圖留下歷史見證的還有小說家楊念慈，他生平重要的著作，描寫的都是故鄉的風土人情，魯西人生性耿直，相較於繁華的都市

20　《華太平家傳》，聯合文學出版社，1998 年，頁 878-879。

如上海、北京，精緻的小城如杭州、蘇州，雖然不免土裡土氣，但也就因為這份土味，更顯得憨直中一種對大仁大義的固執，而楊念慈對故鄉的種種，不僅是思念，還有一份執著信念，希望為這時代為家鄉的人留下一些見證，80 年代他在台灣日報副刊撰寫的專欄，定名為柳川小品，一方面是台中市有一條柳川，另一方面也是寄寓對多柳樹的家鄉綠柳坊的思念。

楊念慈寫作《罪人》，書中描寫主人翁因年幼喪母，受到後母的排斥欺凌，自然也得不到父親的歡心，情節鋪陳帶有自傳色彩，家鄉的風土人情，隨著作者的回憶自然而然躍然紙上，該書是他年輕時的作品，個人色彩較濃，抒情意味也較重，隨著年齡增長，歷史推演，作者的企圖也隨之擴大。

比較可惜的是，80 年代時楊念慈開始寫作《大海蕩蕩》三部曲，依照他的寫作計畫，原是一部長篇史詩般的巨著，超過百萬字的長篇小說，《大地蒼茫》為第一部，2006 年由台灣三民書局出版，故事的主人翁出生於 1911 年，經歷中華民國的成立，社會由帝制轉向民主，接著是連年動盪，軍閥林立，到日軍侵華，然而如此龐大的一個計畫，作者中途停筆多年，如今正寫作三部曲中的第二部。

以小說寫史，對於創作者而言除了是一種挑戰，也是一種期許，希望讀者能借此更瞭解作家所處的時代，理解他們秉持的價值觀，甚至於是他們崇敬及希望紀念的人物，在懷鄉主題中，是比較壯大的切入方式。

（四）離鄉初期的生活描寫

國民黨遷台之前，中國連年的戰亂，讓在烽火之中存活的人，產生了不同於過去的價值觀，戰亂使得他們離家，暫時擺脫了傳統，失去的親人家園和財產，他們學會了活在當下。

　　郭良蕙是遷台作家群中相當有名也頗具爭議的一位，因為她在
1962 年所寫的《心鎖》，內容涉及嫂嫂和小叔、妹夫之間出軌的情
欲，被認為是描寫亂倫的故事，在台灣兩度遭禁，可說是當時台灣
文壇的一樁大事。她的祖籍為山東省鉅野縣，1926 年出生，但是
她的出生地並不在山東，而是出生於河南開封，1948 年來到台灣
定居。曾經在四川大學外文系就讀，最後畢業於上海復旦大學，郭
良蕙的小說致力於現代男女關係的描寫，以女性特有的敏銳觀察
力，捕捉女性複雜的心理，她所描寫的兩性關係和台灣傳統社會中
男尊女卑的情勢不同，而是經歷戰亂後更貼近心靈需求的感情觀。

　　1953 年，郭良蕙由嘉義的青年圖書公司掛名發行，自印出版
了短篇小說集《銀夢》，這是她生平出版的第一本書，從此她跨上
寫作這一條路，一寫就寫了三十幾年。1954 年，台北暢流出版社
出版了郭良蕙所寫的《午夜的話》，這是她第一部長篇小說，在《午
夜的話》之後，郭良蕙一共寫作了三十餘部長篇小說，如果連同短
篇小說以及她後來致力研究古董所寫的相關文集一併計算，她所出
版的書籍超過六十部，可說是一位產量相當豐碩的作家。

　　郭良蕙的長篇小說多達三十餘部，若論字數已接近千萬字，
1986 年時報文化出版為郭良蕙出版一套作品集，重新出版時，她
對於早年作品又作了一番取捨，重新出版的郭良蕙作品集中含括的
長篇小說包括《心鎖》、《感情的債》、《青草青青》、《春盡》、《黑色
的愛》、《我不再哭泣》、《黃昏來臨時》、《失落、失落、失落》、《早
熟》等，這一次作品集的發行全是 1967 年前出版的作品，距離作
品集再度問世相隔約二十年，之前的版本已經絕版，重新出版使得
年輕的讀者有機會認識郭良蕙的作品。

　　《感情的債》於 1959 年出版，算是郭良蕙早期的作品，小說
的故事背景在對日抗戰時期的天津淪陷區，這是郭良蕙作品中少數

以中國大陸為故事背景者，敘述紡織廠的小開費慕人愛上十八歲的上海歌女田青青，然而家人反對他與田青青結婚，在家人的阻擾下，意志不堅的費慕人果然移情別戀，另娶年輕的安娜，故事背景和人物價值觀都緊緊扣住當時的時空環境，例如長輩門第觀念重、年輕大學生喜新厭舊始亂終棄等，故事由中國大陸發展至台灣，反映出時局的變遷，而大學生在外談戀愛，老家父母反對的故事在當時不難看見，而門第之見在異鄉生活中只剩下不切實際的空殼，這也是離鄉之後重新審視生活時的一種體悟。

《青草青青》是作者於 1963 年出版的作品，書中描寫幾個來自不同家庭的青少年，是郭良蕙少數以青少年為主人翁的作品，書中幾個重要人物包括吳明明、余人聰、雷三林、江湖，四個性格不一樣的年輕孩子，從他們日常生活的煩惱與摩擦，帶出他們各自的家庭，反映時代背景的意味相當濃厚，可從中看見外省人來到台灣之後的某種生活面貌，離開了原來熟悉的環境，過去的才能現在很可能是英雄無用武之地，完全沒有可依靠的資源，只有眼前的生活難題一道接著一道。

描寫外省人離鄉初期生活面貌的還有朱西甯，《貓》是他生平第一部長篇小說，描寫兩個因政局變動而由大陸來到台灣的家庭，住在比鄰的兩幢屋子裡，故事的主人翁是一個處於青少年叛逆期的女孩麗麗，麗麗的父親在戰爭中去世，當時她的母親在上海，她一直覺得自己愧對麗麗，所以對麗麗百般縱容，養成她乖張的個性。隔鄰住的是藍醫生，戰爭時他也曾從軍，戰爭結束之後，藍醫生回來繼續執業，他管教孩子相當嚴厲，和麗麗的母親完全相反，本文描寫戰爭對生活造成的影響，而不同的人也產生不同的因應方式。《畫夢記》探討的是師生之間的曖昧戀情。《春風不相識》寫的是一位攝影工作者趙影的婚姻故事，他不斷嘗試著不同的婚姻關係，

當他展開第五段婚姻，並宣稱這是一段開放式的婚姻，沒想到婚禮正舉行時，他居然又在婚禮上發現讓他心儀的女性，暗示著第六段婚姻即將展開。

《貓》、《畫夢記》和《春風不相識》都是描寫由大陸來到台灣外省人的生活，但是小說的描寫集中在生活某一層面，並未對大環境多加著墨，例如《貓》描寫親子關係，《春風不相識》描寫男女關係，都算是長篇小說中的小品之作。前述的小說可說是以 1949 年國民黨遷台的歷史事件為故事發展的基礎背景，此一歷史背景形成小說特有的氛圍，對於故鄉生活記憶的依戀與矛盾，導致面對新生活時產生的不同心態，《貓》中的偏頗，《畫夢記》中的矯揉，《春風不相識》中的玩世，作者企圖呈現遷徙不僅造成實質生活環境的改變，也顛覆了人們的價值觀。

瓊瑤寫作的言情小說風靡海峽兩岸，她絕大多數的小說作品描寫的故事背景是台灣，出生於 1938 年的瓊瑤，祖籍湖南，由於來到台灣時年僅十歲，對於故鄉的記憶相當有限，但是在小說《幾度夕陽紅》中，大量的描寫了抗戰時重慶沙坪壩大學生的生活，雖然故事重心仍在愛情，但卻是她的作品中少數具有歷史感的一部。對於戰亂中逃亡的記憶，瓊瑤在散文集《我的故事》中，倒是多有著墨。

1937 年出生的白先勇，大學時代和王文興、陳若曦等人創辦《現代文學》，是台灣相當重要的一位作家，他的作品同時受到中國古典文學及西方現代文學的影響，在他的小說中可以到三種重要主題，一是舊時官宦人家的故事，二是大陸遷台初期所謂外省人的生活，三是台灣 60 年代的社會情境，前兩種都和故鄉的記憶有著密切的關係，由於他的父親是白崇禧，童年時代的生活經驗比較特別，因此在他的作品中洋溢著一種獨特的情調。白先勇的小說可以

說是以人物為主，他擅長描寫人物，尤其擅長描寫女性，〈金大班的最後一夜〉、〈永遠的尹雪艷〉和〈玉卿嫂〉都是他的代表作。

1968 年出版的《遊園驚夢》一共收錄了八篇短篇小說，描寫得全都是離開中國大陸故鄉的人們，不同的是，〈謫仙記〉寫得是到美國之後的生活，〈香港——1960〉寫得是到香港的生活，其他六篇則都是來到台灣後的情形，在他筆下，這些人物帶著來自故鄉的記憶和習慣，在異鄉過日子，一邊還想方設法的維持著昔日的風光，雖然他們已失去了很多。

以〈永遠的尹雪艷〉為例，在台北重現了上海紙醉金迷的情調，原本是上海百樂門舞廳紅牌舞女的尹雪艷，在台灣自有一套謀生方式，「尹雪艷在台北的鴻祥綢緞莊打得出七五折，在小花園裡挑得出最登樣的繡花鞋兒，紅樓的紹興戲碼，尹雪艷最在行，……好像尹雪艷周身都透著上海大千世界榮華的麝香一般，薰的這起往事滄桑的中年婦人都進入半醉的狀態，而不由自主都津津樂道起上海五香齋的蟹黃麵來。」[21]白先勇不直接寫上海，表面上是遷台外省人中某一族群的生活，其實寫得還是上海的情調，這些懷念著上海的繁華精緻，過往的風光地位和影響力，如今屈居在台北的人們，他們許多原本是政經界的要人，如今已失去呼風喚雨的本事，但是生活的情調還是得儘量維持著，彷彿維持住了，異鄉的生活也就不那麼難過了，白先勇描寫故鄉的角度又和前述的作家有所不同，他呈現的是異鄉中變了調的故鄉情緻，這和他個人獨特的生活背景當然有很大的關係。

〈一把青〉寫的是由大陸來台的飛官太太，在丈夫罹難後如何有了不一樣的人生觀，如何努力讓自己過得有聲有色，儘管死亡常

---

[21]　《遊園驚夢》，仙人掌出版社，1968 年，頁 6。

在身邊打轉。〈遊園驚夢〉寫得是一群官太太們的聚會，聚會雖在台北，故鄉早已經失去，但是一場聚會裡，影影綽綽全是過往的記憶盤繞。《遊園驚夢》整本書都充滿著過往的糾纏，這也是自大陸遷台的許多外省人在 60 年代時的心境，故鄉回不去，但是怎麼都捨不得放下記憶，呈現在小說中，因為隔著回不去的距離，而蘊藏了不同於直接關照時的複雜氛圍，那氛圍中有傷感無奈，也有回味憧憬。

　　對於故鄉的情感和記憶，在離鄉之後，往往成為生命重要的養分，但是因為強烈的思念，也成為情緒的傷口，對創作者而言，則既是創作的動機，也是題材的來源，王立指出：「故鄉之情因為是童年時代所建立，具有天真無邪特點，那是人們對於世界最初的印象。……思鄉正是將人記憶中對故舊諸般美好事物、現象交織而發生聯繫的契機。這種形式借助於昔日的意象讓人傾心而迷戀。」[22]

　　1949 年遷台的作家們，在來到台灣的前十年間，寫作題材許多取自故鄉的生活，雖然後來也出現了不少以台灣為故事背景的小說，例如楊念慈的《犅牛之子》、郭良蕙的《台北的女人》和《約會與薄醉》、朱西甯的《春城無處不飛花》、司馬中原的《啼明鳥》等，都是取材自台灣的百姓生活。但是年歲漸長之後，對於故鄉的記憶似乎又重新浮現腦海，比如朱西甯寫作的《華太平家傳》，或是楊念慈尚未完成的《大海蕩蕩》三部曲，當我們在討論台灣小說時，不該忽略以描寫大陸為題材的小說，同樣的，當我們在討論當代大陸小說時，也不該忽略了這一批出生成長在中國大陸，爾後因為時局的改變，而去了台灣，心懷大陸的作家們。

---

[22] 王立，《中國古代文學十大主題——原型與流變》，文史哲出版社，1994 年，台北，頁 247。

　　當我們談到懷鄉文學時，在台灣文學的領域中，有一個比較特別的例子，那就是林海音，台灣籍的林海音 1918 年出生於日本，但是卻和客家籍的父親與福建籍的母親成長於北京，因此林海音雖然是台灣人，卻說得一口京片子，她由北京回到台灣後，寫下了小說《城南舊事》[23]，這裡的城指的是北京城，她紀錄下童年的回憶，透過一個小女孩的眼光，委委訴說北京城生活的種種，雖然北京並非林海音的故鄉，但是她的童年卻在北京度過，因此，《城南舊事》展現了另一類型的懷鄉之情。

　　祖籍，也許只是填寫個人資料時一個抽象的地理名詞，成長記憶卻充滿了真實且無法忘懷的情感，當故鄉已經成為回不去的夢境，我們在討論作家的懷鄉書寫時，故鄉的種種風土人物，也就發展成為蘊含了糾結纏繞且揮之不去的情節背景。

　　不論是因為大自然在地表上產生的地理界線，如因江流形成江南、江北，如因海洋形成美加大陸，又或者是因為人為界定的界線如國界、省界、縣界，這些界線都產生了不同的地域觀念，形成不一樣的生活習俗、經濟方式、說話口音，甚至在美國，不同的州還有不同的法律、不同的納稅方式。但是文學的世界和地理的、行政的領域不一樣，文學的世界應該是更寬廣、更包容的，如海洋之納百川，如此才能展現更豐富多元的面貌，儲存更旺盛的生命力，茁壯出生意盎然的文學契機。

　　當鄉愁反覆在遷台作家們的心中翻騰時，家鄉的一草一木，景物人情全都湧現在眼前，寫「傳奇」、述「鄉音」、記「個人史」、敘「異鄉生活」，都成為排解鄉愁的一種管道，這些母題豐富了台灣的懷鄉文學領域。而這些母題出現在懷鄉小說之中，同時也體現

---

[23]　林海音，《城南舊事》，純文學出版社，台北，1969 年。

了作家們離鄉後的幾個階段的心情轉折，包括回顧故鄉、重現鄉音、紀錄歷史和審視新生活，從回憶到展望，是生命遭逢變遷時必經的階段。提格亨指出：「『情感』形成了文學的命脈。文學中的一大部分——或許是最道地是文學的一部份——的目的，是表達作家的情感。」[24]而本篇論文所要討論的其實也就是作家最深摯的情感。

二、以動蕩歲月中的愛情為主題的小說

　　從滿清末年開始，中國就處於長年的動蕩，1937 年對日抗戰正式展開，抗戰甫勝利，中國緊接著又發生內戰，在因戰爭而起的動亂背景下，發生許多感人又無奈的愛情，這也成為小說家在思念家鄉時選擇的創作主題。也許是自身的經驗，更多是聽來的故事，這些故事或者以團圓的喜劇或許以生死兩隔的悲劇收場，都成為一種文字紀錄，留下難以抹滅的記憶。

　　中國文學史上以詩詞描寫因為戰亂而分離所生思念之情的作品很多，像是李白的「戍客望邊邑，思歸多苦顏。高樓當此夜，嘆息未應閒。」「天長路遠魂飛苦，夢魂不到關山難。」高適的「少婦城南欲斷腸，征人薊北空回首。」杜甫的「爺娘妻子走相送，塵埃不見鹹陽橋。」「明眸皓齒今何在？血污遊魂歸不得。」沈佺期的「可憐閨裏月，長在漢家營。少婦今春意，良人昨夜情。」描述的都是因為戰事而不得不分離的相思之苦。

---

[24]　提格亨著，戴望舒譯，《比較文學論》，台灣商務印書館，台北，1995 年版，頁 109。

（一）因為局勢而「離散」的無奈之情

　　動蕩的時代中，個人的命運常常連自己都難以掌握，因此許多原本可以結成眷屬的情侶，不得不分離，終於無法相守，讓人遺憾的故事，卻也成為動人的小說題材。

　　《藍與黑》曾經被視為重要的抗戰小說，但是故事主題卻是一樁三角愛情故事，這部小說不但改編成電影，也曾經改編成電視劇。作者王藍出生於 1922 年，1949 年之前在重慶擔任過記者，在北平擔任過報社總編輯來到台灣後，他並未繼續新聞工作，而是投身文藝工作，他寫小說也畫畫，曾應聘至美國夏威夷大學和俄亥俄大學教書，《藍與黑》是他的代表作，首度由紅藍出版社出版於 1958 年，1977 年再度由純文學出版社出版，1998 年三度由九歌出版社出版，該書曾經獲得國家文藝獎。

　　《藍與黑》採第一人稱敘述的方式寫作，描述男主人翁和唐琪及鄭美莊兩位女性之間的愛情，故事的開始在天津，當時小說中的「我」還只是一名中學生，但是對於國家局勢也很關心，他痛恨佔據東北的日本人，敬佩二十九軍英勇抗敵，小說情節隨著當時的局勢而走，平津失守後，小說中的人物在英租借天津過著暫時安全的日子，有著苟且偷安的意味，然而接著上海淪陷，太原失守，戰爭的局勢愈來愈吃緊，在這時候，一面擔心國家前途，恨不能立刻上戰場的男主人翁，卻同時也是個十七、八歲情竇初開的小夥子，他愛上了遠房表姐唐琪，戰事愈來愈緊張，男主人翁在這段時間從過軍，離開了天津，1941 年在重慶又恢復了學生身分，此時他和心中愛戀的唐琪因為局勢不得不分離，卻又在學校裡對女同學鄭美莊心動了，小說扣住時局的變動，隨著戰爭的推演，主人翁張醒亞遭遇了許多故事，小說中呈現了淪陷區和大後方的生活，像是當時流

行的順口溜：「前方吃緊，後方緊吃。」學生的生活固然苦，在戰時擺闊的人依然存在，年輕學生在經歷國難時單純而熱情的想法，在作者筆下生動的被描寫出來。小說故事絕大部分集中在抗戰時，一直延續到抗戰勝利，1949 年後作者來到台灣，他愛過的兩個女人，鄭美莊和唐琪都不在他身邊，鄭美莊擔心台灣局勢去了國外，而唐琪責選擇前往滇西擔任護士，故事的結局也反映出當時人民不同的想法，例如遷台的人擔心台灣並非久居之地，萬一再發生成都大撤退的事，又該撤往哪裡？

　　《藍與黑》的結局是「離散」，小說中兩個女主人翁象徵當時許多人心中的矛盾掙扎，唐琪代表的是一種無私的理想，為國家民族奉獻；而鄭美莊則代表小我的期望，求得一己的平安富裕。兩者都是當時多數人無法做到的，前者需要勇氣，後者需要財力，而作者本人的際遇，才是多數人的人生，以愛情故事的掙扎呈現，其實還暗喻了理想與現實間的矛盾。對照王藍的經歷，《藍與黑》應該具自傳色彩，一段發生在抗戰時的故事，有戰爭有愛情，小說能吸引人的兩項重要元素都具備了，更重要的是作者記載了他對戰時人民生活情況的觀察，以及反覆糾結的心情。

　　以描寫抗戰時期後方年輕學子生活著名的小說，還有鹿橋的《未央歌》，成功的塑造了小童、藺燕梅和伍寶笙等大後方學生的生活，當然幾位主人翁的感情世界也是小說情節鋪排的重心，該書曾經是台灣出版界的常銷書，許多學生讀者都讀過，但是鹿橋寫作《未央歌》是在 1949 年之前，與遷台之後的懷鄉心情無關，所以在此不多作討論。

　　1945 年戰爭結束，舉國歡騰，但是內戰接著愈演愈烈，對於1949 年遷台的作家們，當他們來到台灣，心中對故鄉的思念，自然而然化成文字，文學創作是一種情感的抒發，這一批作家中，許

多來到台灣時還很年輕，二、三十歲的年紀，童年時代的記憶混雜
了故鄉風土人情和戰爭帶來的動盪，王藍的《藍與黑》和紀剛的《滾
滾遼河》，都和他們在抗戰時所經歷的生活有密切的關係，他們兩
人的文學創作不多，嚴格說起來，紀剛是一位醫生的成分，遠高於
他是一位作家，但是他們卻寫出了膾炙人口的小說，主要還是因為
年輕時曾有過無法抹滅真實且深刻的記憶，成為他們最重要的創作
動力，提供了誠摯的情感和生動的人物形象。

　　潘人木的《漣漪表妹》在台灣和王藍的《藍與黑》、紀剛的《滾
滾遼河》齊名，描寫的都是對日抗戰時期的故事，但是《漣漪表妹》
依故事的時間分成兩部，第一部敘述的故事以 1931 年九一八事變
後的校園故事為主，第二部則是國共戰爭結束了，發生在解放後的
中國大陸的故事，漣漪表妹為故事的主人翁，在她和表姐作了不同
的選擇後，以她串起整個故事，面臨人生重大轉折時，不同的選擇
在當時意味的就是「離散」，因此，作為意象母題的「離散」反覆
出現在小說中。潘人木祖籍遼寧省瀋陽市，1919 年出生，畢業於
國立中央大學外文系，曾經在重慶工作，遷台之後，任職於台灣省
教育廳，她的作品已兒童文學為主，寫作了五十餘部兒童讀物，長
篇小說《漣漪表妹》可說是她的代表作，1952 年由文藝創作社出
版，後來於 1985 年，由純文學出版社二度出版，本書曾經獲得台
灣地區中華文藝會文藝創作獎。

　　《漣漪表妹》的第一部採取第一人稱敘述的寫作方式，敘述者
是漣漪的表姐，但是故事的中心人物是年輕美麗的漣漪，表姊妹倆
一起考上了一所以收容東北流亡學生為主的官費大學，故事主題環
繞著學校中年輕人的生活，漣漪生來外型耀眼，從小個性驕縱，不
願服輸，愛出風頭的單純性格使得她一時犯錯，懷了她並不真正喜
愛的同學老洪的孩子，因此決定離家，前往陝北，這也是主人翁第

一度經歷的重要「離散」，小說的第一部寫到 1937 年，此時漣漪已經音訊全無。小說的第二部仍然採取第一人稱的敘述手法，不過敘述者從表姐轉為漣漪，她在自己的手記中記載了她在中國解放之後的遭遇，而漣漪又有了第二度的「離散」，這一次的離散是和她的親生骨肉，也是和她年輕時的夢，而她的兒子小名取為小離，也充分顯示了他的出生便是從分離開始。

　　《漣漪表妹》是潘人木生平第一部長篇小說，她在本書二度出版時，寫了一篇名為〈我控訴〉的文章作為書二度出版的序，文章中清楚提到她寫作《漣漪表妹》的動機：「抗戰前夕那一段學生生活，深烙我心。那些可愛的年輕的生命，滿懷沸騰的理想，若飢若渴的尋求報國途徑，他們感動過我，……抗戰期間，我由重慶而新疆，勝利後，由新疆而北平，並遠走熱河，直至全國解放，看過多少不再年輕的生命，忍受理想破滅、身心摧殘的煎熬，……[25]」

　　潘人木清楚的說出了自己的創作動機，對年輕歲月的不捨，對國家的熱情，都是她寫作本書的動機。對絕大多數的創作者而言，對年輕生命的回顧都可以說是創作的一項重要動力，這種情形在處女作中尤為常見，因為對於親身經歷或是親眼目睹的故事，有著難以忘懷的感動，因此有了創作的衝動。而對於遷台作家而言，這些故事的發生，又伴隨著接踵而來的巨變，導致大規模的遷徙，初抵異鄉，環境陌生且不習慣，內心滿是對故鄉的思念，對於故鄉的思念和對於過往年輕歲月的感懷，在發生原因上有其一致性。一個人如果不離開家鄉，那麼他依然會懷念年輕時光，但是如果一個人離鄉背井，他懷念的故鄉中便揉雜著年輕的記憶，又或者他懷念的年輕時光中也就揉雜著故鄉的記憶，「離散」因而成為作品中重要的意象母題。

---

[25]　《漣漪表妹》，純文學出版社，1985 年，頁 2。

（二）理念不同引發截然不同的人生遭遇

　　國民黨與共產黨之間因為政治理念不同，因而衍生長時間的政治衝突，此一因素對中國近代歷史有著決定性的影響，也導致國民黨 1949 年遷台，隨之遷台的作家們對於這一段發生在故鄉的歷史事件下的愛情故事，也多所著墨，尤其是年輕知識分子，理念信仰不同所引發截然不同的人生遭遇，成為 50、60 年代台灣文學中一項不容忽視的主題。

　　這些作品往往被歸為「反共文學」，甚至名為「反共八股」，在套上政治宣傳工具的籠統印象下，其文學價值完全遭到否定，不能否認，當時確實有不少作品除了強調其宗旨反共復國外，作品的文字情節卻缺乏感人之處，但是也有部分佳作，因為其主題描寫的是國共間的矛盾，就將之視為為國民黨宣傳的作品，不值得肯定，實在是有失公允。

　　台灣籍的作家葉石濤，在其寫作的台灣文學史中，將反共文學的寫作稱之為作者的「嘔吐」，他主張：「可惜五〇年代作家都斤斤計較於意識鬥爭的狹窄領域，缺乏透視全民族遠景的遠大眼光，終於在文學史上交了白卷，他們來到這一塊陌生的土地上，壓根兒不認識這塊土地的歷史和人民，也不想瞭解此塊土地上台灣民眾的現實生活及其內心生活的理想和心願，……一個作家的根脫離了民眾日常生活的悲苦和歡樂，他們的文學無異是空中樓閣，只是夢囈和嘔吐罷了。實際上他們的根還留在大陸，把白日夢當作生活現實中所產生的文學，乃壓根兒跟此地民眾扯不上關係的懷鄉文學。」[26]

---

[26] 葉石濤，《台灣文學史綱》，文學界出版社，高雄，1987 年，頁 88。

不僅台灣本土文學評論者全然否定出現在五〇年代的反共文學，大陸學者亦復如此，朱棟霖、丁帆和朱曉進主編的《二十世紀中國文學史》中在談到台灣文學的部分時，也聲稱「『反共戰鬥文藝』是一種歪曲生活，反歷史的主觀主義文學。思想內容的概念化，藝術表現的公式化，是其基本特徵，因之被稱為『反共八股』。」[27]在這裡，朱棟霖等人提出了一個判斷是否為八股作品的基準，那就是思想內容概念化和藝術表現公式化，至少評論者應從此一角度研判，而非單就作品主題，就立刻將之全盤否定，畢竟國共間不同的政治主張是一存在的事實，而此一歷史也影響了眾多中國人的命運。

姜貴本名王林渡，1907 年出生於山東諸城，1980 年於台中去世。姜貴畢業於北京大學管理系，很早便開始寫作，1929 年，二十二歲的姜貴已出版生平第一本書《迷惘》，由上海現代書局出版，1939 年他又出版了一部中篇小說《突圍》，出版的地點同樣在上海，出版社則為世界書局，雖然姜貴在大陸以出版過幾部作品，但是並未引起注意。

姜貴生平重要的著作都是在他來到台灣之後完成的，1957 年他自費出版了《今木擣杌傳》，也就是後來獲得中華文藝獎，被公認為姜貴代表作的《旋風》，後來《旋風》還獲聯合報副刊選為「二十世紀中文小說一百強暨台灣文學經典三十」。

《旋風》中描述方鎮的人們思想保守，唸過些書的甚至還有些迂腐，原本家道好的因為染上惡習靠賣田產揮霍，有些家道不好的索性學起綠林中人，姜貴在書中活靈活現的塑造出抽鴉片煙又擅妒

---

[27] 朱棟霖、丁凡、朱曉進主編，《二十世紀中國文學史》，文史哲出版社，台北，2000 年，頁 851。

的方家老太太，受她欺負的西門姨太太，為了留住丈夫而幫他騙娶鄉下女孩的方家少奶奶，以色事人的龐錦蓮和龐月梅母女，不同的女性典型，各有不同的心機和生存方式。為父報仇的方培蘭，擔任校長卻愛上了女學生的方天芷，為了解除政治矛盾而和方八姑成親的張嘉，誤殺父親而入獄的董銀明，這些性格不同的男性，都有著無奈的命運，也許命運的無奈便是因性格而起，藉著這些人的行為，姜貴將一個大家族的衰敗呈現在讀者眼前，看似有據其實無理的價值觀，依循了傳統舊社會中不智的部分，例如以娶妾來攏絡丈夫，或是因忌妒而處處刁難姨太太，卻棄傳統美德於不顧，連家庭和睦都做不到，更遑論其他，所謂修身齊家，小說中的方家人自身修養不足，當然難以齊家，傳統價值已然顛覆。

　　1964 年，姜貴的妻子去世之後，他完成了《碧海青天夜夜心》，雖然夏志清認為這部小說的寫作是失敗的，但是作者本身卻認為也是他個人的重要著作，本書描寫一個男人和兩個女人之間的故事，耿自修和青梅竹馬的表姐薇珍結為夫妻後，前往徐州擔任棗莊煤礦公司辦事處主任，薇珍則繼續留在上海，來到徐州之後，耿自修結識了歡場女子六華，他對六華因憐生愛，在薇珍獲悉後，主張耿自修娶六華，薇珍則與六華姊妹相稱，三人關係十分和諧。和《旋風》一樣，本書有著許多篇幅描寫到當時的局勢，時代背景含括了日本侵佔華北直至七七抗戰，小說的結局是耿自修負傷而死，六華自殺殉情，薇珍此時已有一個滿周歲的孩子，薇珍護送耿自修和姚六華的靈車時，心裡一直念著：舊的一代倒下，新的一代還會起來。人類的命運是承先啟後，她有屬於她的責任，而她永不會放棄責任。姜貴所描寫的情愛，不是獨占的，而是包容的。

　　姜貴在書中的後記自認《碧》書寫的是一段不成功的婚姻故事，也有讀者向他反映為薇珍不平，或是同情六華，但是姜貴寫作

該書的故事和人物，大抵實有，而由作者為適應小說的需要，給以必要的拼湊和移植。雖然人物故事為實有，但是看得出來姜貴因為受到傳統道德的拘束，企圖為每個人找到合理的對待，以女主人翁薇珍為例，她是一個受過教育的獨立女性，卻又因現實環境中出現的矛盾，接受二女共事一夫的事實，作者塑造的薇珍有智慧且大度，在她身上新舊並存，看得出來作者在面臨新價值觀的建立時，依然難以擺脫舊社會中父系為主的舊價值觀。

孟瑤，本名揚宗珍，祖籍湖北省漢口市，重慶中央大學中文系畢業，生於 1919 年，她所寫作的長篇小說《這一代》，雖然沒有直接描寫國共之間的戰事，但是卻以國共戰爭為背景，故事發展的年代跨越了十餘個年頭，從對日抗戰勝利開始，一群因為日軍侵華，離家輾轉來到後方求學的年輕人，終於得以返回家鄉，從此有了不一樣的人生際遇，這群年輕人在那一個中國時局很不平靜的年代，各自追求著屬於自己的愛情和夢想，他們分別在台灣、香港、新加坡過著不一樣的生活，年輕時的理想壯志，實現起來比他們以為的要艱難許多，小說中人物的既有價值觀不斷遭到質疑，例如承襲祖業的吳有恆和白蔘夫妻原以為可以安逸的鄉居讀書，卻因為地主身分，生活驟失依靠，白蔘自殺而亡，留下吳有恆隻身面對愁困；還有歷經愛情與事業先後破滅的水心，最後選擇了寧靜平和的生活；嬌弱的黃鶯在夫家破敗潦倒後，肩負起家中生計，反而得到了渴望的和諧家庭。在《這一代》中，呈現了當時離開中國大陸客居異鄉的人們的生活，他們的價值觀和對生命的期許在動蕩的時代逐一破滅，迫使他們重新建立生活的目標和態度。這一部長篇小說的寫作和孟瑤本身抗戰時在重慶求學，大陸解放後，曾經在新加坡南洋大學任教，後來定居於台灣的親身經歷，其間對人事的觀察，有著密不可分的關係。

　　吉廣興的《孟瑤評傳》中寫道：「在民國四十年代（西元 1950
年代）那個文網森嚴的環境裡，一個初起步的女作家委實也沒有多
少開闊的題材可寫，連真實作品都可能列入禁忌，則孟瑤之從浪漫
主義入手亦無可厚非了。」[28]劉秀美的《五十年來台灣的通俗小說》
也指出：「……作家在創作時也可能刻意避開政治的干擾來抒寫一
些非關政治的東西，孟瑤就是顯著的例子。她早期的創作大致以浪
漫主義為服膺的對象，直到美國浪漫主義運動和歐洲寫實主義合流
發展所產生的『寫實主義的藝術觀』影響了當時的台灣文壇，孟瑤
才從熟讀了翻譯本巴爾扎克、左拉等人的作品以後，無形中受到這
一波思潮的影響，創作方向遂產生了改變。」[29]

　　對於自身面對創作的心路歷程，孟瑤自傳中也曾提及：「開始，
我是服膺浪漫主義的，我以為寫作的人應該有特權用他的彩筆，為
現實的宇宙增加一些『美』；但自從『人造花』氾濫於街頭巷尾，
我又非常羞愧不安地告訴自己：『我寧可去愛那一朵怕已經蔫萎的
真花，因為它有生命！』從此我才向現實探索。」[30]

　　白先勇的第一篇小說〈金大奶奶〉（收錄在《寂寞的十七歲》），
小說的時空背景是對日抗戰勝利後的上海，和〈玉卿嫂〉一樣，這
兩篇小說都是由容哥兒這個孩子的角度來作敘述，金大奶奶是一個
遵循傳統的女性，婚後丈夫不喜歡她，也不尊重她，家裡大小事務
都是由二太太做主，在丈夫又打算再娶一門親的時候，她忍無可
忍上吊了，作者藉著金大奶奶的悲憤無奈陳述傳統父權對女性的
欺壓。

---

[28]　吉廣興，《孟瑤評傳》，高雄市立文化中心，高雄，1998 年，頁 161。

[29]　劉秀美，《五十年來的台灣通俗小說》，文津出版社，台北，2001 年，頁 57。

[30]　孟瑤，〈孟瑤自傳〉，收錄於《孟瑤讀本》，幼獅文化事業公司，台北，1994
　　年，頁 8。

相較於金大奶奶，白先勇的〈玉卿嫂〉不僅在寫作技巧上更為進步，對於女性的心理也掌握的更為深刻貼切。〈玉卿嫂〉的時空背景是抗戰時的桂林，在小說中對於桂林的戲園子和馬肉米粉都有描寫，白先勇的祖籍是桂林，也曾在上海居住，對於這兩個城市都有成長的記憶，玉卿嫂是寡婦，為了謀生擔任容哥兒的保母，她有一個比她年輕不少的情人慶生，她賺錢供慶生生活，一心希望兩人能常相廝守，當她發現慶生的心另有所屬時，她殺了慶生後自殺，該篇小說中女性的情慾問題不是這裏所要探討的，但是在這兩篇小說裏都呈現了 30、40 年代中國大陸舊式家庭的一種氣息，而白先勇筆下大戶人家初懂人事的富家公子形象，也和他個人的成長背景有著密切的關係。

昇平時代，既有的價值觀根深柢固的植於人心，轉變往往也是循序漸進，但是在離亂的時代，卻可能一夕崩塌，或者是引人質疑，進而反抗顛覆，所以傳統價觀的崩毀或引發的質疑，也成為作家們在離鄉後從反思到寫作的小說題材之一。

（三）「團圓」為愛情保有憧憬

動盪歲月中的悲歡離合讓人動容，然而身處這樣一個時代，尤其是在面對 1949 年遷台的大規模飄離，勢必造成許多愛侶的分離，然而，也有部分作家在描寫這樣一個動盪的時代、不安定的環境中的愛情故事時，他們給了筆下的人物一個比較圓滿的結局，那就是他們經歷了艱苦與掙扎，然後來到台灣，並且得以團聚。當然這樣一種安排，除了有些是忠於聽來的故事情節，像是張漱菡的《江山萬里心》；但是相信有更多的作者選擇正面結局，多少有著鼓勵讀者的同時，也安慰自己的心情，因為身處動盪中，生活已經夠艱

難了，文學除了作為救贖之外，也可以作為一種人生憧憬，因此在歷盡顛沛流離後的團圓，也成為懷鄉小說中一項母題。

　　祖籍四川省雲陽縣的作家郭嗣汾，出生於 1919 年，曾經擔任過省新聞處科長、青年團主任、中國文藝協會理事長和亞洲華文作家協會執行委員等多種文藝工作相關職務，他的中篇小說《黎明的海戰》和長篇小說《斷虹》，都是以國共內戰為主題的小說。其中《斷虹》從 1945 年寫到 1959 年，小說中的主人翁陳克淩是一名空軍飛行員，在對日抗戰中屢建戰功，但是在國共內戰時，意外墜機，國民黨在戰事中節節失利，他於是隱姓埋名，轉任工務人員，最後在友人的協助下，持偽造證件前往香港，輾轉來到台灣，小說情環繞著陳克淩曲折的愛情故事，因為動盪的時代而產生人力無法扭轉的無奈情節，作者在小說中有這樣一段文字：「聖賢豪傑在歷史上留下了德行、功勳和名言讜論，供後人崇拜和模仿；平凡的人用自己的生命寫成悲喜劇，供後人的憑弔和嗟嘆。前者由史家秉筆直書成為人類引為光榮的史冊；後者則是小說作者筆底的素料。

　　兩者有其不同之處，也有其相同之處。

　　歷史家不能改變整個歷史的過程，小說家則可以改變一部小說的故事和架構。

　　但是，兩者同樣不能否定事實的真相和事件的發生與演變結果。更不能完全瞭解何以會如此發生和演變。事後當然可以對某一件事加以分析和歸納，然而仍舊不會是百分之百的正確。有些事雖然起於人謀贓否，有些事卻是因不可解的偶然因素引起。昔人把這種或然的因素稱為『天意』。當然，『天意』是不可抗拒的。」[31]

---

[31]　郭嗣汾，《斷虹》，大業書店，高雄，1962 年，頁 249-250。

　　這一段文字突然出現小說情節的鋪陳中，彷彿作者忍不住跳出來向讀者喊話，固然意指小說主人翁曲折的命運，又何嘗不是暗指同一時代所有遷台人士的命運呢？「平凡的人用自己的生命寫成悲喜劇」，「不能完全瞭解何以會如此發生和演變」，所以只好歸諸於「天意」，這種不得不認命的態度，也是處亂世時的一種無奈的自我安慰吧！「團圓」成為許多人共同的期待，現實生活裡的「團圓」難求，小說中提供的「團圓」結局，對於讀者還是起了鼓勵作用。

　　1930 年出生的張漱菡，祖籍安徽省桐城縣，她是 50、60 年代在台灣極受歡迎的作家，雖然她的小說以描寫愛情為主，代表作《意難忘》描寫的是發生在上海的愛情故事，長篇小說《江山萬里心》和《飛夢天涯》則是描述因戰爭而帶來離亂歲月中的愛情，張漱菡認為自己的作品主題純正，並以真實時代為背景，和一般純粹寫兩性愛情的鴛鴦蝴蝶派小說有所不同。例如《江山萬里心》中，兩個重要男性角色李仲濤和唐立仁，前者是女主人翁羅以綺的表哥和初戀男友，他傾心於共產主義下的新中國，認為舊社會中的封建思想應該被破除；唐立仁則是羅以綺在經歷李仲濤情變後的歸宿，他加入國民黨軍隊與共產黨對抗，來到台灣後，終於和羅以綺結成眷屬。羅以綺的愛情是小說的主軸，隨著愛情故事的發展，也將國民黨遷台前後的時代背景呈現在小說中，不同的選擇造成了不同的命運，戰亂中的離聚，讓小說中的愛情更加曲折，當然，作者的政治主張傾向國民黨，這一點是無庸置疑的，不過這本來就是遷台外省籍人士的共同立場，據作者在書中的自序中表示，小說是根據一個真實故事寫成，其中的悲歡離合，在當時頗能獲得讀者的共鳴，因為這一段時代造成的分離與掙扎，是當時遷台外省人共同的經驗。

　　《飛夢天涯》寫的也是愛情故事，張漱菡透過一個孩子小菲的眼光來敘述情節，當國共內戰愈演愈烈，大人們討論是否要離開南

京，應該前往山城重慶？還是海島台灣時，在一個孩子的心中，也模模糊糊感受到不尋常的氣氛，於是作者透過小菲的心情敘述：「台灣？台灣是個什麼地方？我簡直無從想像，那彷彿是個虛無飄渺的空中閣樓，多麼陌生而又遙遠！我在一旁這樣想著。」[32]小菲來到台灣後逐漸成長為情竇初開的少女，她依戀著表哥紀遠，卻因為血緣問題無法成為眷屬，這時出現了好友將哥哥趙奇峰介紹給她，小菲也在父母身上明白平凡累積的情感同樣值得珍惜，她曾寫下一首七言律詩：「離緒紛紜眠未得，哪禁簷月又團圓。」[33]可見對於分離的感傷之深。小說的最後暗示在美攻讀博士的趙奇峰有意回台灣發展，留給讀者想像的空間，在這一空間裡依然是團圓的氛圍，對於遷台的人士，中國大陸與台灣是隔絕，美國與台灣又何嘗不是分離，歷經戰亂的人，更渴望團聚安定。

國共之間的戰事是直接導致國民黨於 1949 年來到台灣的原因，中國大陸解放，1949 年遷台的作家們遠離家鄉的時間長達數十年，他們對老家的親人掛念不已，對故鄉的一草一木都藏著深深的思念，因此離鄉後重新思及當時的局勢變化，動亂中的生離死別，而有了創作的慾望，林達哈瓊指出，小說在其自身中包含了對自身敘述或語言本性的評論。[34]以潘人木為例，她的著作以兒童文學為主，但是她卻有一本著名的長篇小說《漣漪表妹》，寫作原因還是出自自身的經驗，小說情節的創作，人物的塑造，也許加上了文學技巧，但是情感的衝動卻是有個人的經歷融入其中，而她對小說中呈現的事件觀點，也影響了小說的寫法，自然而然流露出她本身面對所處

32 張漱菡，《飛夢天涯》，皇冠出版社，台北，1968 年，頁 85。
33 同上註，頁 324。
34 Linda Hutcheon, Narcissistic Narrative:the Metafictional Paradox, P1, London: Routledge, 1991.

時代遭逢抉擇時的原由，但是此一個人情感因素，不僅成為作者的創作動機，也是該部作品日後被歸類為「反共文學」的主要原因。

描寫國共間政治衝突的小說，在今日大陸和台灣的統獨問題尚未得到圓滿解決之時，在觀點和立場上，確實有難以拿捏之處，如何讓政治的歸政治，歷史的歸歷史，如此才有可能讓文學的歸文學，也就是給予文學作品一個客觀審視的機會。

王德威在十年前便已提出：「我們在九十年代讀反共復國小說，因此不只是承認其紀錄一個階段的文學及歷史經驗，也更須檢討此一文類所顯現的寫作僵局或契機。如前所述，反共小說是一種意識型態文學，同時也是一種傷痕見證文學。前者強調對政治理念作斬釘截鐵的表態，後者卻藉不斷的『延宕』歷史事件的終極意義，來延續我們對『傷痕』的警醒與反思。……擺盪在這兩種不同的訴求間，反共復國小說曾顯現了最好與最壞的可能，而其效應也可不斷的驗證於過去四十年來種種政治文學上。我們可以不再認同反共的意識型態，但卻不能看輕因之而生的種種，而非一種……」[35]

如同王德威所言，在同一個歷史環境，甚至同一個政治主張的影響下，產生的文學作品也絕非一種，評論者單以八股之名冠之，便輕易將之全排否定或是刻意忽略，對於台灣文學實為一項損失，在兩岸關係日趨和諧、來往日益頻繁的今天，期望能夠給予不同時代、不同類型、不同主張的文學作品，一個被公平對待的環境。

盡可能讓文學的領域單純化，抽離政治的或其他具有偏見的意識型態，不論在未來的文學創作領域、過去的文學史撰寫、現在的文學評論上，相信都有相當程度的正面影響。

---

[35] 王德威，〈五十年代反共小說新論〉，收錄於張寶琴、邵玉銘、瘂弦主編，《四十年來中國文學》，聯合文學出版社，1995 年，頁 81-82。

　　對於離亂時代的愛情，情愫中蘊藏了更多的矛盾掙扎，作家們從「離散」中獲得感悟，經過反省，傳統價值觀遭到顛覆，而最深切的渴望仍然是「團聚」，這些母題出現在懷鄉文學裡，很容易讓同一個時代的讀者產生共鳴。描寫發生在戰亂中愛情的小說作品，往往在情感的世界裡也牽涉到了作者本身的政治立場，這也成為遷台外省籍作家的懷鄉寫作中較為敏感的一個部分，它牽涉到不同的政治主張、來自於政黨的文藝政策，以及不容忽視的個人情感、記憶和選擇，如何客觀看待，給予適當的評價，是撰寫二十世紀中國文學史者，必須審慎思考的問題。

　　50 年代描寫戰亂中愛情的小說，在戰爭和愛情的比重分配上，常常是愛情重於戰爭，戰亂是故事的背景，而非故事的主體。劉秀美在《五十年來的台灣通俗小說》中表示：「50 年代以後的台灣社會言情小說呈現的另一個面貌是戰爭與浪漫愛情的結合，但是這種複合題材大體只是一時政治特性影響下的產物，它的流行大約只以 50 年代為主，不像單純以社會言情為依歸的作品那樣足以延續至今而不衰。徐訏的《風蕭蕭》雖然成書於 1943 年，但小說裡的抗日題材，則讓它在 50 年代的台灣大受歡迎。徐速的《星星、月亮、太陽》（1953）、張漱菡的《意難忘》（1955）、王藍的《藍與黑》（1958）、鹿橋的《未央歌》也都是這類作品中的佼佼者。其中《意難忘》一書還曾於民國四十四年（西元 1955 年）在救國團與中國青年寫作協會（台灣地區）舉辦的『全國青年最喜閱讀文藝作品測驗』票選活動中，得到小說類的第一名。」[36]不過，上述劉秀美認為這種愛情與戰爭的複合題材小說「大體只是一時政治特性影響下的產物，它的流行大約只以 50 年代為主，不像單純以社會言

---

[36] 劉秀美，《五十年來台灣的通俗小說》，文津出版社，台北，2001 年，頁 61。

情為依歸的作品那樣足以延續至今而不衰。」的說法並不正確，如果如她推論，《藍與黑》便不會在 2000 年由九歌出版社重新出版發行，《未央歌》也不會成為台灣書店中的長銷書。

戰亂的年代，本來就容易發生許多動人的故事，尤其是戰亂帶來的離散，所以許多描寫戰亂時代的愛情故事的小說，作者會以第一人稱的寫法，如《藍與黑》；或是在序言中點明小說中的主人翁真有其人，如《意難忘》。劉秀美認為：「亂世之中的兒女情長，不管是發生在『寶島上無家可歸』的遊子身上，還是其他關於戰亂的種種，都足以成為作家筆下的故事。……這種強調小說真實性的現象之所以在當時出現，是因為戰爭離亂的環境塑造了作家多愁善感的情緒，而易於將所見所聞訴諸筆墨；另外，作者也可能試圖以描寫真實故事的方式為訴求吸引讀者。」[37]

像這樣明白表示小說為真實故事的例子還有很多，例如孟瑤的《心園》，她在自序中寫道：「我從學校剛畢業出來，在一個環境優美的中學執教，在那裡我遇見了這篇小說中的『我』……。」[38]又如禹其民的《籃球情人夢》，序言中也寫道：「我要追悼這本書裡的男主角禹冰─禹冰是　個真實的人。」[39]

三、以戰爭為主題的小說

發生於 1937 年至 1945 年的對日抗戰，在所有中國人的心中留下難以抹滅的記憶，長達八年的戰爭，對每個人生活影響之鉅，也許在戰火中從孩童長成了成人，也許經歷了家破人亡的痛楚。事實

[37] 同上註，頁 63。
[38] 孟瑤，《心園》，暢流出版社，台北，1951 年，頁 1。
[39] 禹其民，《籃球情人夢》，文化圖書公司，台北，1962 年，頁 2。

上日軍侵華行動早在 1937 年前已經展開，九一八事變後，東北人民已經開始流亡，這些重大的歷史事件真實發生在生活裡，因為戰爭而產生的離亂故事於是成為作家們的創作動機。然而抗戰勝利後，中國並未真正太平，連年的動盪，人民的生活未能得到安定，而戰爭的記憶還是強烈的在心頭翻攪，於是 1949 年遷台之後，出現了不少關於抗戰和國共內戰的小說，其中有些膾炙人口的作品，在當時很受讀者的歡迎，不但凝聚民族意識，對於經歷了連年戰亂，最後還是不能回到家鄉，無奈遷徙到台灣的人，多少還有些鼓舞的意義。

（一）記述堅忍卓絕的抗敵精神

《滾滾遼河》是遷台作家描寫日軍侵華的一部重要作品，敘述的是九一八事變之後，東北愛國青年所組織的抗日行動。本書作者紀剛，祖籍遼寧省遼陽縣，出生於 1920 年，遼寧醫學院醫科畢業，他的作品不多，幾乎都是以抗日為主題，作為一名作家，同時也是醫生，顯然對他而言救國救人是他的自我期許，而非文學創作，1940年他在長春《新滿洲》文學月刊上發表了小說〈出埃及外記〉，也是企圖以基督教聖經中出埃及的故事，啟發東北同胞們反抗日本人的統治。

來到台灣之後，昔時發生在家鄉東北的許多故事依然盤據在紀剛的心頭，因此他在 1959 年完成了長篇小說《滾滾遼河》，這是他生平第一部長篇小說，也是唯一的一部。

《滾滾遼河》的銷售成績很好，可見極受讀者喜愛，也曾經被改編成電視連續劇，還獲得了台灣第五屆中山文藝獎。《滾滾遼河》並且被翻譯成日文，譯者加藤豐隆曾經在偽滿洲國的警界工作，日本戰敗後，他回到日本專事寫作，所翻譯的《滾滾遼河》，由他自費出版，加藤豐隆提出對本書的看法：「我未曾讀過如此深刻銳利

地描寫『滿洲國』統治下中國人的苦惱，以及非在那兒呼吸不可的青年男女的哀愁。在這作品裡，日本人迄今不知道的『滿洲國』的實態，毫無遺漏地，且以華麗的文筆展開。超越任何立場，我認為這是所有日本人都應一讀的作品。」[40]

紀剛來到台灣之後，定居在台南，繼續行醫，他在工作之餘完成了這一部長篇小說，因為身在異鄉的他，仍然忘不掉（相信他也不願忘記）曾經發生在故鄉戰時種種傷痛和感人的故事，他不願意這段真實的歷史故事被湮滅，被遺忘，或是不被後人所知，所以他完成了這一部長達四十萬字的小說，出版這部小說的純文學出版社發行人林海音，在 1980 年該書重新排版付印時寫了一篇〈致讀者——為《滾滾遼河》重印而寫〉，其中提到：「紀剛先生不只一次囑咐我，一定要記得告訴印刷廠留下幾份精印的樣子。『因為，』他在電話中笑著說：『預備將來回東北去時好印。』」[41]紀剛對故鄉的不能忘情，由此不難發現。

本書描寫的是九一八事變之後，在東北淪陷區成立了滿洲國，七七事變後，中國正式對日抗戰，這些在淪陷區成長的年輕人滿懷愛國心，開始了敵後地下工作，組織了覺覺團，以遼寧醫學院為故事的重要基地，環繞著十幾名年輕人的抱負和友情，紀剛寫到：「我們是主張現地抗戰的。我們要在東北現地做抗敵工作，不希望有志青年到後方。在後方少一人不算少，在敵後多一人就多有十倍百倍的價值。當然做地下工作的危險性，較去後方也要多十倍或百倍。面對我多年好友做此重大的人生抉擇，雖然受過多年工作熬煉的我，仍不免心神激動。」[42]

---

[40] 《滾滾遼河》，純文學出版社，1980 年，附錄。
[41] 《滾滾遼河》，純文學出版社，1980 年，序言。
[42] 同上註，頁 6。

　　由此可以看出當時作者及其友人不畏危險艱難，一心報國的想法，王集叢指出：「這部小說的時代或歷史背景——抗戰戡亂，都表現的很充分，戰時氣氛也很濃厚。其地理環境，廣大的東北氣候特質，城鄉生活，交通往來，都寫得很具體，而與其中的人、事緊相結合。」[43]因此該書除了作為小說來讀之外，對於作者本身有回憶錄的性質，而對於研究中國近代史的人而言，也提供了史學上的資料。

　　羅蘭，本名靳佩芬，民國八年生，北京師範學院肄業的她，曾經擔任過小學老師，後來在廣播電台工作多年。她在 1970 年出版的長篇小說《飄雪的春天》是一部具有自傳性質的小說；90 年代羅蘭另有以散文型式呈現的自傳《歲月沉沙三部曲》，獲得台灣的國家文藝獎。《飄雪的春天》是一部三十幾萬字的長篇小說，講述戰爭對人的影響，故事情節單純，環繞著安姓一家人在日均佔領區的生活。小說分成兩部，第一部從對日抗戰時天津淪陷揭開序幕，安家在淪陷區面對生活的艱苦，但並未喪失信心，女主角安詠絮不放棄對理想生活的追求，雖然她的父親因為不願意協助日本人，無法養家，繼母又不能體諒家中困境，她必須在日本佔領區的敵偽小學教音樂，供弟妹唸書，遇到了想望的愛情，卻又因為放不下對家庭的責任，不能和男友前往大後方，終至分手。

　　小說第二部講述抗戰勝利之後，安詠絮終於可以繼續音樂學業，可以重新追求她理想的人生，卻發現因為戰爭帶來八年漫長的等待，其實許多事都變了，她的心情，就連當年到後方的男友也因為誤會，已經結婚生子。她原以為自己可以刻意忘記那黑暗的歲月，等待不應該被放在人生的賽程中，然而一個女孩從十八歲到二

---

[43] 同上註，頁 514。

十六歲，轉變太大，錯過的就是錯過了。小說中，她的父親對她說：
「時間是很殘忍的，它過去了，就是過去了。不但它自己過去了，
而且，它還把和它有關係的東西一起都帶過去了。時間是向前的，如
果你背叛它，想擺脫它，而獨自往回走，去尋找那已經從你手中溜走
的東西，你不但找不回過去，而且也放走了現在。於是，你就脫離了
人生的大道，而成了一個遊離的東西，你的將來也就渺茫了。」[44]

　　雖然安詠絮很幸運的在戰爭中沒有失去家人，也依然保有信
心，但是戰爭依然帶給她無法扭轉的變化，這些變化也發生在別人
身上，只不過各有不同。本書描述天津淪陷後的人民生活，沒有太
曲折的情節，卻有很真實的感情。羅蘭花了三年的時間完成《飄雪
的春天》，書中的故事早已融入她的生命，當她在台灣生活了一段
時間後，家鄉的往事翻上心頭，促使她完成它，在6、70年代的台
灣，描寫對日抗戰的小說中，小說背景在後方者居多，描寫淪陷區
的小說則多涉及戰事，尤其是可歌可泣的遊擊隊或收集敵軍情報的
激烈故事，像是羅蘭這樣以平凡的筆調述說淪陷區尋常百姓生活的
作品較為少見。羅蘭認為：「當災難來臨時，沒有人願意淪陷；但
事實上，總會有人淪陷。而且有不少的人淪陷。那不只是生命的淪
陷，而更是夢的淪陷，愛的淪陷，前途的淪陷。這裡面沒有淒厲的
戰爭——大戰捲來時，並非每一個地方都是淒厲的。正相反，有些地
方是平靜的。淒厲的災難震撼一時，而平靜的災難震撼永遠。」[45]

　　田原，民國十六年生，山東濰縣人，畢業於中國新聞專科學校，
曾經任職於青年戰士報及黎明文化事業公司，他的著作很多，幾乎
全是小說，一共出版三十餘部小說集，其中又以長篇小說居多，他

---

[44] 羅蘭，《飄雪的春天》，天下文化公司重新出版，2000年，頁571。
[45] 同上註，頁1。

的作品多次獲獎，包括中國文藝協會文藝獎章、嘉新文化著作獎、中山文藝獎、吳三連文藝獎和教育部文藝獎。他的作品主題描寫對日抗戰的，如《古道斜陽》，也有描寫家鄉共產黨活動的，如《這一代》，有描寫家鄉風土人情的，如《大地之歌》，六十年代，居住在台灣十餘年，他的作品中也出現來台之外省人與本省人所發生的故事，如《遷居記》、《圓環》等田原的小說描寫身邊週遭的人物，從五十年代末期開始創作，往後的二十年間作品持續出版，他去世於 1987 年，至 1986 年他仍有長篇小說問世，可說是一生創作不輟，他的小說有改編成電影和電視劇的。

田原於 1965 年完成四十萬字的《古道斜陽》，描寫一群出入山東、河南的綠林好漢，他們講義氣重是非，最後因抵抗日本人而全數犧牲，和民寨中的百姓，一起被葬入了百人塚。小說中的熊坤、張毓棠、馬玉、胡彪和黃振山全都形象突出、個性明顯，他們心中有著大是大非的觀念，可以為此是非捨生就義，但是平常生活中，他們有的人詐賭騙兄弟的錢，有的人貪杯每喝必醉，這群亦正亦邪的漢子，平常靠收保護費帶人過路，營生方式類似過去的鏢局，只不過他們帶的不只是貨物，還有人，但是路見不平時，他們又能夠將利字放在一邊，這一點可以從他們遇到崔三眼綁架勒索，卻又狠心撕票時，他們一定要殺了崔三眼看出來。

在《古道斜陽》中，田原藉著對話言語，簡單幾句便活靈活現的寫出了人物的性格，熊坤的沉著，張毓棠的年輕氣盛，玉蓮的不認命，馬玉的重拾自尊，終致勇敢的從容就義。這些唸書不多的綠林好漢，平素唱小曲解悶，田原運用戲曲和鄉間自編的歌謠，襯托出他們的心情，像是「六月裡的天兒，天天是熱的，大閨女上披捎著簑衣，到了半路裡，碰著個年輕的，扯扯拉拉高粱地裡……」流露出年輕男人戲謔的一面，而「大刀向鬼子們的頭上砍去，全中國

的兄弟們。勝利的一天來到了，前面有英勇的義勇軍，後面有全國的老百姓，我們遊擊軍隊，勇敢前進，勇敢前進……」則顯出他們血性剛毅的一面。金蕾在「行不言教—評田原著的《古道斜陽》」一文中寫到：「《古道斜陽》最可議論的是語言的使用，最突出的也是語言的使用了，這也是田原小說的特點，以及他個人的長處。語言是小說的表達工具，如不善於應用語言，則他不算小說家。小說，顧名思義乃是『說』的藝術。無疑的，田原在這一方面是具有較高成就的，也可以說是他最成功的一環。」[46]

　　1945 年戰爭結束，舉國歡騰，但是內戰接著愈演愈烈，對於1949 年遷台的作家們，當他們來到台灣，心中對故鄉的思念，自然而然化成文字，文學創作本來就是一種情感的抒發。在台灣，今天已鮮少有人提及對日抗戰的歷史，過去每逢七七事變、九一八事變、八一四空戰等紀念日，總會舉行相關紀念活動，在李登輝執政後，對日抗戰的歷史被刻意淡化，台灣曾被日本「佔據」，改稱台灣由日本「統治」，日本侵華戰敗，改稱中日戰爭終戰。出生在 1956年的朱天文雖然未曾親逢八年抗戰，但是她曾經在紀念抗戰的座談會中表示，八年抗戰是中國人重要的歷史，應該會出現史詩般的巨著，而這樣的作品不一定是由經歷過八年抗戰的人所執筆，也可能是在後人手中完成，所以她期待，會有更偉大的抗戰小說出現，以更宏觀的角度紀錄抗戰，而不是只是敘述抗戰中黎明百姓的故事。這一份期待，當台灣執政者企圖扭轉台灣在二次大戰中的位置，過去台灣設置因反抗日軍而犧牲的紀念碑，如今卻出現日本在台徵召的義勇軍紀念碑，恐怕更不容易實現了。

---

[46]　《古道斜陽》，皇冠出版社，1971 年。

　　國民黨與共產黨之間因為政治理念不同，因而衍生長時間的政治衝突，此一因素對中國近代歷史有著決定性的影響，也導致國民黨 1949 年遷台，隨之遷台的作家們對於這一段發生在故鄉的歷史事件下的故事，也多所著墨，成為 50、60 年代台灣文學中一項不容忽視的主題。台灣文學評論者彭瑞金認為國民黨「以槍桿與筆桿結合的假設理想，硬把識字不多的軍人，培養成可以提筆上陣，既能武鬥，又擅文鬥的筆隊伍，使軍中文藝自成一系，這在世界文學史上都是空前絕後，值得一記。」[47]彭瑞金所言誇張了些，實在是因為 1949 年許多年輕人為了離開家鄉躲開鬥爭，只能隨軍隊走，他們年輕性格尚未定型，離家後心情寂寞，很容易傾心於文學，一個人在離開家鄉後，懷念故鄉，年輕的記憶成為創作動力原是再自然不過的事，卻因為國民黨的文藝政策，而以偏蓋全否定所謂軍中作家的文學作品，甚至否定遷台外省籍作家的懷鄉文學作品，其實又何嘗不是另一種的因為政治因素而衍生的價值取捨呢？

（二）呈現戰亂中扭曲的人性

　　姜貴生平重要的著作都是在他來到台灣之後完成的，1957 年他自費出版了《今木擣杌傳》，也就是後來獲得中華文藝獎，被公認為姜貴代表作的《旋風》，這一部著作他在 1952 年便已經完成，卻一直找不到出版社為他出版，1957 年，在遭受多次退稿挫折後，姜貴決定自己出錢出版這一本書，依其自己所寫的序中顯示，一共只印了五百冊，採章回小說的形式，加上了對仗的回目，這五百冊書便分贈給親友和文藝界的先進們。兩年後，在吳魯芹先生的推薦之下，《旋風》才由明華書局正式出版。

---

[47]　彭瑞金，《台灣新文學運動四十年》，春暉出版社，高雄，1997 年，頁 83。

　　《旋風》一書藉著一個大家族的沒落顯現當時社會的病態，依作者自己的說法，他描寫的有「軍閥、官僚、土豪、劣紳、妓女、土匪、墮落文士、日本軍人和浪人，以及許許多多雞鳴狗盜的小人物」[48]然而這些人物性格明顯，故事由方祥千開始，他是一個並不太瞭解共產黨但是卻非常堅持忠貞的共產黨信奉者，他賣祖傳的田產，投入改革工作，由他的奔走逐漸帶出方家一大家子，在這個大家族中有各種不同的人物，他們有不同的主張，不同的性格和堅持。但是姜貴對於書中人物沒有批評，對於方八姑寧死也不和日本人妥協，沒有刻意塑造她的堅貞，對於方冉武一心只在女人身上，家裡有妻有妾，還在外尋歡，最後敗盡家產，也沒有流露出鄙惡，他只是娓娓道來這一個家族的故事，字裡行間雖流露出作者的嘲諷，但這嘲諷可說是一視同仁的，夏志清先生說《旋風》所創造出來的喜劇，是一種荒謬的喜劇。

　　姜貴的《旋風》出版之後，受到文壇許多注意，不過受到政治意識的影響，其中有不少評論者將焦點放在其反共思想上，例如夏志清的「論姜貴的《旋風》」，洛曉湘的「從《旋風》看姜貴的反共意識」，亞菁的「姜貴、張愛玲、陳若曦小說的『反共意識』」，呂清泉的「張愛玲與姜貴反共小說之比較」，王德威的「小說、清黨、大革命、茅盾、姜貴、安德列、馬婁與一九二七年政治風暴」等等，都將研究和批評的焦點放置在反共的意識上。然而，姜貴本身是反共的，這一點無庸置疑，他自己也說過，但《旋風》一書除了反共外，他對於方家家族的描寫，以及延伸出去的相關人物，抽離方祥千為共產主義的努力，依然是一部生動的家族小說，

---

[48]　《旋風》，九歌出版社，台北，1999 年。

對於面對外力侵略、嚮往改革卻展現人性中的脆弱與荒謬，描寫的相當深刻。

民國五十年他完成了另一部重要的長篇小說《重陽》，和《旋風》一樣，一開始是自費出版，六十二年由皇冠出版社重印，夏志清在〈姜貴的《重陽》兼論中國近代小說之傳統〉一文中提出姜貴：「正視現實的醜惡面和悲慘面，兼顧『諷刺』和『同情』而不落入『溫情主義』的俗套，可說是晚清，五四，三十年代小說傳統的集大成者。……我說姜貴是那個傳統的集大成者，專指他的兩本傑作而言：《旋風》和《重陽》。」[49]

姜貴的寫作風格承襲清朝的章回小說，雖然文字和體制都已是白話小說的形式，但是筆觸和情調都有章回小說的味道，和晚清小說一樣，姜貴的作品中諷刺封建地主和舊式官僚，還有當時那些不學無術的新派份子。《重陽》一書描寫的故事背景是 1926 年時武漢的左派份子活動，小說的主人翁洪桐葉可說是那個時代的悲劇人物，他的父親早逝，母親辛苦扶養他和妹妹，靠著母親微薄的資助，以及自己在法國洋行打工，不忘繼續學習，當時是主政的國民黨的容共時期，洪桐葉表面上是國民黨，但也和共產黨有許多牽扯，當汪精衛和陳獨秀主持的武漢政府成立後，洪桐葉便為共產黨推展工作，紛亂時局中扭曲的人性在字裡行間生動的呈現。姜貴自己表示他寫《重陽》，雖然企圖反映當時的歷史，但是是一部完全虛構的小說，他希望藉著重現那一個時代的那一種特異氣氛，讓讀者可以重新體會，重新感受。

田原的《這一代》完稿於 1957 年，是田原第一部小說，1959年由新中國出版社出版，1986 年黎明文化公司再度出版，故事背

---

[49] 《重陽》，皇冠出版社，1980 年，頁 9。

景從 1931 年九一八事變的東北到 1949 年之前的山東，小說中的主人翁小虎從小就是孤兒，因為過著寄人籬下的生活，養成乖張的性格，認為別人虧欠他，他的父親因為打傷日本人而入獄，最後死於獄中，陳爺爺一家雖然十分關愛他，但是小虎卻受到別人挑撥，抗戰勝利之後，共產黨的勢力進入山東，他也成為批鬥地主陳爺爺的一分子，他想要權勢，因為他想要報復，他最恨的人是漢奸楊硯飛，沒想到楊硯飛卻成為共產黨的高幹，依然欺負小虎，這讓他覺得失望，開始重新思考自己做過的事，批鬥過的人，最後他選擇逃到金門。李瑞爽（筆名穆雨）在「從《這一代》談田原小說之神思」中寫到：「田原並不滿意他的初作，覺得不像小說，而是張電影說明書；……如果說《這一代》不像小說，那是因為故事情節實在，人物亦實在，如同講古。」[50]

　　這是田原生平第一部小說，經歷政局的動盪來到台灣，田原思鄉的情緒是可以理解的，他寄情於創作，又是處女作，情緒太真實，反而忽略了小說中結構的安排、人物的塑造和情節的設計等種種寫作技巧，彷彿作者只是在訴說一個他知道的故事，甚至有時會直接藉著小說中人物之口，陳述自己的看法，例如他藉著小蘭之口說出大篇道理，而小蘭的丈夫先前面對突如其來的鬥爭表現沉默怯懦，後來終於忍無可忍殺了害死父母的人，其中的心境轉折田原卻只用轉述的寥寥幾語帶過。若以小說藝術的角度來看，《這一代》確實顯的粗糙，就像田原自己說的，像一張電影劇情說明書，作者要講的故事太長，情緒太多，結果鋪陳不開。但是在該書中，對於在戰亂中成長的小虎，一心報復的心理卻描寫的很深刻，雖然有些情節

---

[50]　田原，《這一代》，附錄，黎明文化公司，台北，1986 年。

的安排在寫作技巧方面略嫌生澀，但是對於戰爭對人性影響的部分，卻還是有其可圈點之處。

（三）戰鬥精神移植台灣

隨著國民黨遷徙到台灣的人們，在當時也將歷經抗戰和內戰所培養出來的戰鬥精神帶來台灣，此一堅持，對他們而言曾經是返鄉唯一的希望，是一種不得不的堅持。

曾經在美國克萊蒙研究院研究美國小說的朱炎，回台之後，先後擔任台灣中央研究院美國文化研究所所長、台大文學院院長、行政院國科會副主委等職，他曾經說過，小說是他畢生的志趣。[51]而在朱炎的小說中，最常見到的主題就是故鄉，《酸棗子》是他第一本短篇小說集，1976 年由皇冠出版社出版，1993 年九歌出版社重新印行，書中收錄了〈夜奔〉、〈在河之洲〉、〈酸棗子〉、〈那個寂靜的早晨〉、〈徐眼三叔〉、〈南嶺秋晚〉、〈夜泣〉、〈輓歌〉、〈歸鄉〉、〈決鬥〉和〈老師，老師！〉等十一個短篇小說，小說的時代背景全都是日本侵華時期，故事的主題則是受到日本軍閥、漢奸，甚至遊擊隊欺凌的平民百姓，戰爭時人命賤如螻蟻，而手無寸鐵的百姓更是有如刀俎下的魚肉，中國從對日抗戰一直到共產黨解放中國大陸之前，可說是連年戰亂，《酸棗子》一書寫的就是純樸的人民如何在動盪的局勢中求生存。

朱炎祖籍山東，他以山東盛產的酸棗子為書名，思鄉之情溢於言表，而故事又多發生在他的家鄉朱家莊，童年時代對家鄉的記憶在離家多年後依然鮮活，躍然紙上。他的第二本短篇小說集

51　〈心靈上的孩子重現生機——寫在《酸棗子》改版重印之前〉，收錄於《酸棗子》〔九歌版〕，頁 3。

《繁星是夜的眼睛》收錄了十一個短篇小說,其中〈娘的笑臉〉和〈繁星是夜的眼睛〉描寫的也是發生在故鄉的故事,主題可以說是延續著《酸棗子》,同樣描寫的是戰爭中的人們,〈夕陽無限好〉和〈落葉的清香〉兩篇小說,雖然故事的場景已經由山東移轉至台灣,但是思鄉之情依然洋溢在字裡行間,〈夕陽無限好〉描寫的是退役軍人的生活,從中國大陸隨國民黨來到台灣的軍人,從軍中退役之後如何開創新的生活,其中有一段對話就有很深的鄉愁蘊藏其中:「你以前常說全世界最好的桃產在中國,中國最好的桃產在山東,山東最好的桃產在肥城,而肥城最好的桃又產在固留、鳳山和你們呂店。」連長如瓶瀉水地說,「那麼,你退役以後,應該把你們家學淵源的養桃技術設法發揮一下才是。」呂義聽連長至今還能把他當年掛在嘴角上的話背的滾瓜爛熟,又高興又不大好意思地說:「咳咳,連長記性真好,可是台灣的水土不一樣啊!」

「那倒不一定,」連長認真地說,「退役的老弟兄們在橫貫公路培植的蘋果和梨等溫帶和寒帶的水果,色香味也都不賴啊!」[52]

將肥城種桃的技術用在台灣,這段對話除了是對退役軍人開創新生活的建議,還有著移植母株至異鄉,開枝散葉的寓意。在台灣,退役軍人在退輔會的輔導之下,對於台灣山區的開發有很大的貢獻,而他們發揮的就是一種戰鬥精神,開發山區雖然異常辛苦,但是體力的消耗,對於撫慰他們的思想之情,反而是一種抒發。

朱西甯的《八二三注》不同於前述提到的作品,雖然描寫的也是國共戰爭,但卻是 1949 年國民黨遷台之後,國共所發生的台海軍事衝突為背景,場景已由大陸移轉至台灣,作者企圖呈現出的是一部戰爭史詩,全書以八二三炮戰為主題,小說從民國四十七年七

---

[52] 見《繁星是夜的眼睛》,九歌出版社,1979 年,台北,頁 71。

月十六日炮戰開始前一步一步鋪陳，戰士們的生活、個性、背景──一帶出，主線環繞著這一場影響著台海關係，對日後台灣命運有決定性的戰役，小說一直寫到同年十月二十五日。

在書中所附的後記，朱西甯提出過自己寫作《八二三注》的動機，民國五十三年，也就是八二三炮戰後的六年，當時是軍人的朱西甯奉命送慰問信和慰問金給烈士遺族，他跑遍了十七個鄉鎮，發現烈士多是新故，其中除部分因病亡故或因意外身亡，大約有一半的戰士是死於八二三炮戰。戰士的母親接受國家派來的人至上敬意時，雖然驕傲也難免傷心，朱西甯在寫作該書時表示，這些為國慷慨的母親們，對於自己的犧牲反怕國家元首為他們憂愁，令他受教而更懂得感念。這也成為他的寫作動機，於是朱西甯決定要為這些可敬的母親及她們的兒子寫下這本書。

雖然朱西甯並未親身參與八二三炮戰，但是多年的軍旅生涯，再加上戰爭發生未久，收集材料並不困難，且有許多當時在金門的軍人兄弟可以詢問，所以朱西甯有自信可以處理，在他蒐集材料的過程中，他發現中國現代小說重在「性情的真實」，所以材料不僅是事實，也是性情，為了後者，朱西甯親自前往金門，並多次就教參與過該場戰役的戰士們，從民國五十五年提筆開始寫，寫作過程並不算順利，還曾經重寫和擱筆過，終於在六十四年完成了這一部六十萬字的長篇巨著。

《八二三注》因為是根據史實所寫的小說，其中自然也會出現當時領兵的將領，不過那並非小說中作者主要想描述的人物，小說中大篇幅著墨的其實是軍階較低的官兵們，因為作者寫作《八二三注》所企圖紀錄的是戰爭中人的感情和勇氣。

國共之間的戰事是直接導致國民黨於 1949 年來到台灣的原因，中國大陸解放，1949 年遷台的作家們遠離家鄉的時間長達數十

年，懷鄉之時，首先會想到遷台前的內戰，再往前追憶，回憶的背景又是對日抗戰，中國連年的戰爭使得戰亂成為遷台作家懷鄉文學中一項重要的主題，而戰亂也常是歷史上造成離鄉事實的一大原因，杜甫的「烽火連三月，家書抵萬金。」、「家書長不達，況乃未休兵。」講的都是戰亂中的離散之情。而戰爭在人類的歷史上是一種非正常狀態，在戰爭中會展現人類堅苦卓絕的民族精神，但也會有屬於人性脆弱或黑暗的部分，不論是剛毅的精神還是扭曲的人性，在戰爭結束之後，依然是被思考和探討的題材。

主題描寫國共之間的衝突鬥爭的小說，是討論 1949 年遷台外省籍作家的懷鄉寫作中最為敏感的一個部分，它牽涉到不同的政治主張、來自於政黨的文藝政策，以及不容忽視的個人情感、記憶和選擇，如何客觀看待，給予恰當的評價，是撰寫二十世紀中國文學史者，必須審慎思考的問題。描寫國共間政治衝突的小說，在大陸和台灣的統獨問題尚未得到圓滿解決之前，在觀點和立場上，確實有難以拿捏之處，如何讓政治的歸政治，歷史的歸歷史，如此才有可能讓文學的歸文學，也就是給予文學作品一個客觀審視的機會。

第四章　遷台作家的懷鄉現代詩

　　懷鄉在中國文學史上，本來就是詩詞寫作的重要主題，也留下許多引人的佳作，最淺顯易懂又讓人朗朗上口的當屬李白的「床前明月光，疑是地下霜。舉頭望明月，低頭思故鄉。」短短二十個字，由景寫到情，未曾提及離家之事，思鄉之情卻洋溢字裡行間，思鄉就是前述這一首詩的主題，即便詩人不採絕句形式，改採律詩，字數多一倍，有更多的精巧的比喻和柔婉的鋪陳，詩的主題依然不會變。

　　懷鄉之情自然是在離鄉之後由然而生的，1949 年遷台的作家們，這一次的遷徙離家之遙遠，阻隔之斷然，在中國歷史上鮮少看見，以海峽相隔，形成兩個阻絕的世界，因此在懷鄉詩的寫作中，除了採用了許多傳統詩中曾用過的象徵手法，如杜鵑、候鳥、秋天等，特定的地界如香港落馬州和韓國板門店也出現在詩中，憑界遠眺，對故鄉的牽掛思念躍然紙上。中國人是特別重視「家」與「鄉」的民族，所謂「百善孝為先」，孔子也說：「父母在，不遠遊。」但是因為政治局勢丕變，個人無奈被迫離開家鄉，對於留在家鄉的親人，有著割不斷的情思，於是母親也成為懷鄉詩中的一項主題。提格亨指出：「那深入到散文和詩中去，而形成了它們的實質的『道德的思想』。我們的意思是指精神人的，他的本性，他在此世或他世的命運的，也指希望照著道德的或社會的原則，去判斷自己的行動，指揮自己的品行的那些正規的思想。……在它們的文學表現中

都不能分開。」[1]對於中國的作家而言，懷鄉之情中還有著未能克盡孝道的遺憾，因此對於離家之後時間的流逝也就分外驚心。

　　Yu.K.Scheglov 和 A.L.Zholkovskii 指出，主題是文學作品系統的抽象觀念，而此一概念已經和作品建立了等同的關係，又說，主題是作品減去表現技巧。[2]文學作品的表現技巧是一種美學途徑，重點在於藝術性，而減去表現技巧的主題，才是作者寫作時的中心思想。遊子吟中：「慈母手中線，遊子身上衣，臨行密密縫，意恐遲遲歸。」藉著縫衣的動作傳達母親對離家子女的牽掛，這份牽掛才是詩的主題，本章所欲討論的是遷台作家的懷鄉詩作中，藉著哪些不同母題來傳達懷鄉的主題。

一、因地域引發的鄉愁

　　地域上的遷移是離鄉最直接顯明的改變，因為地域不同，所處環境的氣候、植物、口音也都有了不同，因此因地域而引發的情思，是遷台作家創作時的重要動力和情感。

　　黃樹紅在《台港澳文學新探》中指出：「如果用最簡單的文字來概括台灣文學的社會心態，就是漂泊二字。……中國人都有這樣一個傳統習慣，凡離鄉，尤其是在外的寂寞，就會產生一種思鄉懷人的寂寞。這和我國儒家思想的教育或潛移默化的影響有關。」[3]

---

[1]　提格亨著，戴望舒譯，《比較文學論》，台灣商務印書館，台北，台二版，1995 年，頁 103。

[2]　Yu. K. Scheglov & A. L. Zholkovskii: Toward a Theme-[Expression Devices]-Text Model of iterary Sctructure, L.M.O. Toole, in Generating the Literary Text, P.7 and 27.轉引自陳鵬翔，《主題學研究論文集》，東大圖書公司，台北，1983 年。

[3]　黃樹紅，《台港澳文學新探》，中國文聯出版社，北京，2000 年，頁 22。

1949 年國民黨遷台，隨著國民政府來到台灣的大陸籍人士中，日後投身現代詩創作者，受到西方現代主義頗深的影響，包括《現代詩社》、《藍星詩社》和《創世紀詩社》所屬的詩人們，尤其特別的是，許多詩人來自軍方，他們在少年時代從軍，隨著部隊離鄉來到台灣，例如商禽、向明、梅新、辛鬱、楚戈、管管等。

受到外界景物的觸發，興起懷鄉之思，提筆為文，是詩人們靈感來源之一，駱賓王〈詠蟬〉詩中：「西陸蟬聲唱，南冠客思深。」張九齡〈望月懷遠〉詩中的：「海上生明月，天涯共此時。」都是受到外界事物的觸動而寫下的詩句，前者因為聲音，後者因為景緻。宋之問也曾在南行之時，北望故鄉，寫下〈題大庾嶺北驛〉，詩雲：「明朝望鄉處，應見隴頭梅。」意謂故鄉在遠方，即使是夢魂也難度關山。也有是朝故鄉方向遠眺之時，對於自己飄泊在異鄉心生感慨，雖然距離遙遠，視力所及實在無法看見故鄉，但是因為知道就在前方，彷彿有一條看不見的線扯著，思鄉之情一觸即發，像是柳永的「不忍登高臨遠，望故鄉渺邈，歸思難收。」辛棄疾的「西北是長安，可憐無數山。青山遮不住，畢竟東流去。」姜夔的「亭皋正望極，亂落江蓮歸未得。」都是望遠時心有所感，思鄉愁緒油然而起，因而寫下的詩句。

「望」而情生，是中國文學寫作中一種觸動的力量，尤其是在懷鄉文學中，更為常見，這「望」也許是遠眺故鄉，也可能是故鄉景物長留心上，印象太深刻了，閉上眼彷彿就能看見。

（一）邊界極目望鄉

六〇年代，詩人們心中明白，家鄉是回不去了，但是只要稍稍靠近家國，潛藏的情思就無法抑制的翻騰起來，詩人們前往韓國訪問，洛夫和辛鬱就不約而同寫下了懷鄉之作。洛夫祖籍湖南省衡陽

縣，1954 年和詩人張默創辦《創世紀》詩刊，他早年詩作受現代主義影響，喜歡使用繁複的意象，後期詩風改變，他的作品在台灣多次獲獎，九〇年代移民加拿大，如今專事寫作。洛夫的漢城詩鈔之十四〈如果山那邊降雪〉[4]，詩作的後紀中註明：「在板門店山頭眺望，透過遠方重重的嶂巒，我們似乎看到了長白山的大雪紛飛，聽到了黑龍江憤怒的咆哮。在感覺上，此處距故國河山好像比古寧頭距廈門還近，這時，仰首拭目，手帕上竟是一片濡濕的鄉愁。」

　　而在該首詩作中，他則寫道：「如果山那邊降雪／你可否看到／巨蟹星橫行於／天宇的歷歷爪痕？／／這且不去管它／我們久久冰立山頂／無非是想證實／山是否仍是白山／水是否仍是黑水／高中地理課本上的河川／仍在我的體內蜿蜒如果山那邊降雪／烏拉草和貂皮／是否能保證黑龍江解凍／／這也不去管它／寒梅也許開了／開了又將如何？／總得有人來此踏雪吧／澗水淺了又深／在暗香浮動中／飄起了／一張張腫得像黃昏的臉」故鄉不變對離鄉的詩人們是重要的，因為那是情感所繫，面對時局的變異，個人無力扭轉，只能承受，但放棄不了的堅持和盼望是，至少故鄉還是故鄉。

　　辛鬱訪板門店後，心中有感也作了一首〈板門店望鄉〉，他寫道：「（一）尋什麼梨花香飄十里／自從春鶯去後／此地已不見麥浪輕掀／抬望眼／長空落寞／鐵青的是那張大地的臉／繃的多緊啊／三十八度線／若你是琴的一弦／你便該無聲（二）誰來拾夢／叩鄉關以滴血的心／聽重重霧中／落地即碎的嘆息／風冷冷／沉寂冷冷／在線的北端／更有冷冷的人影佇立／看啊／長伴著滾滾殺聲／潮般湧近的白山黑水／是怎樣射中瞳孔／哦漢子／讓淚水淌

---

[4]　洛夫，《時間之傷》，時報出版公司，台北，1981 年，頁 49-50。

成小河吧／如果思念成舟／就讓它／就讓它航去吧（三）奈何浮雲不眠／默默的來去／說什麼春耕夏耘／秋收冬藏／這一切與它無關／而你睡吧／線南線北的大地／在人造的寧靜中／最好無夢」[5]這一首詩的作者辛鬱祖籍浙江省慈谿縣，1933 年出生於杭州市，1950 年來到台灣，1955 年加入詩人紀弦發起的現代派，其後多次擔任創世紀詩刊編委，多年來創作不輟。

韓國因為鄰近中國東北，而使詩人們心中懷鄉情思波濤洶湧，香港更因為與中國東南緊緊相依，觸動了詩人善感的心。

祖籍福建省永春縣，出生於南京的余光中，1949 年開始在廈門的報刊上發表詩作，來到台灣後，1954 年和覃子豪、鍾鼎文、鄧禹平等人創辦《藍星詩社》，先後主編過《藍星週刊》、《現代文學》和《文星》等刊物，對台灣詩壇影響頗深，他的作品從傳統走向現代，又從現代走向傳統，除詩作外，尚有多種論述和散文。

曾經在香港中文大學任教多年的余光中便在〈十年看山〉中寫過這樣的詩句：「十年看山，不是看香港的青山／是這些青山背後的／那片無窮無盡的後土／四海漂泊的龍族，叫它做大陸／壯士登高叫它做九州／英雄落難叫它做江湖／／看山十年／恨這些青山擋在門前／把那片朝北的夢土遮住／只為了小時候，一點點頑固的回憶／卻讓紫荊花開了，唉，又謝了／／十年過去／這門外的羣峰／在訣別的前夕／猛一抬頭／忽然青春都湧到了眼裡／猛一回頭／早已青青綿亘在心裡／每當有人問起了行期／青青山色便哽塞在喉際／他日在對海，只怕這一片蒼青／更將歷歷的入我的夢來／──凌波的八仙，覆地的大帽／鎮關的獅子，昂首的飛鵝／將縮成一堆多嫵媚的盆景／／再一回頭／十年的緣份／都化了盆中的

---

[5]　辛鬱，《豹》，漢光文化公司，台北，1988 年，頁 162-163。

寸水寸山／頓悟那才是失去的夢土／十年一覺的酣甜，有青山守護／門前這一列，唉，無言的青山／把囂囂的口號擋在外面」[6]詩人眼中看山，心裡想的卻是山後的故鄉，香港離大陸不過咫尺，卻也隔絕長達數十年，只能在心裡想，不能回返故鄉，余光中的「十年看山」，簡簡單單的四個字，卻暗藏著濃的化不開的心事，那看山的姿態，其實是思鄉的姿態，所謂「看山不是山」，所謂「我見青山多嫵媚，料青山見我亦如是。」「看山」自古對中國文人而言就是一種意境，詩人看的不僅是山表面的實景，更多是蘊含的意境，這「看」還是一種對望，我思念家鄉，惦記家鄉的家人朋友，料想他們亦如是，看山看了十年，其間心情複雜沉重，就是十年也數說不盡。

「十年看山」有詩人的移情作用，移情是中國詩歌中常用的手法，例如李白的「舉杯邀明月，對影成三人。」就是一種大家所熟知的移情寫作手法，余光中的懷鄉之思不僅移情於青山，也移情於梅花，同樣是借梅抒發，不同的詩人卻有不同的意趣，李商隱在〈憶梅〉中寫道：「寒梅最堪恨，長作去年花。」寫的是冬季綻放的梅花，雖然耐寒，卻有不及時之嘆。梅花因為耐寒的特性，臘月時節百物蕭條，梅花卻不畏霜雪獨露芬芳，因此在古詩詞中常象徵志氣高潔。但是，余光中在〈鄉愁四韻〉中寫道：「給我一朵臘梅香啊臘梅香，那母親一樣的臘梅香，那母親的等待是鄉愁的等待，給我一朵臘梅香啊臘梅香⋯⋯」此時梅花的象徵意含已經改變，從植物生態的角度來看，由於梅花多生長於北方，而國民黨的遷台是一路向南方撤離，因此在位處南方的台灣，原本生長在北方的梅花便成了故鄉的象徵；從政治意含的角度來看，梅花是中華民國的國花，

6　余光中，《紫荊賦》，洪範出版社，1986 年，頁 188。

因此在當時的台灣，梅花可以說是中國文化的象徵，故詩人移情於梅花，做為故鄉的象徵，該首詩作中還用了其他象徵，像是長江水和雪花白，都是台灣所欠缺而故鄉有的自然景物。

洛夫受邀訪問香港時，在余光中的陪同下同往落馬洲邊界，落馬洲與廣東省緊鄰，邊界對岸即是故鄉，洛夫站在邊界上，心中起伏的思緒寫成了〈邊界望鄉〉，詩中寫道：「霧正升起，我們在茫然中勒馬四顧／手掌開始生汗／望遠鏡中擴大數十倍的鄉愁／亂如風中的散髮／當距離調整到令人心跳的程度／一座遠山迎面飛來／把我撞成了／嚴重的內傷」[7]詩人以內傷比喻鄉愁的衝擊之大，是相當傳神的。

因為身處邊界，詩人的思緒飛揚，想像馳騁，以為自己正在蒼茫中勒馬四顧，文學作品本來就是想像的呈現，就如《莊子》中所說：「乘雲氣，騎日月，而遊乎四海之內。」詩人可以乘雲彩騎日月，在無邊無際的想像空間中還有哪裡去不得的，偏偏就是故鄉歸不得，只有夢裡還得一見，就連遙望時，還有遠山飛來，可見歸鄉路有多難。

祖籍海南島文昌縣的羅門，1928 年出生，在台灣曾經擔任中國寫作協會值年常務監事和藍星詩社社長，他在《羅門詩選》的自序中，曾經分析自己的作品，依內涵分成六類，其中一類便是透過戰爭的苦難探討人的生命，經歷過國共戰爭的羅門，對於戰爭造成的分離，有特別深刻的感觸，和洛夫一樣，他也曾在香港遙望中國大陸，在他應邀前往香港時，曾在香港中文大學遙望廣九鐵路，因為鐵路上承載的是穿越邊界前往故鄉的列車，詩人的內心因此受到撞擊，寫成〈時空奏鳴曲─遙望廣九鐵路〉，詩句如下：「到不了／

---

[7]　洛夫，《時間之傷》，時報出版公司，台北，1981 年，頁 157-185。

只好往心裡望／多望幾眼／怎麼又望回這條線上／原來是開入邊
境的火車／又把一車廂一車廂的鄉愁運回來」[8]

（二）用「心」看最美的故鄉

　　同樣是懷鄉，祖籍蒙古的席慕蓉心情又有不同，當我們在說懷
鄉時，引古援今，仍以漢民族的文化為主，席慕蓉是蒙古人，她的
家鄉在高原上，1943 年出生的她，對家鄉的記憶其實是來自母親
的敘述，她寫下了言詞淺白但情感動人的〈出塞曲〉：「請為我唱一
首出塞曲／用那遺忘了的古老言語／請用巍巍的顫音輕輕呼喚／
我心中的大好河山／那只有長城外才有的景象／誰說出塞歌的調
子太悲涼／如果你不愛聽那是因為／歌中沒有你的渴望」[9]簡單的
詩句寫出她對家鄉的思慕，也寫出漢人過往對塞外的悲涼印象。唐
詩中有因為異族入侵，老百姓不得已離開家鄉躲避戰禍而寫的懷鄉
詩作，也有描寫戍守邊防的戰士們，遠離家人的思鄉之作，例如王
昌齡的〈塞上曲〉、〈塞下曲〉和〈出塞〉，描寫的都是戍守邊疆的
戰士。在過去，前往塞外意味著遠離家鄉，交通不便的年代，這一
去不知何年何月才能回來，但是對席慕蓉而言，過去文學作品中的
異鄉塞外，才是她的家鄉。

　　席慕蓉長年居住在以漢文化為主題的台灣，她寫漢字說漢語，
但是對於風土迥異的故鄉，她並不能忘記，她的懷鄉相較於其他遷
台作家，又多了蒙漢文化間的差異，和過往歷史事件所產生的糾結
情緒，所幸開放探親後，她親往蒙古展開了數次的尋根之旅，並且
完成數本散文集，紀錄她的返鄉路途，眼中所見以及心中所感。

---

[8]　羅門，《羅門詩選》，洪範書店，台北，1984 年。
[9]　席慕蓉，《七里香》，大地出版社，台北，1981 年，頁 168。

　　1949 年遷台作家的懷鄉作品還有許多，其中不乏感人至深的作品，像是祖籍安徽舒城的鍾鼎文，他在〈第五個秋〉中寫到：「屈指數來，今年的秋是第五個秋，／我的手，竟捏成了一隻憤怒的拳頭……五年的秋風，吹白了多少少年頭，／五年的秋雨，滴去了多少故鄉愁……天上的明月，有過六十次圓缺，／月圓月缺，照著我們在海外漂流……」[10]這是鍾鼎文離開家鄉來到台灣的第五個秋天，他有感而發寫下這首詩，當時的他應該還不知道，回鄉之路比他以為的更加漫長。

　　祖籍陝西的紀弦，曾經在台灣創組現代詩社，是台灣詩壇重要的詩人，他在〈鄉愁〉中寫道：「每當我深深地懷念起黃浦江的濁浪／外灘公園的法國梧桐樹／和江海關大鐘午夜的鏗鏘時／就有了多幾分理解……」[11]紀弦筆下的理解，是人類共有的懷鄉情愁。在〈一片槐樹葉〉中，對於故鄉他有更直接的懷念：「薄薄的，乾的，淺灰黃色的槐樹葉。／忘了是江南，江北，／是在哪一個城市，哪一個園子裡撿來的了，／被夾在一冊古老的詩集裡，／多年來，竟沒有些微的壞損。／蟬翼般輕輕滑落的槐樹葉，／細看時，還沾著些故國的泥土哪。／故國喲，啊啊，要到何年何月何日／才能讓我再回到你的懷抱裡……」[12]因為思鄉之情至深，所以意外發現當年無意間夾在書中的樹葉時，睹物思情，鄉愁便一湧而上，難以抑制。

　　1949 年隨國民黨遷台的人士，初時絕對想不到跨過海峽的這一步，一走就是四十年，其中的心緒糾結，心境轉折，如何能在鄉愁沉重的折磨之下，同時在異鄉落地生根，其中的寂寞與無奈，可

[10] 鍾鼎文，《山河詩抄》，正中書局，台北，1956 年，頁 26-27。
[11] 紀弦，《晚景》，爾雅出版社，台北，1985 年，頁 67。
[12] 紀弦，《紀弦自選集》，黎明文化公司，台北，1978 年，頁 222。

想而知，回不了家鄉的遷台的人士逐漸有了邊陲人的心情，洛夫便
以杜甫的五言律詩〈春望〉貫穿，寫下了〈邊陲人的獨白〉：「國破
山河在／無人能高舉自己而成巍峨／除了山河／從冰河期的岩層
開始／便永世縮結／以一條沾血的韌帶／國破／山河在／彎弓已
逝／而帶箭的大鵬仍在高空盤旋／去國者的魂魄與骨灰／無非是
／漂過嵩山三十六峰的／一陣驟雨 長江至今還有萬里嗎？風雲
呼嘯而過／答案或在／千帆過盡後的滾滾濁浪中／三峽水流洶湧
／兩岸動人心魄的豈只是猿嘯／還有險灘／險灘上一雙雙被放逐
的腳印／踽踽涼涼地／一路哭著出川／而今／華山峰頂浮貼著／
一枚冰凍的秦代月亮／阿里山上浮貼著／一枚燻黑的現代月亮／
國破山河猶在／只是不懂，不懂為何／淡水河的魚貝／要以八十年
代的方式毒殺自己／／城春草木深／春，在山中／在蒲公英的翅膀
上／春，在解凍的小河中／在野菊和狗尾草／糾纏不清的交媾中／
春，在羞紅著臉的／一次懷了千個孩子的桃樹上春，在縱橫的街巷
／在晚唐某年某月某日／夔州一家賣醉兼賣鄉愁的／酒樓上／春
在北京天安門的大字報上／春，在長安西路／市政會議的草草結
論中／不管中原，或是邊陲／只有喧囂，而無人語／只有藥瓶／
而無任何勃起的跡象／／感時花濺淚／那年頭，在江南／淚／不
叫做淚／而稱之為煙雨／濺自一樹桃花／濺自一樹杏花／濺自一
樹山茶／濺自一樹海棠／那年頭，在江南／只有楊柳默然垂首／
因它已哭滿了／一池塘的淚／／恨別鳥驚心／哀傷／起自大地／
烽火毀了家／只好另築一個夢／毀了童年／只好另築一座鞦韆／
毀了天空／只好調整另一個仰望的角度／午夜，久久不聞槍響／
全城的鼾聲暴起暴落／像一支粗俗的歌謠／我們就這麼吵鬧一
生／晨起鳥鳴啁啾／實在沒什麼好驚心的了／唯對鏡時才怵然

怔住／當手中撚弄著／歷經風的革命／雲的浩劫／而今藏身於
梳子牙縫中的／一根蒼髮」[13]

　　詩作中提及的嵩山，其所在的湖南，便是詩人洛夫的家鄉。

　　1933 年出生的郭楓，祖籍江蘇省徐州市，他在台灣創辦過《筆
匯》、《文季》、《新地》等刊物，並且經營新地出版社，對於文學志
業投注了極大的熱情與心力，他在詩作〈像〉中寫道：「總想燃一
支燭／照亮半個中國／總想搖一桿大旗／呼喚起靈魂的酣睡／而
亞熱帶不熱花信風無信／酣睡的靈魂永不清醒／遂傲然挺立。孤峰
頂上／凝結依宇宙的寒冷／何時能風化呢？隨風而去／去，去親愛
的土地／作為一粒微塵／一粒埃」[14]詩人所指的「像」，可以作為
一種圖騰式的象徵，由中國大陸移轉到台灣的政權，雖然在台灣創
造出經濟奇蹟，但是口號式的願望：「收復大陸河山」，在現實中卻
是難以實現的，心裡雖然知道，卻不能夠也不願意承認，所以除非
時間將一切風化，成為一粒塵埃，才能得以重返親愛的家園。

　　郭楓寫作〈像〉時，尚未開放兩岸探親，隨著兩岸交流日益頻
繁，過去不同主張所衍生誓不兩立的鬥爭，「風化」的速度可能比
詩人所以為得更加快速，無須化為塵埃，也可能回到中國，二十世
紀 80 年代的開放政策，到二十一世紀初的國共論壇的舉辦，兩岸
變化之巨、之快，是許多人都想像不到的。

　　1947 年出生的蔣勳，祖籍福建省長樂縣，不過他出生在西安，
隨後來到台灣，在台灣求學成長，對於故鄉，他幾乎是沒有記憶的，
他的詩集《少年中國》裡便對自己的故鄉感到疑惑，究竟何處是故
鄉，當他到法國巴黎作研究時，身在異國的他，更深沉的思考著這

---

[13]　洛夫，《月光房子》，九歌出版社，台北，1990 年，頁 136-142。
[14]　郭楓，《第一次信仰》，新地出版社，台北，1985 年，頁 56-57。

個問題，他寫道：「如果再問我一次：『那兒是你的故鄉？』／我還說是長安嗎？／那母親口中：／門前的雙槐／後園的棗林。／然而，是怎樣的庵堂呢？／要走過那麼些幽祕的、窄長的廊道。／／如果再問我一次：『那兒是你的故鄉？』／我還說是台北嗎？／小小的板屋，／可以在一夜裡給颱風掀去。／那樣的狂風、／那樣的豪雨、／那樣哭著的、／母親的影子，／在四面的牆上給燭光飄轉著。」[15]

祖籍福建，出生在西安，成長在台灣，當他在台灣時，若有人問起家鄉，既然大家現在都居住在台灣，顯然問的是定居台灣前的故鄉；到了國外時，那就不同了，蔣勳思索著，當別人問起時，他究竟該說哪裡是他的故鄉，他心中的故鄉不僅僅是一個答案，一個地名，其實還是一種認同，是出生的西安，還是成長的台灣？

對於許多出生在大陸，但是在孩提時代便隨父母到台灣的外省人，多少會有這樣的疑惑，他們和在大陸故鄉度過童年的外省人不一樣，因為他們沒有對於故鄉的記憶。祖籍江西省永新縣，出生於 1939 年的作家劉大任，他定居美國後，所寫作的《杜鵑啼血》、《秋陽似酒》等一系列作品，也企圖探討海外華人的認同問題，無庸置疑的，中國是他們的故鄉，但是，是哪一個中國呢？劉大任的質疑更深沉，他心中的故鄉是中國，但是出生在美國的華裔第二代，心中已經沒有中國了，漂流的命運，在他身上顯現的是二度離散，站在上一代和下一代之間，他肩上所傳承下來的責任究竟是什麼？那種心情是充滿矛盾，甚至還藏有幾許難堪的。

蔣勳另外一首詩作〈寫給故鄉〉中這樣寫著：「一直向東就是故鄉了／信嗎？也不知道是千里萬里，／也不知道／有哪些山、哪

---

[15] 蔣勳，《少年中國》，遠景出版社，台北，1980 年，頁 3-4。

些海、哪些河。／人們說的：『每天有飛機向東去，有船／有火車。／如果高興，還可以走著回去。』」[16]這裡所說向東走，是從歐洲大陸的角度來看，而非從台灣。詩的後半段，用了「兒童相見不相識，笑問客從何處來？」的情境，「也許哪天走到了，／就會有一個小小的孩子，／仰著頭問：『你從哪兒來的呢？客人。』」[17]濃濃的無奈伴隨著鄉愁，一起湧上來。

因為懷鄉而衍生的邊陲心情也出現在所謂外省人第二代身上，在台灣出生成長的詩人苦苓，祖籍熱河省林東縣，曾經以〈只能帶你到海邊〉描寫遺傳自血脈基因的思鄉之情，詩句如下：「恐怕不能帶你到／我也未曾謀面的家鄉／故國只是夢裡／荒草離離的廢墟／輝煌的廢墟不能忍耐／風雪的侵蝕／在風雪中我們倉皇度江」[18]關於第二代外省籍作家的懷鄉主題寫作，在本書第五章的部分會有更詳細的討論。

因景生情，是文學寫作中主要的動機之一，這情是一直潛藏在心中，一旦被眼前的景所觸發，便下筆成為篇章，王夫之認為：「以寫景之心理言情，則身心中獨喻之微，輕安拈出。謝太傅於毛詩取『訏謨定命，遠猷辰告。』以此八句如　串珠，將大臣經營國事之心曲，寫出次第，故與『昔我往矣，楊柳依依；今我來思，雨雪霏霏』。同一達情之妙。」[19]由景生情，心懷家鄉，遷台詩人們在山上登高遠眺、在海邊極目瞭望、在中國大陸邊界佇立沉思，想的都是分隔多年的故鄉，以及故鄉的家人親友，深摯的情感化為詩句，成為最真誠的文學形式。

---

[16] 蔣勳，《少年中國》，遠景出版社，台北，1980 年，頁 1。
[17] 同上註，頁 2。
[18] 苦苓，《不悔》，希代出版社，台北，1988 年，頁 154。
[19] 《清詩話》，上海古籍出版社，1999 年，頁 14。

　　從地域的角度切入台灣懷鄉詩的寫作,地界在地圖上是可以清楚標示的,但是在詩人的感覺上,卻因為感情而擴大了,他們用眼睛瞭望,用心去感受,鄉愁縈繞心懷,所以彷彿在腦中也可以看到故鄉的景物,實質的風景和想像的風景,出現在懷鄉詩中呈現出不同的意含,以「雙眼」看出距離之遙,以「心靈」看出想念之深。

　　地域的遷移,不但風土人物不同了,語言生活習俗改變了,更帶來情感上的衝擊,更何況中國人一向安土重遷,因為大環境的變動,造成個人的流離,其中包含了太多無奈,原本只期望平安過生活的小老百姓願望,也因為個人無力對抗時勢潮流而破滅,對家鄉的懷念呈現在詩作中,不僅創作出動人心弦的文學作品,也為時代留下感性的見證。

二、蘊含傳統懷鄉意象

　　詩的意境悠遠,特別重視讀起來產生的美感,所以詩化的語言常常是文字表面含蓄,內裡卻蘊藏深意,如此讀來特別讓人感到有餘韻,例如李商隱的「春蠶到死絲方盡,蠟炬成灰淚始乾。」表面上講的是蠶和蠟燭的自然現象,事實上用的卻是這兩項事物的特性來描寫思念之情,春蠶的絲取其諧音暗喻思,蠟燭燃燒的蠟油則取其形暗喻為思念所苦不禁垂淚。這樣的寫作手法在中國詩詞中常見,而且此一寫作技巧很早就廣為運用,劉勰在《文心雕龍》的〈隱秀篇〉中就明白指出:「夫隱之為體,義生文外,祕響旁通,伏采潛發,隱爻象之變互體,川讀之韞珠玉也。」

　　懷鄉是中國文學中重要的主題,詩人借物象徵懷鄉之情的意含也有很多種,常見的包括:杜鵑、秋天、月亮等,這些時常出現在古典詩歌中的象徵意含也被使用在現代詩中,懷鄉之情古今皆同,

如此情懷跨越時代依然能夠撼動人心，台灣的現代詩人們傳承中國古典文學，在創作時運用傳統意含結合現代詩的寫作手法，而呈現出屬於這一個時代的懷鄉之情。

（一）「杜鵑」象徵不如歸去

杜鵑因為啼聲淒切，聽在耳中與「不如歸」的語音相似，因此時常出現在古詩詞中，李義山的「望帝春心託杜鵑」是大家耳熟能詳的詩句，杜甫在蜀居住五年，所作詩中也多次出現杜鵑，辛棄疾〈賀新郎〉中的：「綠樹聽鵜鴃，更那堪、鷓鴣聲住，杜鵑聲切。啼到春歸無啼處，苦恨芳菲都歇。」[20]朱淑貞在〈悶懷〉中寫道：「我無雲翼飛歸去，杜宇能飛卻不歸。」[21]杜宇就是杜鵑，杜鵑的啼聲加深詩人愁懷，因而成為中國詩詞中一種思鄉的象徵。

祖籍安徽涇縣的詩人羊令野，1923 年生，也以〈杜鵑花鳥詞〉為題，寫過懷鄉詩，他在詩作的後記中說明：「在台二十有八年，但見杜鵑花開，罕聞杜鵑鳥啼。唯芝山岩春暮，偶得聞之；其聲聲不如歸去，總叫人一夕數驚，低回不已。」該詩節錄如下：「把個春心揉碎了花團錦簇／等到望帝歸來／闌珊已過清明節／彷彿病中杜甫／最後的一口鮮血一滴清淚／歌不出巴蜀的三月／況那隨風起舞／迷亂了癲狂柳絮／就讓她輕薄桃花／寫些文章付諸流水」[22]雖然沒有直接用到杜鵑二字，用的卻是杜鵑不如歸去的懷鄉意含。

---

[20] 蘅塘退士編，《唐詩三百首》，京華出版社，北京，2002 年，頁 424。
[21] 斷腸詩詞卷二，長春市古籍書店，1983 年版，19 頁。
[22] 余光中主編，《中國現代文學大系》詩卷一，希代出版社，台北，1988 年，頁 84。

（二）望「月」思故鄉

月亮更是中國懷鄉文學中常見的象徵意含，李白的「舉頭望明月，低頭思故鄉。」杜甫的「永夜角聲悲自語，中天月色好誰看？」「幾時重把杯，昨夜月同行。」韓愈貶官南方時寫的：「一年明月今宵多，人生由命非由他，有酒不飲奈明何。」都藉著月亮點出了身在異鄉，而心在故鄉的情懷，或者是離別後不知何時能夠再重聚的傷感，為什麼中國人愛藉月傳情？因為不論身處何處，夜深人靜之時總能看到月亮，離家再遠，看到的月亮是圓是缺，也和家鄉的人所見一樣，「到處都看得見」和「由缺至圓，又由圓轉缺」的特性，讓月亮自古便成為思鄉的象徵。

祖籍四川省珙縣的商禽，1930 年生，本名羅燕，隨國民黨軍隊來到台灣，1953 年開始現代詩的創作，是台灣現代詩運動初期的健將，1968 年退役，從事編輯工作多年，2010 年去世。他以月亮象徵中國人的臉，寫各省籍的人士散居各處，遠離家鄉的心情，他以「月亮和老鄉」為題，寫下了：「林木冰立／月臉黃圓／山東山西／貴州四川／河南河北／大陸台灣」[23]短短數句，看似遊戲之作，卻是近代中國人流離的宿命。

同樣見月懷鄉的還有現代詩人張默，1930 年出生的張默，祖籍安徽省無為縣，在台灣創辦《創世紀詩刊》，除了本身的創作外，也編選許多詩集，為推廣現代詩盡了不少力。他的〈無調之歌〉寫道：「月在樹梢漏下點點煙火……空虛而沒有腳的地平線　我是千遍萬遍唱不盡的陽關」[24]陽關是古代離鄉的象徵，所以說西出陽關

23　商禽，《用腳思想》，漢光出版社，台北，1988 年，頁 104。
24　張默主編，《感月吟風多少事》，爾雅出版社，1982 年，台北，頁 144。

無故人，此時海峽便是陽關，一旦跨過去，回鄉路之迢遙讓人不忍再想。

（三）鄉愁難遣，離人心上「秋」

而悲秋之說，自宋玉以來也已成為中國文學中一項重要的意象，宋玉的九辨中寫道：「皇天平分四時兮，竊獨悲此廩秋。白露既下兮百草，奄離披此梧楸。去白日之昭昭兮，襲長夜之悠悠。離芳藹之方壯兮，餘萎約而悲愁。」[25]秋天大地蕭條的景象，草木從芳美茂盛轉向凋零，光燦明亮的白日愈來愈短，黑暗的長夜卻愈來愈長，都讓人感到淒涼。

中國的「愁」字，本來就是由秋和心組合而成，所以有「離人心上秋」的詩句，離別愁緒在秋天特別容易被引發，杜甫居夔州時曾經寫作過〈秋興〉八首，詩雲：「夔府孤城落日斜，每依南斗望京華。聽猿實下三聲淚，奉使虛隨八月查。」[26]晏幾道的「紅葉黃花秋意晚，千里念行客。」秋天的長空明月落葉寒露都惹人愁緒，有心事的人自然也就特別善感。

羊令野也以〈秋興〉為題，在詩中寫道：「久久仰測雁字和天河相等的斜度你的背影是一柄疾馳的箭鏃／驀然間刺向失落的地平線／而我只能默默想那歸程是多麼遼遠／那夢魂多麼深沉」[27]在這裡，羊令野不僅運用了秋天的意象，因季節而遷徙的候鳥雁也是讓遊子興起思鄉愁緒的事物，杜甫的〈孤雁〉詩中便說：「誰憐一片影，相失萬重雲。望盡似猶見，哀多尤更聞。」

---

[25] 宋·洪興祖撰，《楚辭補注》，漢京文化公司，1983 年，台北，頁 185。

[26] 《杜詩錢注》下冊，世界書局，1970 年，台北，頁 325。

[27] 余光中主編，《中國現代文學大系》詩卷一，希代出版社，台北，1988 年，頁 88。

　　秋天讓人興起愁緒，秋天自北方南飛的雁子更是惹人思鄉，看見雁子，便忍不住感慨，雁子南飛，還有北返之日，離鄉的自己卻不知何時才能還鄉？因此雁子也就成了詩詞中一種思鄉的象徵。晏幾道的：「天邊金掌露成霜，雲隨雁字長。綠杯紅袖趁重陽，人情似故鄉。」范成大的：「勝絕愁亦絕，此情誰共說。惟有兩行低雁，知人倚、畫樓月」陳亮的「寂寞憑高念遠，向南樓、一聲歸雁。」都以雁來傳遞身在異鄉的傷懷。

　　古典詩歌中常見到的秋天和雁子，在現代詩中依然是重要的象徵，祖籍江蘇省吳縣的蓉子，出生於 1928 年，蓉子的〈白露〉中寫道：「親情在不可企及的遠方／啊！秋天是全無雜質的水晶構成／就像真摯的淚水一般無礙」[28]祖籍河北的鄭愁予，出生於 1933 年，現旅居美國，他的〈邊界酒店〉：「秋天的疆土，分界在同一個夕陽下／接壤處，默立些黃菊花／而他打遠道來，清醒著喝酒／窗外是異國／多想跨出去，一步即成鄉愁／那美麗的鄉愁，伸手可觸及」[29]鄭愁予筆下秋天的鄉愁，那意境是有些落拓，但也有些浪漫的，即使有些許沉痛，那沉痛中也透著滄桑後的瀟灑。

　　雁子因為是候鳥，秋天向南飛，春天又向北飛，所以南方人離鄉來到北方，看見雁子會想家，北方人離開家鄉來到南方，看見雁子也會想家，雁子一年總會往返一趟，在交通隔絕的年代，連書信往還都十分困難，善感的人們忍不住想託雁子代為捎信，好知道家鄉的消息，祖籍安徽省無為縣的大荒，本名伍鳴皋，曾於 1955 年和唐靜予創辦《現代文藝》月刊，後來加入張默創辦的創世紀詩

---

[28]　余光中主編，《中國現代文學大系》詩卷一，希代出版社，台北，1988 年，頁 115。

[29]　《鄭愁予詩選集》，洪範出版社，台北，1979 年，頁 241。

社，他曾借雁的意象寫了一首〈回雁峰〉，詩中寫道：「吃飽了，帶足盤纏／鴻雁振翅而去捎了我的老和病／探尋你的生和死」[30]這是詩人的心願，雖然位處亞熱帶的台灣沒有雁，但也有其他候鳥，以雁代表候鳥，不受政治和地界的拘束，可以往返於家鄉和異鄉，如果可以代傳訊息，詩人多渴望知道心中所牽掛想念的人是否安好。

王夫之《薑齋詩話》中稱：「意在言先，亦在言後，從容涵詠，自然生其氣象。」[31]詩的意象是整體的，而非單看一字一詞，在詩人的審美感興中，其端委連接，讀來自然雋永感人。

燭火和燈除了借其物象來做象徵，也會引發思念，在唐詩中常常讀到，例如李商隱的「雲母屏風燭影深，長河漸落曉星沉。」還有「何當共剪西窗燭，卻話巴山夜雨時。」「紅樓隔雨相望冷，珠箔飄燈獨自歸。」杜牧的「寒燈思舊事，斷雁警愁眠。遠夢歸侵曉，家書到隔年。」燈讓人聯想起溫暖的家，想起不在身邊的舊友。詩人李莎則直接運用「一燈滋味異他鄉」，寫下短詩〈燈的滋味〉：「回到老家，喜依雙親的嘗試：燈，一樣嗎？」[32]1924 年出生的李莎，祖籍江西省垣曲縣，這幾句詩是在姪子回鄉探親時寫下的，對於自身未能返回家鄉，李莎感到愧疚，但想來思鄉卻不歸鄉，心情是很複雜的，寫完此詩後不久，李莎便辭世了。

當然，因為詩人們思鄉情切，看到日常生活中許多物品，在心有所思的情況之下，都會引發聯想，物相似會引起思鄉之情，例如前面所提到的月亮、燈、燭等，物相異其實也會引發思鄉之情，例

30　同註 28，頁 239。

31　《清詩話》，上海古籍出版社，1999 年，頁 14。

32　《李莎全集》下冊，海鷗詩社出版，屏東，1994 年，頁 52。

如季節更迭，位在南方的台灣和北方的家鄉便有很大的不同，但是人們心中有主觀的情感，藉物喻情，在以文字抒發己思之時，也更能引起共鳴，以及拓展出更大的情感想像空間，尤其是使用的象徵是中國傳統詩詞中眾人所熟知的象徵，可以用更精簡的文字傳達更豐富深刻的意含。

運用象徵義涵傳達較文字表面更豐富、更複雜的情感，是中國傳統詩歌中常見的寫作技巧，這些象徵或取其音，或取其形，或取其行為的特殊性，在詩歌中成為一種典故，寫作起來更為含蓄內斂，字裡行間傳達的意念和想像空間卻更為寬廣綿長，這也是中國文學的一種傳統。

文學中的情感是否可以和其他知識一樣的移轉，提格亨認為：「情感卻深藏在那些形成我們每個人的靈魂的、神祕的實體中。情感是依附著一切實體、精神的生物，依附著時間、地方和環境的。……情感的表現可以像思想表現一樣地有賴於傳統和文學的模仿，……」[33]雖然情感是絕對個人、絕對主觀的，兩個不同的人因為背景、經驗、性格和價值觀都不相同，所以不可能有完全一樣的感覺，但是，文學傳統象徵中蘊藏的意含，依然可以被借用，傳遞出一種共同被認可的抽象情思。

台灣現代詩的發展雖然受西方文學流派的影響，但是中國詩歌的技巧和意境也不知不覺感染了現代詩人們，懷鄉之作在歷代詩歌中都是重要的主題，因此，這些曾經為古代文人廣為運用的象徵，也因為人心情感跨越時空依然相通，而以古典的面貌、現代的情緻出現在遷台詩人的懷鄉詩作中。

---

[33] 提格亨著，戴望舒譯，《比較文學論》，台灣商務印書館，台北，1995 年，二版，頁 109。

三、割不斷的血脈親情

離家之後，孤獨的異鄉生活，最想念的當然是家鄉的親人，由於 1949 年遷台的作家中，許多離家時還很年輕，因此最牽掛的就是留在家鄉的母親，一方面擔心母親是否健康平安，一方面又知道母親一定不能放心離家的孩子，所以在思念親人的懷鄉詩作中，又以思念母親者最為常見。

（一）對母親永恆的思念

母親是詩人們懷鄉情愁中重要的主題，離家遊子不論年齡多大，母親永遠是離家遊子最難忘懷的，最魂牽夢繫的，甚至也是家鄉所有甜美記憶的化身。因此，在詩作中出現母親的意象，代表的除了是血濃於水的骨肉至親，也混雜了魂牽夢繫的故鄉種種。

羊令野曾經在母親節前夕寫下〈五衣詞〉表達思念母親之情，詩中寫道：「已是老萊子了／滿頭白髮一身綵衣／究竟要向誰舞呢／猶是昨夜夢裡／依稀聽見／近鄉情更怯／不敢問來人」[34]詩人不敢問來人的不僅是自己年歲已長，擔心害怕母親已不在人世，今生再無相見的一日，也是心疼自己離家之後，音訊全無，母親該是多麼掛念傷心。

著名詩人余光中有許多以鄉愁為主題的詩作，1928 年出生的余光中，祖籍福建省永春市，他在〈鄉愁〉一詩中以簡單的句子，寫出了纏綿心頭的愁思，曾經在台灣廣為流傳，還由民歌手楊弦譜唱，傳唱一時，他說：「小時候／鄉愁是一枚小小的郵票／我在這

---

[34] 余光中主編，《中華現代文學大系》詩卷一，希代出版社，台北，1988 年，頁 86。

頭／母親在那頭／／長大後／鄉愁是一張窄窄的車票／我在這頭／妻子在那頭……而現在／鄉愁是一灣淺淺的海峽／我在這頭／大陸在那頭」[35]這一灣淺淺的海峽曾經阻斷多少離家遊子的歸鄉之路，這頭和那頭的隔絕成為一輩子的憾恨，當這一灣海峽終於能度過時，卻又已是人事全非，「少小離家老大還」七個字所蘊藏的傷痛無奈，是怎麼都無法彌補的。

上文提及的〈鄉愁〉讀來感人，在開放至中國大陸探親之後，面對回鄉之路的躊躇猶豫，卻是比思念更為輾轉複雜的心情，余光中以惆悵深沉的心情寫下〈還鄉——老來莫還鄉 還鄉須斷腸〉，詩句如下：「一封簡體字的來信問我／說暮春三月，江南草長／海峽的暖風已經改向／多少白髮在風裡回頭／一頭是孤島，一頭是九州／卻有蒲公的一頭白髮，你的／要等到幾時才肯懷鄉？」詩中的來信問的殷切深情，詩人的憂思也憂的澈骨，在詩的後半段，詩人說出自己的擔憂：「悠悠的四十年，渺渺的百多里／縱使我一步就跨過大半生……只怕是／找得回蒲扇找不回螢火／找得回老桂也找不回清芬／而迷藏才捉了一半／那些夏夜的小遊伴呢？／怎麼一躲就躲了四十年呢？」[36]離家四十年，家鄉在夢境中重溫勾繪了一遍又一遍，終於可以回去了，卻恐怕儘管物是也早已人非，更何況還有許多物非人非，都讓返鄉的遊子難以承受，原來懷鄉是愁，歸鄉也是愁，這一代的詩人沒有杜甫還鄉時「卻看妻子愁何在，漫捲詩書喜欲狂。白日放歌須縱酒，青春作伴好還鄉。」的喜悅心情。

辛鬱的詩作〈母親篇〉中寫道：「（一）當世人情愛開始冷凝／目光觸及事物的真相／我始知你身之所在／是一方蒼茫天宇／星

---

35 《白玉苦瓜》，大地出版社，台北，1974 年，頁 56。
36 余光中主編，《中華現代文學大系》詩卷一，希代出版社，台北，1988 年，頁 237。

非飾物雲非衣／記憶中你的身影如此完美／而我整日慵懶如冬日
田畝／有時我或有飢渴之瞭望／以一種呼求的聲韻／陣陣扣擊你
我間那局限之界／昔日你曾以溫暖的笑語慰我／以風的吹撫陽光
的投射／猶似我是一片殺邱一株樹／我是你生命的萬千化身／晝
夜繫於你愛的軟索／而今你深深潛隱／當我尋覓的翅翼折斷便成
秋露／是冰冷的哀傷於大地的心胸／為此你遂有悲鳴之聲／時刻
穿行在你信望的上空（二）是一夜溫柔的月光灑落／我心胸一個泉
源復活／坦朗的空中我的靈魂是輕絮／星的閃爍是我的千言萬語
／我是你永遠的子嗣／一切形象在流轉／流向你／流向多刺的歲
月／舊時的歡情在疾風中／寸寸碎斷／我突聞一聲轟雷／怎知那
是我心中巍巍城堡的崩裂／就那樣在一叢濃煙深處／你無告的手
勢垂落／眼前驟然關閉生命的歡愉／食屍鳥盤迴不去／我遂成
枯立的蘆葦／而我不知悲秋的意義／月圓時我仍仰臉看／天空
的一張薄餅／不知水晶無價與雲天崇高／我猶在夢中期待你摘星
歸來」[37]

　　祖籍浙江省縉雲縣的梅新，本名章益新，1937 生，1997 年因
肝癌辭世，除了自身創作多年，他因為從事編輯工作對台灣文壇有
相當程度的影響，他曾經擔任台灣時報和中央日報副刊主編，創
辦《國文天地》，倡議主導《現代詩》復刊，梅新的詩作中也多次
出現母親，例如〈母親的墳〉，他寫道：「堆一堆土／葬一塊石頭
／假想／那是母親的墓／在清明節／在孩子們要上墳／在沒有墳
可以上的日子裡／我在陽台的花台裡／做著這樣的遊戲／到處
流浪到處／堆著母親的墳／也是為了盡孝／三十年／一地一個
墓／三十個不同的墓／葬的是／同樣美麗／同樣年輕／同樣是

37　辛鬱，《豹》，漢光文化公司，台北，1988 年，頁 227。

十九歲／眉宇間有一股／永遠是那麼天真那麼幸福那麼快樂的稚氣的／母親／明年／我要塑一個／我自己年輕時的像來葬／小時候／母親的畫像／都要我來代她畫／說我好像母親／葬了／挖出來第二年再葬／我要葬我自己的像／每年為母親／豎一個新的墓」[38]

　　梅新還有另外一首詩作〈口信〉，也是以母親為主題，他在詩作中寫道：「請帶個口信給我的母親／說我經過一場哀天慟地的哭泣之後／我經常懸著兩道鼻涕／擦得兩袖全是污垢的臉／現在已顯得十分清爽光鮮／常露在嘴角的微笑／正是她初嫁到我家時的樣子／最使她感到高興的／該是／我留言，或是／有人請我簽名留念的時候／我拿筆的姿勢／仍然保持她／握著我的手／要我隨著她手移動而移動的那個樣子／一點，點的好高／一直，直的好穩／一捺，捺出了格／請告訴她／以後母親的碑／一定要我自己替她寫／替她刻／用她自己教我的那個手勢／請帶個口信給我的母親／我回去的時候／請她還是／倚在門口等我／我剛進入村子／就聽見她在叫我／全村子的人／都聽見她在叫我」[39]

　　張默也有以母親為主題的詩作，題為〈飲那蒼髮〉，詩中寫著：「讀著，讀著，深深地讀著／您的七十六歲肖像／那眼角兩側長而細的魚尾紋／那滿頭的白寫流溢著幾多的思念和滄桑／聽不見您遙遠的叮嚀，已經三十個寒暑」[40]簡單的字句，藏著深厚的思念和憂傷。

　　母親的主題延續到開放探親之後，初離家鄉的詩人，思念中母親的形象是年輕的，是自己孩提時眼中所見的母親，所以梅新寫：

---

[38] 《梅新詩選》，爾雅出版社，台北，1998 年，頁 118。
[39] 同上註，頁 121。
[40] 《愛詩》，爾雅出版社，台北，1988 年，頁 99。

「常露在嘴角的微笑／正是她初嫁到我家時的樣子」。然而歲月流淌，一年一年過去了，年輕的母親有了白髮，添了皺紋，母親老了，四十年太長，就連當年少小離家的遊子也已經不再年輕。

　　除了懷念自己的母親，由於親情是最容意感染的情感，因此，詩人葉維廉因為洛夫母親的一封來信有感而發，寫下了〈衡陽莫老太太的來信〉，詩人洛夫本姓莫，莫老太太就是洛夫的母親，詩中寫道：「當你的來信／像浪跡了三十一年的遊子／來到了衡陽相公堡燕子山的時候／全鄉的人都驚訝……你的聲音，對於我啊／仍是你十五六歲的雄壯／仍是那樣莽撞而可愛地／喚著母親母親，我／我多希望，或者你／你也曾夢想，我們／倚著湘水的細流／擁著洞庭的雲闊／說：十年種種？／二十年種種？／三十年種種？／見得到？見不到？」[41]讀來讓人心酸，分離已成長久的事實，唯一的安慰是夢裡相見，作母親的牽腸掛肚數十載，只淡淡的說，我多希望你也曾夢想，因為這夢想是僅僅可能有的聯繫，而十年二十年三十年的疊句，更讓人感受到這分離的闊長，多少別後的事，想要聽，想要說，想兒子想了三十年的母親，卻連見不見得到兒子，也不敢肯定，完全沒有把握。

　　洛夫在〈秋末六首〉中的〈家書〉中也寫下感人的詩句：「洞庭湖的鄉魚正肥時／據說你們仍是素食主義者／難怪信裡的字／都──瘦成了長仿宋／據說四弟仍羈旅山東／仍排隊買一棵降霜後的白菜／據說大哥的舊棉袍用冰製成／冬至以前就開始用火烤／化水的過程是那麼長啊／其餘的日子／都花在擰乾上／而媽媽

---

[41] 余光中主編，《中華現代文學大系》詩卷一，希代出版社，台北，1988年，頁286。

那張含淚的照片／撐了三十多年／仍是濕的」[42]字裡行間充滿對家人的牽掛。

　　祖籍河南偃師的文曉村，每逢思念故鄉時，腦海中很自然的出現了母親的身影，對他而言家鄉和母親是密不可分的一體，他在〈想起北方〉一詩中這樣寫著：「在島上，想起北方／就想起楊柳樹下的倩影／伊水河畔的蘆笛／以及母親的紡紗車／譜出的那些搖籃曲／以時間的長影／丈量北方／時間與空間的長度／已經是長長的馬拉松的距離了／但從我的血管中／仍能觸及黃河奔騰的呼聲……」[43]

　　祖籍江蘇的蓉子在〈勒馬洲山蘭〉中寫道：「你豈能故作瀟灑／有風無端地掀起你的大氅／你豈能任意飲馬？／在此血淚的深圳河水……也不用放大鏡去看／母親受過的創鉅／那創鉅既深又顯／──不論你是近視、散光或老花／思想起，就讓你禁不住熱淚盈眶。」[44]文辭直白，和蓉子其他詩作的婉約風格不同，更顯思鄉情切。

　　離家後對故鄉的思念是懷鄉文學的寫作動機，其中有幾個不同的層次，一開始的思念，懷抱著相見的希望，分隔日久，不能還鄉的歲月超乎尋常得長遠，在這長遠的分離中，懷鄉成為生活的一部份，成為時代的基調，因為太巨大，也因為太久遠，溶入血液中，外表不一定看得見，卻四處竄流。終於，政策上可以還鄉了，但是個人的因素和情緒又複雜起來，許多感人的詩作在此時產生，猶如一枚句點，在此擇要略述。

---

[42] 洛夫，《因為風的緣故》，九歌出版社，台北，1988 年，頁 208。
[43] 文曉村，《九卷一百首》，詩藝文出版社，台北，1996 年，頁 103。
[44] 蓉子，《這一站不到神話》，大地出版社，台北，1986 年，頁 131。

（二）開放探親後的安慰與唏噓

故鄉的家人，至親是父母，其次是手足，所以中國人形容父母子女為骨肉，兄弟姊妹為手足，在血緣之外，則又以夫妻為最親，是百年才得以修來的緣分，面對時代的變動，什麼樣的至親緣分也敵不過大環境帶來的別離，對於國家而言，數十年的分裂不算長，但是對於生存在當時的人們，卻是大半輩子的歲月。因此詩人們除了寫下對母親的懷念，也婉轉的述說了夫妻手足間的思念與纏綿，無奈的心境躍於紙上，人世情緣一旦錯過，只留下無限憾恨，再重逢已滿頭華髮，令人唏噓。

從消息隔絕，到透過香港有書信往返，漸漸得知來自家鄉親人的消息，詩人辛鬱為張拓蕪[45]從香港帶回一雙布鞋和一把剪刀，這雙鞋和剪刀是張拓蕪小時候訂過親的表妹沈蓮子託人從安徽帶到香港的，張拓蕪和表妹因為時局的變動而沒能結為夫妻，多年後輾轉收到表妹的禮物，心中的悲傷滋味可想而知，這樣的故事，在那個時代裡時有所聞，甚至已經成了親的，從此兩地相隔，也許經年等待，也許各自嫁娶，都是大時代裡個人之力難以扭轉的悲劇，因為這一段故事，辛鬱和洛夫有感而發，各寫了一首詩，辛鬱的詩以「剪刀」為題，他寫道：「一把剪刀／生鐵打造／摸上去／那觸痛竟如此讓人心顫／用來剪什麼都可以／就是不要用來剪／那份情意／蜜蜜甜甜／澀澀苦苦／攪和著／沉在心底／也不要用來剪髮上的霜／眼角的淚痕／不要剪記憶中時時幌動那紙窗上的人影」[46]

---

45 張拓蕪祖籍安徽省涇縣，十六歲從軍，來到台灣後於 1973 年退役，專事寫作，出版散文集《坎坷歲月》等十餘冊，曾獲國家文藝獎、中山文藝獎散文獎，本篇論文下一章將會述及張拓蕪的散文。

46 辛鬱，《豹》，漢光文化公司，台北，1988 年，頁 156。

洛夫則以寄鞋為題，寫下：「間關千里／寄給你一雙布鞋／一封無字的信積了四十多年的話／想說無從說／只好一句句／密密逢在鞋底／／這些話我偷偷藏了許久／有幾句藏在井邊／有幾句藏在廚房／有幾句藏在枕頭下／有幾句藏在午夜明滅不定的燈火裡／有的風乾了／有的生黴了／有的掉了牙齒／有的長出了青苔／現在——收集起來／密密縫在鞋底／／鞋子也許嫌小一些／我是以心裁量，以童年／以五更的夢裁量／合不合腳是另一回事／請千萬別棄之／若敝屣／四十多年的思念／四十多年的孤寂／全都縫在鞋底」[47]

布鞋和剪刀在詩人的筆下，成為思念的象徵，含蓄委屈的訴說別後心緒，將人生中最讓人傷悲的「生別離」具體化了。

1928 年出生的向明，本名董平，祖籍湖南長沙，離家多年後收到妹妹託人帶來親手繡的被面，湖南本就是中國湘繡著名的產地，向明故以〈湘繡被面〉為題，寫下：「四隻蹁躚的紫燕／兩叢吐蕊的花枝／就這樣淡淡的幾筆／便把你要對大哥說的話／密密繡在這塊薄薄的綢幅上了／好耐讀的一封家書呀／不著一字／摺起來不過盈尺／一接就把一顆浮起的心沉了下去／一接就把睽違四十年的歲月捧住 遲疑久久，要不把封紙拆開／一拆，就怕滴血的心跳了出來／最是展開觀看的剎那／一床寬大亮麗的綢質被面／一展就開放成一條花鳥夾道的路／彷彿一走上去就可回家／能這樣很快回家就好／海隅雖美，終究是失土的浮根／久已呆滯的雙目／真需放縱在家鄉無垠的長空／祇是，這幅綢上起伏的縐紋／不正是世途的多舛／路的盡頭仍然是海／海的面目也仍／猙獰」[48]

---

[47] 洛夫，《因為風的緣故》，九歌出版社，台北，1988 年，頁 309。

[48] 向明，《向明世紀詩選》，爾雅出版社，台北，2000 年，頁 93。

　　妹妹寄給哥哥的湘繡被面是又薄又輕，但是手足的思念之情卻是又深又重，就如詩人向明在詩中所說，思念太長以致無從說起，只能密密繡成被子，掩蓋住無止無盡思鄉的夢，希望在夢境裡得以重返家鄉，夢境裡的家鄉不是四十年後的陌生的人們和陌生的所在，而是年少時溫馨的回憶，有飛翔的紫燕，有吐蕊的花枝。

　　開放探親後，分離四十年的家人得以重逢，回家鄉看看成為許多遷台作家的選擇，許多感人的故事成為 80 年代文學的主題，在台灣的懷鄉文學中，又新添了一章。散文作家張曉風就寫過這麼一首詩：「賣饅頭的老王／他接到了一封信／八千里外啊／死了老娘親／他把麵團／揉了又揉／揉了又揉／他一言不發／把那封信放進了圍裙／／死了有十年了／怪不得夢裏叫她／她不應／剛蒸好的饅頭／娘你就嘗嘗新／這些年啊／賣了多少饅頭／我也數不清／為什麼偏偏不能放一個／在您的手掌心」簡單的詩句裏藏著無法彌補的遺憾。

　　從懷鄉文學到探親文學，其間走過漫長的四十年，現在來看，分屬兩個階段，但是長遠來看，回顧審視時，探親文學其實也是台灣懷鄉文學中的一部份，未來還可能有更多探親文學的出現，兩岸往來日益頻繁，台商在中國大陸打拼，父母和妻子兒女卻留在台灣，新的分隔出現在二十世紀末至今的台灣，雖然往返通訊不再阻隔，兩地分隔的事實，卻依然有可能成為台灣新的懷鄉文學出現的養成背景。

第五章　遷台作家的懷鄉散文

　　文學以各種不同的形式呈現，散文寫作不同於小說和現代詩，小說有完整的故事，藉著人物、對話、情節等種種元素共同組成，不論是為了作品的藝術性或是對讀者的吸引力，其中往往有虛構和想像的部分；而現代詩則是一種高度崇尚文字美學的表現形式，詩相較於其他文學形式，使用更凝聚簡鍊的文字，因此除了部分敘事詩外，往往傳達的是比較抽象的情感。但是散文就不同了，在各種文學形式裡，散文是最接近作者生活的一種形式，尤其是白話散文，甚至可以是一種形式近似語言、直敘內涵情感的陳述。

　　因此在台灣的懷鄉散文書寫中，作家們往往直接描摹出故鄉的生活情形，以及對家人的牽掛和思念。陳鵬翔在《主題學研究論文集》中指出：「早期主題史研究側重在探索同一母題的演變，鮮少有挖發不同作者應用同一母題的意欲；現在主題學的發展，……則有這種傾向。」[1]本章所要探討的就是在台灣 50、60 年代的懷鄉散文中所出現的母題，懷鄉是其共同的主題，作家們採用不同的母題來陳述，例如藉江水描寫過往歲月，藉象徵團圓的爐火懷想北國家鄉的冬天，藉家鄉的植物顯現異鄉的寂寞，自身遭到時代移植後的無奈心情，還有許多描寫故鄉風味美食的篇章，這些貼近生活的作品，共同拼貼出一種不同於台灣的生活情調。

　　台灣地區的住民除了原住民外，大多數為來自福建沿海地區的閩籍人士，其次為客籍人士，閩粵地區的氣候和台灣接近，加上早

---

[1]　陳鵬翔主編，《主題學研究論文集》，台北，東大圖書公司，1983 年，頁 16。

年的移民已在台灣發展出一套生活模式，這些習俗絕大部分沿襲閩南傳統風俗，但也有部分受到日本殖民統治時的影響，和中國大陸不盡相同。其實以中國幅員之遼闊，東北地區、雲貴高原和有魚米之鄉美稱的江浙地區，其生活型態也有很大的不同，即使地理上鄰近區域如蘇杭的細緻和上海的繁華，也是大異其趣。這些生活面貌呈現在遷台作家的散文中，更顯出故鄉生活豐富有趣，懷鄉散文除了引起身在異鄉的所謂外省人的共鳴，對於台灣籍的讀者，或是出生在台灣的外省第二代，也頗具吸引力，例如 2006 年 6 月過世的琦君，她的作品就是許多台灣讀者耳熟能詳的，所以懷鄉散文的出現，不僅是作者個人的一種抒發，在開放台灣人民赴大陸探親觀光之前，兩岸隔阻、訊息不通的年代裡，也加深了台灣人民對中國大陸風土人情的瞭解。

一、抒發情懷的散文

　　散文在中國文學史上，議論和抒情是主要的兩種類型，本章所要討論的遷台作家寫作的懷鄉散文，基本上都是屬於抒情文，但是細分起來，第二節以故鄉風土人物為主的散文，可以說是重在寫景描物，第三節中討論的以故鄉飲食為主題的散文，則接近生活雜文，本節以抒發情懷為主要內容的散文，寫作形式上接近美文，所欲傳達的則是作者的情感，即使描述一則事件，也是藉該事件寓情，可以說是情感為主，事物為輔。

（一）寄情於江河

　　「江河」在中國文學的表現上，是一種具有象徵意義的母題，蘊含歲月流逝的感嘆，例如孔子說：「逝者如斯夫，不舍晝夜。」

或是李煜的詞：「問君能有幾多愁？恰似一江春水向東流。」流逝的江水讓人聯想起歲月的流逝，對於過往的追懷，象徵著「逝者已矣，來者不可追」，江河對於以農立國的中國而言，對於聚落的形成有著絕對性的影響，因此出於天下水同出一源的意念，在不同的地方、不同的水邊，卻都會興起懷鄉之思，這裡的懷鄉其實是一種於過往歲月的緬懷。

張秀亞是遷台作家中極重要的一位散文家，她的散文風格清新優美，出生於 1919 年的張秀亞，畢業於北平輔仁大學西洋語文學系，輔大研究所史學組，來台後任教於輔仁大學，曾獲中國文藝協會首屆散文獎章，以及中山文藝獎。張秀亞於 1948 年來到台灣，一開始住在台中的一幢老房子裡，這段時間她寫了許多散文，內容多是生活中微小的事物所觸發的感想，一支草、一隻陶瓶都能引發張秀亞善感的心。《三色菫》是她來到台灣之後寫作的第一本散文集，文中可以看見她初抵異鄉心情上的調適，以及對家鄉故舊的牽掛，後來在位於台中的這一幢老房子裡她又完成了著名的散文集《北窗下》，因為其書房窗子朝北，因而命名。

陳紀瀅曾經以維納斯來形容張秀亞的散文之美，以行雲流水形容其作品的意境，並且稱讚張秀亞的散文是真善美的樂章，上述的形容算是十分貼切。當然張秀亞易感的心思也常常惦記著故鄉，對張秀亞而言，成長階段經歷了北伐、對日抗戰、國共戰爭，並且因為時局動盪的關係，她居住過許多城市，包括北京、天津、重慶，上述這些城市對她都有著特殊且美好的記憶，在她的作品中，她藉著江流將懷鄉的情感貫穿了起來，江流成為一種情感的象徵，蘊含著綿延不盡的情思。

張秀亞在〈憶〉一文中寫道：「多少年過去了，那天在一本書中，我發現了那般的句子：

月色溶溶

徹聞濤聲

我覺得那好像是為了入夜後的白河寫的。白河，那流過了我讀書時代青色年華的河流，它值得憶念處是太多了。我更記得，每逢雙十國慶日[2]，白河鐵橋上，每隔三五步，就綴飾上彩色的小燈，使得河水的夢也綺麗起來；我每逢那快樂的雙十節日，口中快樂的數著：

一盞、兩盞、三盞……

那燈光，照亮了橋上橋下，也興奮了我那顆小小的心。那時正是北伐成功以後，是我生活中的黃金段，也是我一生中最美、最寫意的日子。

那北方的大都市天津，曾為我的少年時代留下了快樂的回憶。[3]」

白河穿過的城市是天津，在寫到重慶的部分，她更是以〈大江流日夜〉為題，還說自己對江水的情感和江流一樣深，她寫道：「猶記得我暇時常去的兩個地方是山城中的朝天門同臨江門，只為了在那裡可以看到江水。……眼前，大地為一張大紙，而由江水以大手筆親自來題詩了：茫漠的穹蒼下，兩道巨流初次邂逅，即將融會成最壯麗的水之組曲……當時佇立在朝天門重重石階上，凝望迷離朦朧景象，我，已經成為大塊文章中的一個驚嘆號。而在臨江門，閃爍的江流，對我卻不同了，那江水多像一片潔淨的坦蕩的心地。[4]」

滔滔江流連結著張秀亞對故鄉的情感，但是「水」這一個意象母題，除了暗示著時間之流不停歇,在這裡也象徵著作者註定要由一處奔流至另一處的命運。

---

[2] 國民黨以辛亥革命的十月十日為中華民國的國慶日。
[3] 見張秀亞，《白鴿・紫丁香》，九歌出版社，台北，1981 年，頁 60。
[4] 同上註，頁 93-94。

（二）寄情於土地

安土重遷的中國人，一向和土地有著深厚的情感，就連神話中最早的人類也是由泥捏成，由此可見生命萬物源於土地的主張，賽珍珠的小說《大地》描寫的也是中國人和土地之間的關係，是外國作家長期觀察中國人民和社會後的一種體悟。「土地」作為一種意象母題，象徵的是一種「落葉歸根」的期許，一種在飄移中渴望安定的心情，雖然因為環境不得不遷徙，鄉土的牽繫猶如根一般，永遠不會斷。

相較於張秀亞作品行雲流水的清新風格，王鼎鈞的散文風格要來得濃烈許多。在對日抗戰時期當過流亡學生的王鼎鈞，1949 年隨國民黨政府來到台灣，其後赴美定居，1978 年由九歌出版的散文集《碎琉璃》，2003 年又由爾雅出版社重新出版，該書描寫故鄉與童年，充滿了自傳性質，風格相當感性。

他以「土」作為故鄉的象徵：「我並沒有失去我的故鄉。當年離家時，我把那塊根生土長的地方藏在瞳孔裡，走到天涯，帶到天涯。只要一寸土，只要找到一寸乾淨的土，我就可以把故鄉擺在上面，仔細看，看每一道皺摺，每一個孔竅，看上面的銹痕和光澤。

故鄉是一座小城，建築在一片平原沃野間隆起的高地上，我看見水面露出的龜背，會想起它；我看見博物館陳列在天鵝絨上的皇冠，會想起它，想起那樣寬厚、那樣方整的城牆。祖先們從地上掘起黃土，用心堆砌，他們一定用了建築河堤的方法。城牆比河堤更高，從外面觀望，看不見一角磚塊，看不見一棵樹梢，只看見一個長方形的盒子，在陽光下金色燦爛。牛車用輪子闖出筆直的轍痕，由城門延伸，延伸到遠方。後面的車輛從前面留下的轍痕輾過，一輛又一輛，愈輾愈重，轍痕愈明亮，經過千錘百鍊，閃著鋼鐵般的

冷光。雨後在水銀燈下泛光的鐵軌，常讓我想起那景象。對這個矩形的圖案，我是多麼熟悉啊！春天，學校辦理遠足，從一片翻滾的麥浪上看它的南面，把它想成一艘巨艦。夏天，從外婆家回來，經過一座屏風似的小山看它的東面，它像一座世外桃源。秋天，我到西村去借書，穿過蕭蕭的桃林、柳林，回頭看它，像讀一首詩。冬天，雪滿城頭，城內各處炊煙裊裊，這古老的城鎮，多麼像一個在廢墟中甦醒的靈魂。

這就是我的故鄉。

故鄉是一個人童年的搖籃，壯年的撲滿，老年的古玩。

據說，我的祖先從很遠的地方遷移來此。

據說，祖先們原來住在低窪近水的地方，那很遠的地方盛產又甜又大的桃子，種桃是每個家庭的副業。桃園在結成果實以前，滿樹滿林都是美麗的花，那是圖畫一般的世界。[5]」

因為對故鄉的記憶已經刻在心版上，所以在《碎琉璃》中，他生動而又細膩的描寫了故鄉的景緻，故鄉的記憶有仁義的傳承，像是他年幼時讀過的設在廟裡的小學，還有老族長親自帶領的畢業旅行；記憶也有遺憾，像是一次空襲警報時失蹤了在也找不到的女同學，那是他暗戀許久終於鼓起勇氣表白的；記憶有溫馨，暖暖冬陽下為做針線的母親讀書；還有他在抗戰時成為流亡學生的艱難路程。在本書中王鼎鈞寫出了故鄉的情緻，那是永遠藏在他心裡的記憶，王鼎鈞曾經說自己是用「異鄉的眼」看「故鄉的心」，用這句話來形容他的懷鄉之作再貼切不過了。

樓肇明在〈評王鼎鈞散文〉中指出：「把人放在歷史風雲激盪的漩渦裡加以表現，可謂是王鼎鈞貫穿自己一生全部創作的主

5　王鼎鈞，《碎琉璃》，爾雅出版社，2003 年重新發行，台北，頁 24。

線，」[6]他筆下描寫的人物，幾乎都不得不又或者可以說是自然而然的承擔著因為生存時代離亂而產生的苦難。大時代的悲劇，有時孩子並不知道，非要等到日後回想，才看出一點況味，王鼎鈞寫到對日抗戰發生時，曾經以一個孩子的眼光來敘述：「抗戰是夏天發生的。秋天，家鄉變成戰場，父母帶著我和弟弟妹妹逃難，西邊有砲聲，我們往東走；北邊有火光，我們又往南移。」[7]像其他山東籍遷台作家一樣，由於山東是繼中國東北之後較早淪陷的區域，因此關於戰事和逃難的描寫，大量出現在山東籍作家們的作品中，這一點在 1949 年遷台作家中也成為一項特色，作家們童年成長的所在和記憶，尤其是戰亂帶來的悲憤心情，對其日後作品的影響，也由此可見。

王鼎鈞的《山裡山外》寫流亡學生的故事，寫作手法相當寫實，所謂「流亡學生」是近代中國特有的現象，又可分為兩個階段，前一批是因為日軍侵華，不願留在淪陷區而出現，如王鼎鈞；後一批是在國共戰中，隨著國民黨南遷，最後來到台灣的學生，如朱炎。流亡學生在戰亂中一邊流浪一邊讀書，雖然還是少年也無法不識愁滋味，思鄉混雜著因戰爭而生的焦慮恐懼，抗戰八年對於曾經參予其中的所有中國人，都成為重要的生命記憶，就如王鼎鈞在流亡中學的同窗好友袁慕直在該書的跋中所寫的：「無論如何抗戰最後是勝利了，給我們一個圓滿的安慰。自此以後，一人一家仍有其興奮歡樂，但再也未能躋登普天同慶的層面與之融合。」[8]抗戰八年勝利後流亡學生們得以返鄉，在國共戰爭中流亡的學生，這一回出走，再回家鄉已經是數十年後，人事變化無常，生出多少無法彌補的遺憾。

---

[6]　同上註，附錄。

[7]　同上註，頁 88。

[8]　王鼎鈞，《山裡山外》，1984 年爾雅出版，2003 年爾雅重新出版，頁 399。

　　身兼文學創作者和文學研究者的馬森，對於王鼎鈞的散文給予非常大的肯定，他認為如果要列出中國當代五大散文家，當中一定有王鼎鈞，可見其評價之高。王鼎鈞確實以散文見長，但是他也曾寫作過幾篇小說，這裡提出他所寫作的小說〈土〉，沒有放入本書第二章中討論，是為了顧及作者的一慣性和主觀性，每一位作者的創作不論其採取的形式為何，其創作風格和精神都是相關的，前面提到王鼎鈞在《碎琉璃》中曾經寫下這樣的句子：「當年離家時，我把那塊根生土長的地方藏在瞳孔裡，走到天涯，帶到天涯。」同樣的意念，他運用在〈土〉文中，〈土〉講述的是由大陸來到台灣的華弟，遺失了隨身攜帶的一隻小瓶子，瓶子裡裝的是故鄉的土，他開始生病，急需要找到那一隻瓶子，他相信只有故鄉的土才能醫治他的病，因為他得的是思鄉病，後來終於有人送來了瓶子，瓶子裡面的土卻只剩下一點點。

　　這篇作品字裡行間全是濃濃的懷鄉之情，「土」在這裡成為一種象徵，代表的就是故鄉，在〈土〉一文中，曾經有人問華弟，為什麼你愛故鄉的土，卻不愛台灣的土？王鼎鈞提出的這一個疑問，直到如今依然在台灣社會裡持續發酵，一個想念故鄉的人，並不表示他不愛現在賴以生活的土地。席慕蓉於 2006 年 5 月 28 日接受台灣中天電視台的《中天書房》節目的訪問時便說，故鄉不是只能有一個，蒙古是她的故鄉，但是當她在蒙古受到感動，她發現自己最想告訴台灣的朋友時，她明瞭台灣也是她的故鄉，為什麼一個人不能有兩個故鄉呢？尤其時對於一個必須離鄉或已經離開故鄉的人而言，在某種程度上，故鄉理所當然的發展成了兩個，只是即便異鄉成為新的故鄉，曾經錐心刺骨的撕裂所帶來的魂牽夢繫，是怎麼樣都不能忘記的，懷鄉原本是最自然的情緒，卻因為政治的操控，而成為台灣人民之間的裂痕。

　　葉有聲在談論到台灣現代文學時曾經指出，早期的鄉愁文學是『失土』的文學，王鼎鈞的〈土〉可作為代表性的符號，隨後出現的鄉土文學是『得土』的文學，張系國的〈地〉可作為代表性的符號。「土地」作為意象母題，其象徵意含是明顯而直白的，近年在台灣本土意識愈來愈受到重視，執政當局倡導本土化之後，繼而提出去中國化，懷鄉文學由於思念的是中國大陸，其置於台灣文學範疇中時身分之正當性，也因此有了不同的聲音。

　　相對於「土地」象徵永恆的故鄉，懷鄉文學中也出現了以飄萍象徵著離開家鄉後惶惶度日的人，絕大多數的植物紮根於土地之中汲取賴以生存的養分，浮萍卻飄浮於水上，王鼎鈞將故鄉的土地深植於心中，但是離鄉的人們在返鄉之日遙遙無期的情形下，難免會產生如飄萍般無法安定的感嘆，祖籍江蘇的徐鍾珮，描寫了初到台灣時的心情，她以浮萍形容這些失去故鄉的外省人，她寫道：「在我來台的友人裡，又有幾個不是浮萍！我偶然閒步街頭，常可以遇見他們在舊貨攤上閒逛，偶爾到影戲院裡，也可以碰見他們擠在窗洞口買票。大家都沒有了根。借一點友情，這些浮萍常飄到我家裡來，一坐下，一伸腿，就開始暢談起來，從大城市的失守談到大局的混亂，從歷史談到時政。有時談的激昂憤慨，臉紅耳赤，他們向空發表意見，向空獻策。……這種談話可以從傍晚繼續到深夜，可能由清晨談到日中飯熟，再繼續談一個下午，談到材料枯竭時，打開陳年舊事，談談自己的童年。」[9]

　　由徐鍾珮這一段白描式的散文，不難看出遷台初期，這一群來自異鄉的人士如何惶惶終日，無所事事，能夠把他鄉做故鄉，過過尋常日子，又已經是好幾年以後的事了。

---

[9]　徐鍾珮，《我在台北及其他》，純文學出版社，台北，1984 年，頁 62。

值得一提的是，徐鍾珮曾經擔任駐英特派員，因此她的散文作品大多寫的是國外生活經驗，在國人出國不易的 50、60 年代，是其作品的一大特色，不過她唯一的一部長篇小說《餘音》，背景依然是在大陸，描寫的是抗戰時期的故事，1978 年在台灣出版。

（三）是異鄉，也是故鄉

遷台作家懷鄉作品基本上還是以漢文化為中心，但是 1943年出生的席慕蓉祖籍蒙古察哈爾盟明安旗，在以漢文化為主體的台灣，她的懷鄉心情就更加複雜了。陳鵬翔在《主題學研究與中國文學》一文中指出：「主題學探索的是相同主題（包括套語、意象和母題等）在不同時代以及不同作家手中的處理，據以瞭解時代的特徵和作家的『用意』，而一般的主題研究探討的是個別主題的呈現。」[10]蒙古籍的席慕蓉，在文化情感上，並不完全認同漢文化，而理智上界定，外蒙古人民共和國已不屬於中國，她的懷鄉文學書寫層面反而更廣，更沒有界線，從塞外草原、蒙古民歌中吸取養分，在漢文化養成教育的陶冶下，形成一種更寬闊的風格。

席慕蓉的詩作曾經在 80 年代受到中國大陸許多讀者的喜愛，她的作品用字淺白，情感細膩，開放探親之後，她多次返回蒙古草原，對家鄉的情感流露在字裡行間，加上畢業於比利時布魯塞爾皇家藝術學院的席慕蓉，本身也是一位畫家，所以她還親自畫下了故鄉的風貌，讓讀者的感受更深刻也更真實。

瘂弦曾經表示：「席慕蓉散文最大的特色就是抒情風格，這可能因為也寫詩的關係，文字敏感細膩，與其說是畫家的散文，不如說是詩人的散文。」[11]

---

[10] 陳鵬翔：《主題學研究論文集》，東大圖書公司，台北，1983 年，頁 15。
[11] 席慕蓉，《有一首歌》序文，爾雅出版社，台北，1983 年，頁 3。

　　遠赴歐洲唸書的席慕蓉，家人曾經期望她和丈夫在歐洲定居發展，但是席慕蓉發現：「在小的時候，家對於我來說，就是父母所告訴我們的那些祖先所傳下來的美麗故事，就是那一片廣大的原該屬於我們的土地，小小的心靈總因而覺得自己和身邊的其他人是不一樣的。等到長大以後，出了國門去歐洲讀書的時候，才恍然於民族之間真正的異同，才發現，原來不管我怎樣戀念於那些美麗得如神話般的故事，不管我怎樣耿耿於懷失去的塞外的草原，命運既然把我安置在這裡，一定有祂的寓意。」[12]

　　在台灣時，席慕蓉心中的家鄉是蒙古，到了歐洲之後，才發現度過大部分成長歲月的台灣，其實已經在不知不覺中成為故鄉。因此她結束旅居的生活，定居台灣，但是依然愛著、想念著蒙古，這也是許多遷台作家共同擁有的複雜情緒，對於原生家鄉牽腸掛肚，但是對於生活了大半輩子的台灣，也有深厚情感。捨不下第二故鄉，並不妨礙對原生故鄉的魂牽夢繫，這也反映出中國人安土重遷的性格。

　　但是，不可否認的，也有另一種情形是，在漂流的歲月裡，原生故鄉是回不去了，即便回去了，也已經和記憶不同。而對於第二故鄉台灣，雖然也有牽掛有感情，但是畢竟和故鄉不同，對於另一部份的人，故鄉一旦失去了，從此便漂流過餘生，哪裡都不再可能是故鄉，故鄉永遠只存在記憶中了，因此只可能失去一次。

　　席慕蓉在〈有一首歌〉一文中，以心中的一首歌象徵對故鄉的情感，祖籍蒙古的她，在南京度過童年，多年後，她的孩子在台灣新竹讀幼稚園，從學校回來唱起了她稚年時也曾唱過的一首童謠，我的朋友在哪裡，一時心緒澎湃，她落下淚來，發現自己心裡一直

---

[12]　席慕蓉，《有一首歌》，爾雅出版社，台北，1983 年，頁 17。

有首懷鄉的歌。會說普通話、廣東話、英語和法語的席慕蓉，在〈飄蓬〉裡提到，小時後曾經會說蒙古話，而這曾經會說不僅表示長大後忘了怎麼說，就連這曾經會說，其實也是聽長輩告訴她的，鄉愁從小衝擊著她，但是對她而言，鄉愁不僅只是懷鄉而已，她寫道：「我們一般人解釋鄉愁，總是把它固定為對故鄉的思念，我卻比較喜歡法文裡對鄉愁的另外幾種解釋──一種對已逝的美好事物的眷戀，或者，一種遠古的鄉愁。[13]」

所以她的鄉愁涵蓋的很廣，包含了父親口中的草原和廣漠上的英雄故事，外婆教她的蒙古話，還有南京的童年，一種帶著溫暖情感的記憶。

相較於其他遷台作家，席慕蓉的思鄉情懷顯然要複雜許多，她以漢文寫作，但她的祖籍卻是蒙古，她在歐洲求學時，認為相對於歐洲，台灣是她的故鄉，但是回台定居之後，席慕蓉又千里迢迢去到父母的故鄉，而且去了許多次，她很自然的愛上了廣闊的蒙古，卻也心疼蒙古人的遭遇，為了抒發自己的情懷，也為了讓更多人認識蒙古，蒙古成為她近年創作的主題，她在〈仰望九纛〉一文中，沉痛的寫道：「在我們從小接受的教育裡，處處都在提醒中國人不可以忘本，不可忘了自己的民族根源，……但是，如果談到週遭的其他民族，我們就要想盡一切辦法證明他們是受『中華』文化的影響，並且以『漢化』為當然的眾所樂見的結果。」[14]

面對漢文化的強勢，更加加深了席慕蓉書寫蒙古的決心，為了讓更多人分享蒙古之美，她甚至開始四處演講，只要主辦單位同意為她準備好幻燈機，讓她放映她所拍下來的蒙古。她認為，蒙古人除了要認識自己的家鄉，也要瞭解自己的歷史，而非中國人或蘇聯

---

[13] 同上註，頁 202。
[14] 席慕蓉，《黃羊‧玫瑰‧飛魚》，爾雅出版社，1996 年，台北，頁 249-250。

人所寫的蒙古歷史。人類最單純的懷鄉之情，因為政治因素而複雜了，由中國大陸來到台灣的作家們在面對國共間的意識問題時，心裡雖有不同立場，至少還有一項共識，那就是同為漢人，同為中國人，但是身為蒙古人就更複雜了。

長久徘徊在漢文化和蒙古文化間的席慕蓉，覺得自己難以作選擇，結果只能陷入兩邊的拉扯，席慕蓉寫出了自己長久矛盾的心情，終於被一位蒙古長者點醒：「站在清澈的土拉河邊上，他對我說：『每一種文化都是一條既深且緩的河流，可以平行，也可以交會，卻不需要對立。』……土拉河靜靜的流過，這裡是我千里跋涉苦苦尋求的夢土，站在初秋季節清冽芳香的北方高原之上，發現心中已經開始思念那遠在南國溫暖而又潮濕的島嶼了，不禁也靜靜地微笑起來。生命的原野應該無限遼闊，願一切人為的爭執與對立從此退下，江山有待，容我慢慢行來。」[15]席慕蓉為自己的矛盾找到出路，所有人對家鄉的情感，也都不需要放入「人為的爭執與對立」吧。

劉介民在〈政治互動下的海峽兩岸文學〉一文中，指出：「1949年以後，台灣飄離大陸，這是中國國內局勢發展的結果。戰爭的創傷或者說政治權力、思想制度的調整，使數百萬大陸人處於政治漂離的動盪中。他們背井離鄉，飽受苦難。受痛的不僅是整個時代的人民，一些大陸來台的作家也是無可奈何的走上政治選擇的道路。儘管如此，東渡的大陸文人，改變了台灣文壇的性質和台灣文學隊伍的單純格局。其創作所把握的世界和涵蓋的人生經驗，一方面反映了他們歸鄉無望必將終老他鄉的惶惑，使漂離意識成為台灣文學的重要主題；……」[16]對於許多遷台作家，漂離意識轉化成對故鄉的思念，他們在作品中呈現出懷鄉情感，成為當代台灣文學中一項重要主題。

---

[15]　席慕蓉，《江山有待》，洪範出版社，1991 年，台北，頁 5。
[16]　鄭明娳編，《當代台灣政治文學論》，時報出版社，1994 年，台北，頁 463。

（四）從思鄉到返鄉

民國七十七年出版《左心房漩渦》，字裡行間洋溢濃濃的鄉愁，
愁緒濃鬱，糾結著王鼎鈞對故鄉的思念，而故鄉已消失，青春喚不
回，數十年流離歲月中有著無可彌補的遺憾。該書共分四部，內容
其實都是寫給老友的信，當年他們年輕時在戰亂中兩個人做了不同
的選擇，一個人留在大陸，一個人離開了大陸，從此有了不同的命
運，數十年未見，依然牽掛彼此，王鼎鈞思念故鄉，卻不願還鄉，
故鄉已經改變，對少小離家的他而言，還鄉其實是「由一個異鄉到
另一個異鄉」，他寫到：「我離鄉已經四十四年，世上有什麼東西，
在你放棄了他四十四年之後，還能真正再屬於你？」[17]離鄉是痛苦
的，思鄉是痛苦的，不願還鄉則是在痛苦中更多了矛盾的，這樣的
心情在中國近代史上不難看見，而王鼎鈞對於其中的糾結還有更多
著墨：「我已經為了身在異鄉，思念故鄉而飽受責難，不能為了回
到故鄉，懷念異鄉再受責難。

那夜，我反覆誦念多年前讀過的兩句詩：月魄在天終不死，澗
溪赴海料無還！好沉重的詩句，我費盡全身的力氣才把它字字讀
完，只要讀過一遍，就是用盡我畢生歲月，也不能把它忘記。

中秋之夜，我們一群中國人聚集了，看美國月亮，談自己老家。
這些人的悲哀是有三個國，卻沒有一個家，這些人只有居所，只有
通信地址，舉座愁然，猛灌茅台。

……故鄉是什麼，所有的故鄉都是從異鄉演變而來，故鄉是祖
先流浪的最後一站。[18]」

---

[17] 《左心房漩渦》，王鼎鈞，爾雅出版社，1987 年，頁 11。
[18] 《左心房漩渦》，王鼎鈞，爾雅出版社，1987 年，頁 12。

　　懷鄉不僅是一九四九年遷台作家作品中的重要主題，大陸開放之後，這些作家們有些返鄉探親，也有些遲遲沒有回返故鄉，開放前他們思念故鄉的心情是一樣的，開放後，他們在回與不回之間，卻又生出兩種糾結掙扎，兩種感情又都成為懷鄉文學不同的範疇。

　　祖籍山東的馬森，也是居住過許多不同的國家，由大陸到台灣，然後因為學業或工作，又在法國、英國、墨西哥和加拿大等地居住過，1981 年應邀至大陸講學，他重返故鄉山東濟南，覺得濟南的景物和他記憶中的有很大的落差，他的記憶是繽紛多彩的，眼前的街道卻是灰頭土臉的，濟南聞名的泉水也枯竭了。

　　十幾年後，他又再度來到濟南，發現濟南重新展現蓬勃之姿，「然而要滿足離鄉者的懷舊之情，卻也難能。記憶總會以魔術的手指化腐朽為神奇，只要一踏進記憶的門檻，就覺得事事美妙溫馨，如入仙境，因此我無法做出恰如其分的今昔之比。」[19]

　　不論故鄉變了？抑或沒變？在心中留下的記憶都是恆久的，有一份特殊的情感，馬森會寫下〈文學的濟南〉，動機之一便是聯合報副刊主編亞弦邀請了王聿均、王璞、牟希宗、戴良、端木方和劉枋等祖籍山東濟南的在台作家，一起聚會聊聊記憶中的濟南，錯過這場聚會的馬森為此感到遺憾，特別寫了一篇文章，也談故鄉濟南，他寫道：「濟南不但是我度過了一部份童年和大部分少年時光的地方，而且如今仍有位於司裏街的故居。每次到濟南，總不免去徘徊留連一番。」[20]可見懷念之深。

　　1989 年，席慕蓉第一次來到父親和母親的家鄉蒙古，那原本對她是完成一個心願，總要去看一看父母的故鄉，結果卻成了一連

---

[19]　馬森，《追尋時光的根》，九歌出版社，台北，1999 年，頁 92。
[20]　同上註，頁 90。

串想望的起點，她去了一次又一次，她寫了一系列以故鄉蒙古為主題的散文，出版了《我的家在高原上》、《江山有待》、《黃羊玫瑰飛魚》、《大雁之歌》和《金色的馬鞍》等多本散文集，對於故鄉，她認為自己是一名旁聽生，她寫道：「對於故鄉，我來何遲！既不能出生在高原，又不通蒙古的語言和文字，在稽延了大半生之後，才開始戰戰兢兢地來作一個遲到的旁聽生，……我是懷著熱情與盼望慢慢地走過來的，只因為我是個生長在漢文世界裡的蒙古人，渴望與身邊的朋友分享我剛剛發現的原鄉。」[21]

開放探親後，桑品載也回鄉探過親，遺憾的是雙親已經病死，死前一直惦記著他，希望能夠見他一面，當年擅自作主讓他離家的母親，受到父親和祖母的埋怨責怪，這些都讓桑品載心痛不已，他在上海和姊姊見面時，當年離家的孩子，已年過半百，重逢後兩個人開始有些羞澀，突然記憶被拉回兒時，忍不住哭了起來，桑品載寫道：「那年我十二歲，二等幼年兵。初冬的深夜，部隊突然緊急集合，我睡死了，居然毫無所覺。集合後各班清點人數，副班長發現我不在列子裡，回寢室把我叫醒，坐起時看到大通鋪裡只有我一人，頓覺整個天已壓到頭上；我趕緊穿衣服，副班長一把將我從床上拖下來，說不必啦！

我被他拉到隊伍中央，穿著短褲，打著赤膊，冷得發抖。連長幾近侮辱地痛罵了我幾分鐘，然後揮起手中的麻繩對著我光裸的身體打下來，一次又一次，每次都有一條血槓。

這件事在五十年後的一個夢裡重現。在夢裡那個挨打的人似我又非我，他只是一個中國的孩子。

---

[21] 席慕蓉，《金色的馬鞍》，九歌出版社，2002 年，台北，頁 18-19。

　　快六十歲時，在上海見到了姊姊；一個秋風瑟瑟的午後，陽光經中庭梧桐樹的折射映在她臉上，記憶裡的那個美少女，如今瘦弱老邁，我們沒有浪漫電影中那樣急奔相擁，而是緩慢相對前進。當視線能清晰看清對方時，我們相互凝望，居然感到羞澀。在一把籐椅上坐下來，姊姊伴著我，雙方同時將記憶拉回半個世紀前，我們這才哭了，哭得天昏地暗，不能自己。相思成灰，如今在灰燼中雖然又出現火光，但那失去的五十年，我們要去哪裡才尋得回來？」[22]

　　這是所有遭逢這一次離散的中國人共同的吶喊，共同的質問，要到哪裡才能尋回失去的五十年？要怎麼才能彌補五十年來的遺憾？

　　1927 年出生的姚宜瑛，祖籍江蘇省宜興，在台灣定居多年，和家人分離三十餘年，比較特別的是，姚宜瑛經過多方的努力，在1984 年將母親從中國大陸接到台灣，得以共用天倫，原本以小說創作為主的姚宜瑛，在接來母親之後，寫作一本散文集《春來》，其中部分以母親為主題，兼集家鄉的風土人物，也寫到回鄉探親的老兵，讀來令人動容。

　　姚宜瑛將母親接到台灣，分隔三十餘年的母女得以團圓相聚，姚宜瑛寫到：「我的母親從大陸出來，許多好友紛紛來祝賀，朱炎先生在電話裡只說了一句：『恭喜你啊！』跟著就失聲哭泣，哭得不能停止。……一時間，我感到四周如天地洪荒，混沌間只有一個孩子在哭泣他四十年沒有見面的老母親……」[23]朱炎離開家鄉時，比姚宜瑛的年齡輕些，對母親懷念之情一樣深，一個年過半百的男人，在想起母親時，卻還是有如一個孩子，悲傷之情無法掩飾，後來，朱炎也如願將母親從大陸接來台灣，一家人得以團聚。

---

[22]　桑品載，《岸與岸》，爾雅出版社，台北，2000 年，頁 5。
[23]　姚宜瑛，《春來》，大地出版社，台北，1992 年，頁 161。

　　姚宜瑛也寫在機場遇到回鄉探親的老兵,老兵回鄉探親是返鄉潮中的主要人口,因為 1949 年隨國民黨來到台灣的大陸人中,擔任軍職者佔大多數,他們在年邁退伍後,常常成為社會中的弱勢,姚宜瑛筆下的老兵,當年離家時才十幾歲,山東鄉下生活貧困,母親將父親的一件黃狼皮襖改成一件皮背心,給他帶著走,沒想到這一走,就走了大半輩子,皮背心也捨不得穿,一直收著,為了回去看母親,特別將皮背心改成了帽子,皮帽底下,當年離家的少年如今頭都禿了。[24]

　　在遷台作家的懷鄉抒情散文中,故鄉景物常成為描寫的主題,例如:江河和土地都是常見的象徵,寄寓作者的情感,前者感嘆過往,後者記取鄉情,異鄉成為第二故鄉在無奈之中又透露出溫暖,此外席慕容的作品也可從非漢族的鄉愁之角度來做討論,在非漢族的鄉愁中,其實除了承襲該族的文化情感外,還是融合漢文化的潛移默化。

　　不同的地理環境、風土氣候,很自然會孕育出不一樣的人格特質,北方人豪放,南方人細膩,這些人格特質,即便離開了家鄉,依然不會改變,所謂的「少小離家老大回,鄉音未改鬢毛衰。」故鄉有永恆的記憶,切不斷的情感,這些為文學注入了無限生命力。

　　這樣的情感,在昇平歲月,要比對國家的情感更具體,也更深刻。不同的地域,產生不同的特色;不同的時代,有不同的飄離。相同的是一樣深摯的情感,紀錄下屬於他們的記憶。

二、以故鄉風土人物為主題的散文

　　和小說與新詩相較,散文創作更貼近於作者的生活,雖然在某種程度上而言,任何一種文學創作多少有作者的自傳色彩,即便是

---

[24]　同上註,〈老兵還鄉〉一文,頁 155-166。

描寫一個聽來的故事，但是情感上還是有自身經驗的投射，小說以情節和人物進行過新的安排與設計，是一種角色扮演過後的文學呈現，而新詩則是以詩化的語言，揉合了象徵的手法完成的創作形式，相對於小說和新詩，散文更接近白描，作者以更直接的方式向讀者敘述一段記憶或是一種意念。

在台灣的懷鄉文學中，散文作家在思鄉情緒中，將對故鄉的風土人情娓娓道來，呈現在一本又一本的書中，在這些文字中，作者抒發了一己的思鄉之情，撫慰了有相似經驗的讀者寂寞的心懷，也和不瞭解他們故鄉之美的讀者作了難得的溝通和分享。

（一）借物寓情

物品本身是沒有生命的，但是它的作用卻往往引發聯想，或是蘊含特殊意義，而勾出懷鄉之思，借物寓情在中國文學中是常見的寫作技巧，白居易的〈問劉十九〉一詩中寫道：「綠螘新醅酒，紅泥小火爐。晚來天欲雪，能飲一杯無？」詩題中的劉十九是白居易的朋友，在寒冷的冬夜，圍著小火爐和好友一邊喝新釀的酒，一邊聊天，自然是十分愜意的事。然而要在冬夜升起溫暖的火爐不難，故人能否團聚才是難得的事，離開家鄉不知歸期的人，家人親友大多數留在故鄉，看見爐火，就忍不住思起故人，想起曾經快樂的圍爐談天，如今只剩下爐火，家人朋友卻不在身邊。

筆名雪茵的張雪茵，祖籍湖南省長沙市，出生於 1908 年，她也藉「爐」寫鄉愁，在〈圍爐清趣〉中寫道：「往事如煙，去我遙遠，如今雖仍然有圍爐清趣，但其中卻擠滿著鄉思。」[25]短短幾句話，卻傳達出濃濃的懷鄉之情，歲暮時節，尤其惹人鄉愁。鄭明娳

---

[25] 張雪茵，《有情歲月》，采風出版社，台北，1981 年，頁 51。

在〈從懷鄉到返鄉──台灣現代散文中的大陸意識〉中指出：「懷鄉情節呈現的共同特質，因為大家的感情來自共同的根源，編織共同的夢，最重要的是，故鄉是大家記憶深處的東西，在長久隔絕的思念中，懷念的對象漸漸成為『標本』，舊有的人、事、物都凍結在記憶中，不會變化──雖然懷念本身不斷在變──久而久之，乃變成個人記憶中的標本。故鄉變成同一刻版印象延伸出來的不同版本的標本，每人各自懷念各自的故鄉。情感的本質相同，互相間不會有矛盾，因而懷鄉文學是一種很單純的類型。」[26]

懷鄉散文從記憶中掏掘情感，這情感是真摯而深刻的，成為當時台灣散文中的一項重要主題，散見於許多大陸遷台作家的作品中。

火爐是一般生活用品，勾起的消逝的生活記憶，還有一種物更容易讓人睹物思人，那就是信物，一種有著特殊意義的紀念品，這種贈以隨身佩帶之物表達心意的做法，在中國文學作品中很早便有描述，《詩經》〈鄭風〉篇〈女曰雞鳴〉中有這樣的句子：「知子之來之，雜佩以贈之。知子之順之，雜佩以問之。知子之好之，雜佩以報之。」

台灣知名散文作家琦君曾經以「金手鐲」為主題，描寫故鄉的人物，讀來溫馨感人，1976年出版的《桂花雨》是其代表作之一，其中有一篇〈一對金手鐲〉講的是琦君和奶娘的女兒之間的情誼，從小同吃同睡的異性姊妹，卻有著完全不一樣的人生際遇，奶娘的女兒沒錢讀書，早早嫁人生子，家境富裕得以完成大學學業的琦君，卻因為戰亂輾轉來到台灣，當年一人一隻作為紀念的鐲子，琦

---

[26] 黃維樑編，《中華文學的現在和未來──兩岸暨港澳文學交流研討會論文集》，盧峰學會出版，香港，1994年，頁162-163。

君也因為生活所迫，賣給了銀樓，在琦君成長的年代，這樣的故事是很有代表性的，家鄉的許多人是沒有機會受教育的，這些純樸的人，卻給了琦君更深刻的童年記憶。

琦君，本名潘希真，浙江省永嘉市人，1917 年出生，2006 年過世，浙江杭州之江大學中文系畢業，她的作品以散文為主，描寫的主題幾乎都是生活中平凡的瑣事，童年時代的記憶時常出現在她的作品中，透過她細膩的文筆，琦君家鄉的種種躍然紙上，呈現在讀者面前。

琦君的《青燈有味似兒時》，共分成兩卷，卷一的〈懷舊篇〉寫的全是昔時發生在故鄉的事，對於從憶往找尋寫作材料，琦君自有一番看法，在本書的序中作者寫道：「來美已匆匆四年半了。客中歲月，賴以自遣的是閱讀與寫作；得以與朋友們互通情愫的是彼此的作品在報上見面。這就是我迄未停筆的主要原因。……

我雖身處海外，卻能常收到年輕讀者與小讀者的來信，幾乎每一封都告訴我，喜歡看我寫童年時代的故事。我也確實有懷念不盡的往事，寫不完的童年故事。

有人說緬懷往事是老的象徵。我卻覺得念舊事的那一份溫馨，使我回到童年，使我忘憂、忘老。也使我更有信心與毅力，面對現在與未來。因為我彷彿覺得當年愛護我、教育我的長輩親人，仍時刻在我身邊。」[27]

琦君的另一本散文集《燈景舊情懷》，其中也有一半的篇幅描寫故鄉人事，媽媽繡花的手藝、家鄉女人用來洗頭的翠玉藜、年節的習俗、家鄉老屋裡的自鳴鐘、書房後方的一叢竹林、學校裡的生活，對琦君而言，顯然生活中寫作題材俯拾皆是，然而在

---

[27]　琦君，《青燈有味似兒時》，九歌出版社，台北，1988 年，頁 2。

記憶中搜尋出來的那些事物，不難看出離家後的她對家鄉的魂牽
夢縈。

（二）一方水土養一方人

　　《詩經》〈小雅〉篇〈采薇〉中寫道：「采薇采薇！薇亦柔止。
曰歸曰歸！心亦憂止。憂心烈烈，載飢載渴；我戍未定，靡使歸聘。」
身在異鄉採著鮮美的野菜，心裡卻思念著家鄉，一心期盼早日返
鄉，家鄉的一瓢水、一根草對於離鄉之人都是美好珍貴的，台灣每
逢選舉之時，外省籍政治人物總要聲稱自己吃的是台灣米喝的是台
灣水，表示雖然籍貫並非台灣，但是因為吃的是台灣土地上生長的
食物，也算是台灣人了，這也就是中國「一方水土養一方人」的觀
念吧，由中國大陸遷徙到台灣的人，對於家鄉的水、家鄉的植物都
有著難以抹滅的情感與記憶，就是依靠著那些，才得以有日後的生
命，雖然賴以養成的生命註定要離開家鄉。

　　因此，日日都要飲用的水成為懷鄉文學中的一則意象母題，《水
是故鄉甜》是琦君另一本收錄了許多家鄉事物的集子，琦君在文中
明白指出，幼年時媽媽對她說，是那裡生長的人，就該喝那裡的水，
要知道水是故鄉的甜嚛。孩子們多喝點家鄉的水，底子厚了，以
後出門在外，才會承受得住異鄉的水土。琦君這一生喝大陸故鄉
的水，喝台灣的水和美國的水，將近九十高齡的她，在三個地方
生活過，但是童年故鄉的記憶依然是最深刻的，所以她說，也許
就因為喝了家鄉的水，日後才能承受異鄉的水吧。祖籍江蘇省吳
縣，出生於 1923 年的艾雯也在《故都鄉情》中提到，故鄉的水在
回憶中也是甜的，故鄉的「水」在回憶中，成為一種象徵，因為
是日日生活所不可或缺的元素，因此成為思鄉情懷中美好故鄉的
表徵。

　　故鄉是否真如作家筆下敘述的那般美好，逐漸也引起部分讀者的懷疑，尤其是在海峽兩岸開放探親觀光之後，鄭明娳便認為：「對故鄉的懷念牽延日久，思念的內容會在潛意識中不斷調整。記憶中經驗乃日漸美化、誇張化與傳奇化，童年經驗從常識變成美談、奇談。」[28]鄭明娳的這段話，表面上看起來意指遷台作家的作品渲染美化了故鄉種種風土人物，但是，之所以會有這種「美化、誇張化、傳奇化」的情形出現，不也正顯示出作家們懷鄉的情感有多麼深濃，又多麼無奈嗎？

　　張拓蕪，1928 年生，祖籍安徽省涇縣，十六歲便從軍，他在軍旅中度過半生，曾經獲得國家文藝獎、中山文藝獎等多項散文獎，他寫自己離鄉的故事、家鄉的風土，用樸實的文字紀錄當時小人物的真實生活情境。向明在「我的朋友張拓蕪——讀他的新作《坐對一山愁》」中寫道：「不過我總認為，讀拓蕪的文章如果只讓自己獨享，不讓更多的人去分嘗他書中雜陳的五味，會是一種不可原諒的自私。因為他寫的雖是一己的經歷，透露的卻是整個中國人過去的苦難和艱辛。上個月我收到拓蕪的《坎坷歲月》後，曾帶到辦公室被打字小姐借去看，她看到半途突然跑來問我『竈下鍋底』是什麼意思，我動筆動嘴的比劃了半天，她才似懂非懂。可憐的孩子，現代化的廚房已經使他們不知道還有能燒柴火的土竈，更想不到鍋底下那些墨黑的煙塵，怎麼敢奢望他們或她們過昔時的生活，吃『八寶飯』，勤儉建國，勤儉建軍？因此我多麼希望耽於逸樂的年長的一代走進拓蕪的書裡，去重溫一下跋涉過的歲月，陪著哭笑一番。我又多麼希望得天獨厚的年輕孩子們，也進入拓蕪書裡，去驚覺，

---

[28]　鄭明娳編，《當代台灣政治文學論》，時報出版社，1994 年，台北，頁 153。

去體會，去看看中國人有過怎樣的一種過去，從而珍惜他們現有的享受和幸福。」[29]

《坐對一山愁》書名取自收錄其中的一篇散文，坐對的山是黃山，其實作者的故鄉涇縣距離黃山還有一段距離，但是因為黃山也在安徽，也在皖南，在看不到故鄉的年代，他以一個月的生活費買下一幅黃山的照片，天天看著，聊以撫慰思鄉之情，張拓蕪寫道：「日日夜夜他坐對一幅彩色的黃山照片，他們相對無語，卻似乎有隱隱約約的溝通；他喃喃對它訴說一些相思和嚮往，彷彿那鬱綠的松梢會搖動，那奔瀉的松濤就是答覆。實際上，黃山對他來說還真陌生，他從沒到過太平縣境，他所看到的黃山只是一小幅從報紙上剪下來的劣質印刷品。也不知翻照多少遍了，粒子粗糙，影像模糊，一幅攝影卻變成一張點畫，但就這樣，還珍寶似地壓在玻璃板的正中央。

此無他，只因為黃山是皖南的一部份。他是涇縣人，涇縣離黃山還遠著，還有三百來里地；但他貪婪而霸道的據為他故鄉的一部份。

從大處想是說得過去，何況同屬安徽又同屬皖南！這心態尤其值得同情，……」[30]

沈謙在〈生活歷練初的大兵文學——讀張拓蕪的〈天大的事〉〉一文中指出：「略知現代文壇的人，也都知道中華民國的軍中作家，是世界文壇的一個特例。……軍中作家以詩人與小說家居多，擅長散文而名世的較少，張拓蕪就是其中具有代表性的一位。……文學的來源主要有二：一是來自生活經驗的，一是來自書本和知識的。

[29] 張拓蕪，《坐對一山愁》，九歌出版社，台北，1985 年，頁 23。
[30] 同上註，頁 97。

張拓蕪的文學來自生活，他經歷了抗日與剿共的戰亂流離，小學都沒有畢業，幼年到中年，一直生活在硝煙彈雨、飢寒恐懼中。」[31] 沒有學院雕琢，加上是直接印記在生命中的深刻記憶，因此張拓蕪的散文風格直白，司馬中原以「具見肺肝」來形容他的散文風格。

家人分離是戰亂中最讓人傷心的，更何況兩岸的隔絕長達數十年。

描寫家鄉生活什物的作品，讀來就不那麼讓人感到沉重了，生長在皖南的張拓蕪，家鄉的許多東西都和台灣不一樣，因此平日裡吃個飯上個菜市場，都會讓他想起許多題目，他在《坐對一山愁》中詳細敘述了家鄉的菠菜、薺菜、南瓜、莧菜、木瓜、苦瓜、絲瓜，在台灣市場看到種種青菜，很自然的就想起家鄉的青菜，不同的水土長出不同的樣貌，這些差異無言卻無所不在的提醒自己身在異鄉。在《桃花源》中他又描述了家鄉各種魚，皖南是魚米之鄉，張拓蕪童年時代，家旁邊的河塘就可以抓魚來加菜，完全不用花錢去買，他寫了沙䲹、餐子、邊魚、團魚、桂魚、鱔魚，從魚的外型、習性、捉法和吃法無一不詳盡，顯見家鄉的種種時常縈繞在他心中。

祖籍浙江宜興的姚宜瑛寫家鄉的景物，她認為喜愛花卉也是會遺傳的，因為她的母親愛花，姚宜瑛對花的記憶也常和母親聯在一起，春天，看到台北的木棉花盛開，她想到抗戰時在筱里：「抗戰時，母親不肯讓我和祿弟失學，千辛萬苦，堅決離開舅舅們的庇護，獨自搬到叫筱里的鄉下，我和祿弟就讀村子裡的戰時第二臨時中學。那時，父親已過世，母親才三十多歲，清麗優雅如古畫中亭亭的仕女。

---

[31]　《幼獅少年》，99 期，1985 年 1 月。

筱里是純樸而富饒的江南大村莊，村子裡有好幾家書香世家，和中過舉的陳舉人家。他們對逃離到村子裡的外地客，都十分關懷親切。對母親尤其敬重，幾次請去家裡作客。大宅院花木扶疏，母親看了喜歡，告別時往往坦率的向主人討幾枝回家作瓶插。那時，我們租一家民房的後院，園子裡也種有幾株月月紅。每天晚上，我和祿弟坐在粗糙的木頭方桌上做功課，土黃色的瓦罐裡常有幾枝鮮花，伴著我姊弟倆夜讀。油燈朦朧的微光下，哪怕是一把田間採來黃油油的菜花，看了也是喜歡。母親則靜坐一旁打毛衣或是作針線。那時，我幼稚的心裡，從來沒有想到或體貼到母親當時的處境和心情。她年輕守寡，在戰亂中帶著一雙寶貝兒女逃難，她唯一的願望，是把我姊弟二人教養長大，將來做有用之人，所以再困難也要我們繼續唸書。她的堅強和明智，決定我們的一生；但是，當時我只會享受她給我的，從來沒有顧念到她心中的淒苦，和許多無奈的委屈。相反的，是我年幼愚昧無知，反而因為生活環境改變，從城裡的大宅子逃到鄉村，新奇的鄉下景色和田野風光，使我感到新奇的快樂。記得每天放學時候，母親總在路上等候，牽著母親的手，母子三人相依為命，漫步在江南傍晚美好的景色中……。現在想想，當時在漫天烽火中無憂無慮，是因為我身畔有母親，有母親獨立支撐。」[32]

姚宜瑛也寫桂花，外婆家的桂花園，還有台北家中一片繽紛燦麗的非洲鳳仙花，姚宜瑛寫：「隨著季節，我細心的播下種子，植下幼苗，跟著時序的流轉，每一枚新芽或花蕾，都帶給我喜悅和期盼。人世事，我漸漸能不驚不懼，不憂不悔，我想是種花而培養出來地耐心和涵養。從小小的種子到花開，要付出多少關注和珍惜，

---

[32] 姚宜瑛，《春來》，大地出版社，台北，1992 年，頁 168。

而人生千種情、萬種情何嘗不是如此？有時候，颱風來了，一夜間，地上殘枝落葉，滿園滄桑，正如人生的橫逆、坎坷、波折等等，退一步想也許正是再磨練、再耕耘的機會。而花木有情，我付出熱忱和愛護，它們也回報我滿園蓬勃和芬芳。

母親常說，過日子要淡泊，不能貪。言行舉止都要為子孫種福積德。又說好話不要說盡，留點福澤給子孫。聽的時候，覺得母親是老生常談，現在想想，母親一生對人熱心，處處扶持弱小和悲苦的人，是她的仁慈和悲憫，才能修得歷經浩劫後，再和我相聚。而我今日，母親的生活規範，都已融入我的生命，我時刻心懷善念，記得母親的教誨。我沒有在院子裡加蓋屋頂而多出兩間屋子，我才享有都市人的難得的種植之樂，才能日對繁花夜見星燈萬盞。現代人太忙碌，鎮日紛亂如麻，哪有心情和時間，來等候一粒種子開花？至今，我才深深了悟，母親教我愛花種花是培養我恬淡的心田，我才享有平淡寧靜的歲月。

去年，右牆畔一株大柳樹，因為蟲蝕而被颱風颳倒，讓出天空更多的陽光，而地上的非洲鳳仙更沸沸揚揚的漫延盛開。」[33]

生長在江南富庶的魚米之鄉，姚宜瑛感嘆童年和故鄉都已經回不去，即使去大陸，她也不忍到宜興，害怕親眼看到家鄉景物的改變，故鄉的種種只能在記憶中尋找回味，她細細描述春筍、薺菜、馬蘭頭、桃花菌、銀魚、癡孵魚、玉蘆筍和玉蘭花，姚宜瑛寫道：「薺菜和馬蘭頭是春天的野菜，我們在春光燦爛的田野裡嬉戲、唱歌……許多溫婉柔美的南方小調，我都在春天的田埂上聽來的。挑野菜我是生手，回家時，有位蕭姊姊，長辮子，她總把挑到的，放一些在我的小竹籃裡。長大後我常記得那份溫情，把自己的分一些給

---

[33] 同上註，頁173。

別人。我真希望歲月讓我往回走，走回童年，走回江南春天燦爛的田野。」[34]

姚宜瑛寫景寫物，這些景物總連結著人，而故鄉的人，不論是母親、親戚，還是熟識的鄉親，姚宜瑛在想起他們時，心中湧現的不僅是情感，還有曾經在他們身上體現的待人接物的道理，這一份溫厚仁心，淡泊寧靜，正是中國人固有的傳統美德，也是安身立命的哲學。她懷念的不僅僅只是家鄉的一景一物，擴而廣之，是中國人獨有的生命基調。

中國，在概念上，是一個國家，也是一支龐大深遠的文化。遷台的作家們，他們記憶中的故鄉景物，之所以如此美麗、如此多姿，也是因為文化內涵賦予了它們生命，他們想念的除了具體的景與物外，還有潛藏其間濃濃的人情，以及內斂的仁德。

（三）墓碑，永恆的離別

從 1949 年離開中國大陸的那一天，離鄉的人們期待的便是返鄉的那一天，因為沒有想到離鄉的路竟是那麼遠，會走了那麼久，以致於日思夢想的父母親成了一坏黃土，墓碑象徵的是永恆的離別，再也無相見的一日，中國人一向重視孝道，《詩經》〈小雅〉〈蓼莪〉中寫道：「無父何怙？無母何恃？出則銜恤，入則靡至。父兮生我，母兮鞠我。拊我畜我，長我育我，顧我復我，出入腹我。預報之德，昊天罔極。南山烈烈，飄風發發。民莫不穀，我獨何害？」子欲養而親不在，是為人子女者最為傷痛的事，兩岸阻絕數十載，不知道發生了多少這樣讓人感傷的悲劇。

---

[34] 姚宜瑛，《春來》，大地出版社，台北，1992 年，頁 125。

　　前一章討論遷台作家現代詩的部分，曾經提到已故詩人梅新在作品中寫道，因為身在台灣，無法為母親掃墓，於是在自己陽台堆起小小的墳，假裝是母親的墳，聊盡心意。

　　看著黃山的照片，稍稍撫平了張拓蕪的鄉愁，但是這樣的撫慰當他看另一張照片時就完全崩潰了，在前一章討論新詩的部分，曾經寫到洛夫和辛鬱因為張拓蕪表妹託人帶來一雙手縫的布鞋，所寫下的動人詩篇，張拓蕪自己也寫了一篇散文〈讀鞋〉，離家時年紀還小，雖然和表妹指腹為婚，但其實還談不上男女之情，反倒是收到同鄉長輩寄來的一張照片，令他大為悲痛，因為太傷心了而腦中一片空白，結果將剛燒開的開水倒在了腿上，那張照片是他父親的墳，更準確一點的說法，那其實是一坏黃土，連墓碑都沒有。在收到這張照片之前，張拓蕪並沒有和家鄉聯絡的想法，當時兩岸尚未開放探親，但是看到這張照片之後，血濃於水的父子天性，促使他尋找各種管道打聽父親是何時去世？他在〈讀鞋〉一文中這樣寫：「我要設法託人寄一點錢去，為父親修個稍微像樣的水泥墳，立塊碑，碑的左下方刻上我們兄弟姊妹的名字以及我們的下一代以及蓮子的名字。她在父親膝下算不得媳婦，也算不得女兒，那就老老實實的稱姨姪女或表姪女吧。」[35]一段短短的文字，卻充滿了時代的辛酸，父子分隔兩地數十年，連父親最後一面也不能見到，文中的蓮子就是寄鞋的表妹，雖然指腹為婚，卻也因為戰亂終於未能相守成婚。

　　父親的墳，代表著永恆的分離，對於指腹為婚的表妹，張拓蕪同樣有著「子嗟闊兮，不我活兮。子嗟洵兮，不我信兮。」的遺憾。

　　散文家以景寫情，以物寓情。這樣的寫作手法可以引起讀者的共鳴，其實是因為其中內涵了一種美學上的認同，就如王夫之在《薑

---

[35]　張拓蕪，《桃花源》，九歌出版社，台北，1988 年，頁 15。

齋詩話》中提出的:「情景名為二,而實不可離。神於詩者,妙合無垠。巧者則有情中景,景中情。」[36]這一種由情景之間產生的美學上的暗示與認同,和同出一源的文化養成有著密切的關係。

有一本作品是比較特別的,寫的不是故鄉,而是初到台灣時遇到的人和發生的事,雖然沒有明寫懷念故鄉,但是作者筆下的異鄉生活中,卻潛藏著無盡的鄉愁,那就是桑品載的《岸與岸》。

1950 年國民黨由舟山島撤退時,桑品載夾帶在國民黨的軍隊裡來到台灣,那一年,他才十二歲,隻身一人流落異鄉。他不是軍人,在外流浪了一段日子,連吃飽都成問題,於是又回到了部隊去當娃娃兵,那一支部隊來自江西,所有的菜烹煮時都加辣椒,餐餐如此,這使得來自江浙地區的桑品載完全不能適應,連長知道後,囑咐廚房班長另為他做不辣的菜,桑品載在書中寫道:「我總算脫離了苦海;但人生實在太奇妙,十幾年後,我又忽然愛吃辣菜了。」[37]這幾句話道出了桑品載在離家後的心情,初到台灣時在江西部隊中吃不慣辣菜,因為和故鄉的生活迥異,不習慣中必定有著濃濃的想家之情,十幾年後,忽然又愛吃辣菜了,不也就是反映出在異鄉遇到的人事物,在他身上產生潛移默化的影響,逐漸的異鄉對他而言,就成了第二個故鄉。

桑品載這一系列作品在報刊上發表時,龍應台住在德國,看了桑品載的文章,她寫信給桑品載:「這段歷史一定要一篇一篇寫下去;你的每一篇都讓我感傷,感傷時代的冷酷;戰爭的時代裡,人如芻狗是冷酷,和平的時代裡,犧牲痛苦輕易淡忘,記憶如流沙又何嘗不冷酷。……怎麼所有的轟轟烈烈都可以一筆勾消呢?被荒煙

36　《清詩話》,上海古籍出版社,1999 年,頁 11。
37　桑品載,《岸與岸》,爾雅出版社,台北,2000 年,頁 5。

蔓草一筆勾消，怕是抵擋不住的，被人的輕忽或扭曲一筆勾消，恐怕就太對不住那許多無聲無息的歷史幽靈了。」[38]誠如龍應台所言，這一段血淚歷史是不該被中國人所扭曲或遺忘的，而龍應台在2009 年也出版了相關著作：《大江大海一九四九》。

懷鄉文學一直是中國文史上的重要主題，安土重遷的中國人，離鄉背井往往有不得已的苦衷，因此思鄉情緒也就更加複雜而深刻，王粲登高睹物而懷鄉，寫作〈登樓賦〉，文辭情切感人，《文心雕龍》〈詮賦〉篇寫道：「及仲宣靡密，發端必遒；」因為心中有所思念，所以看到異鄉景物，也自然而然會思念起家鄉或相同或相異的景物。柳宗元任柳州刺史時，和朋友登山，也曾因為觸景生情，寫下：「海畔尖山似劍鋩，秋來處處割愁腸。若為化得身千億，散上峰頭望故鄉。」[39]將異鄉的山峰比喻成劍，割著自己的愁腸，可見懷鄉之情深，異鄉奇景也只惹人愁緒，因為對故鄉的懷念，是時時刻刻存在心中的。

鄭明娳在〈從懷鄉到返鄉──台灣現代散文中的大陸意識〉中指出：「如果以中國數千年漫長的歷史論，中國的東西分裂、南北頡頏，實是滄海桑田、不斷重演的發展過程。因而二十世紀中四十年間台灣的懷鄉與返鄉情節顯得並不如當代人想像那麼重要。只有文學，可以證實這個時代的空白、書寫人類心靈的涸渴，懷鄉、返鄉文學的價值在於為巨大歷史事件做詮釋，它終於不會被只當成一個小時代的事件，而被輕易遺忘。」[40]

誠然如同鄭明娳所言，從國民黨遷台，到開放探親，這四十年間在中國的歷史上，確實是很短暫的一瞬，但是對於身逢其時不得

---

[38] 桑品載，《岸與岸》，爾雅出版社，台北，2000 年，頁 2-3。
[39] 柳宗元〈與浩初上人同看山寄京華親故〉。
[40] 鄭明娳編，《當代台灣政治文學論》，時報出版社，1994 年，台北，頁 164。

不離鄉背井的人而言，那卻是他的大半生，尤其時少年離家的人，從少年到中年，是一生中最重要的時光，再回鄉，可能已是人事全非，情感上的遺憾與傷痛，是再也不可能彌補和癒合的。也就因為這遺憾，這傷痛，使得他們寫下了許多感人的作品，記錄著這一個曾經存在的時代，一些真實的情感。

部分台灣文學界的評論人士單從政治的角度來看懷鄉文學，認為懷鄉文學是國民黨遷台後的文藝政策下的產物，對於寫作懷鄉文學的作家有失公允，其中有部分作品也許是受到政策鼓勵所延伸出來的，但是大多數的懷鄉文學，還是出自作者的真心。一個離鄉的人思念家鄉，原是再尋常不過的情感，因為政治立場的因素，硬是將其抒發情感的文學作品歸類為政策的附庸，反而有貶低文學之嫌。

在整個人類歷史上的價值，文者，言其志，聞一多在《歌與詩》中曾經指出，志有三個意義，一記憶，二紀錄，三懷抱，這三個意義正代表詩的發展途徑上三個主要階段。1949 年遷台作家寫作懷鄉文學，依循對故鄉的記憶，以文字紀錄下來，抒發自己的思鄉情懷，在文學創作中展現了真實的情感，也為歷史做了詮釋。

在描寫故鄉風土人情的散文中，具傳統情調的生活用品、家鄉的水與植物、家人的墓塚都成為重要的寫作題材，凝聚懷鄉之情，也成為文學寫作時的一種母題。

三、以故鄉飲食為主題的散文

離開家鄉後，描寫思念家鄉之人的作品，是懷鄉文學中常見的主題，思念家人，尤其是母親，或者思念朋友和情人，除了人之外，對於故鄉的食物往往也會興起一種難以割捨的情懷，除了故鄉的風

土人情，思鄉時也難免會懷念家鄉的一飲一食，家鄉的景緻難在離家後複製再現，但是家鄉的飲食卻可以在異鄉找尋材料依法炮製，聊慰思鄉之情。1949 年隨國民黨遷至台灣居住的外省人，將中國大江南北的各色料理小吃帶來台灣，街頭各省菜館林立，作家們也常在文中以鮮活的筆觸記載以前在家鄉吃過的美食，成為懷鄉文學中的另一項主題。

想念家鄉美食在中國文學史上是其來有自的，晉朝張翰在洛陽當官，他原是吳郡人，也就是現在的江蘇吳縣，秋天時，身在洛陽的他，思念家鄉，因而想起故鄉的菰菜、蓴羹和鱸魚膾等，思鄉之情深使得他忍不住說：「人生貴得適志，何能羈宦數千里以要名爵乎？」因此他決定辭官返鄉，並且寫下了〈思吳江歌〉，詩云：「秋風起兮佳景時，吳江水兮鱸魚肥。三千里兮家未歸，恨難得兮仰天悲。」因為這一段故事，蓴羹鱸膾成了一句成語，表示辭官歸鄉，可見思念家鄉之時，很自然會想念家鄉的種種美食小吃。

大文豪蘇東坡在離開四川之後，也曾因為想念家鄉的韭黃寫下：「北方苦寒今未已，雪底菠稜如鐵甲，豈知我蜀富冬蔬，霜葉露芽寒更出。」蘇東坡是四川眉山人，離開家鄉後到北方，很自然想起家鄉冬季依然新鮮的菜蔬。除了因為離家而寫家鄉的食物，也有在一地客居後，猶如第二故鄉，而對當地食物產生懷念的，好比陸遊曾經在四川任官，離開四川後，他寫下了：「東來坐閱七寒暑，未嘗舉箸忘我蜀。」可見陸遊對於川菜的喜愛，每次舉起筷子，都會想到喜愛的川菜口味。

唐朝的大詩人杜甫，則是寫了許多詩作記述客居四川時的特色飲食，這是飲食文學中的另一支，他的詩作《立春》中寫道：「春日春盤細生菜，忽憶兩京梅發時，盤出高行堆白玉，菜傳纖手送青絲。」在《槐葉冷淘》一詩中，他又寫道：「青青高槐葉，采綴付

中廚，新麵來迎市，汁渣宛相敷，入鼎資過煮，加餐愁欲無，碧鮮
俱照箸，香飯兼苞蘆，經齒冷於雪，勸人投此珠。」杜甫客居四川
時期，寫下不少飲食詩，宋朝的陸遊也是一樣，飲食和人們的生活
息息相關，曾經在台灣大學歷史系教授中國飲食史的逯耀東便在其
著作《只剩下蛋炒飯》的自序中表示：「常言道三世為官才懂吃穿，
那雖說的過去，但也道出吃非易事。吃是一種文化的累積。……所
謂禮出於飲食，那麼飲食就不是微節末道了。」[41]生活和飲食脫不
了關係，不論是山珍海味，還是粗茶淡飯，本節所要討論的是飲食
散文類別中的懷鄉之作。

（一）家鄉風味齒頰留香

　　1901 年出生的梁實秋，是遷台作家中的大師級人物，他的籍
貫北京，畢業於清華大學，還曾經在美國哈佛大學和哥倫比亞大學
研究，返國後一直在大學任教。他的《雅舍小品》是其散文的代表
作。京城的生活自然是比較講究的，來到台灣之後，他出版了一本
《雅舍談吃》，生動的描述了北京月盛齋的醬羊肉、羊肉床子的燒
羊肉、東安市場的爆肚兒、東興樓的爆雙脆和糟鴨片、便宜坊的炸
丸子、居順和的白切肉、厚德福的鐵鍋蛋、同和館的餛飩、信遠齋
的糖葫蘆、玉華堂的水晶蝦餅和湯包、十剎海的鮮蓮子、分為大八
件和小八件的滿漢細點，除了北京之外，也寫到其他地方的一些名
菜，像是上海美麗川的蠔油豆腐、杭州樓外樓的醋溜魚、對日抗戰
時期名為轟炸東京的蝦仁鍋巴、青島順興樓的黃魚韭黃餃子、漢口
回魚大王的回魚麵、南京北萬全的清蒸火腿、重慶留春塢的叉燒火

---

[41] 逯耀東著，《只剩下蛋炒飯》，圓神出版社，1987 年，台北，頁 2。

腿，讀來讓人食指大動，一方面品味中國美食之精髓，另一方面也
勾引起深深的懷鄉之情。

　　梁實秋的《雅舍談吃》幾乎談的全是中國大陸的吃食，除了館
子裡的名菜之外，也有寫的是街頭小販的小吃，像是北京胡同裡叫
賣的滷菜，還有味道特殊的豆汁兒，家中自製的小菜麵食也有涉
及，包括北方人捲菜吃的薄餅，燙麵烙熟的薄餅隨意捲上切成絲的
醬肘子、燻肘子、大肚兒、小肚兒、香腸、燒鴨、燻雞、清醬肉和
滷肉，其他還要配上幾樣炒菜，像是豆芽、粉絲、菠菜、韭黃肉絲，
還有炒雞蛋切成絲，薄餅也是梁實秋家中常吃的家常菜色，當然自
家人吃菜色要簡單許多。

　　梁實秋當時是台灣文壇的大家，他的一系列談吃的文章，對於
後來許多散文作家相信有相當程度的影響，在國民黨戒嚴時期，談
吃也是一種避免碰觸禁忌的選擇，文學家藉著尋常的一飲一啄，寫
下過往記憶，這記憶不同於其他記憶，在有生之年，依然可以依著
味蕾的記憶如法炮製，將家鄉的味道在異鄉複製，也算是一種寄託。

　　除了談飲食，梁實秋在《雅舍雜文》中還有一篇〈酒中八仙—
記青島舊遊〉，談的是遷台之前在青島大學任教的期間，常常一起
吃飯飲酒聊天的好朋友，包括著名文學家聞一多，文章談得是舊
遊，但也是舊遊對吃的獨到之處，例如喝酒的習慣，點菜的創意，
依然環繞著飲與食，從酒酣耳熱的情調中，可以感受到當年他們交
遊的熱情，然而此情此景隨著時局改變，歲月流逝，當然是沒有機
會再重現。

　　唐魯孫是台灣飲食文學的另一位先驅，他出生於 1907 年，1985
年過世，對北京有特別深刻的印象，北京的吃喝玩樂，他可以說是
如數家珍，再加上他是公職退休後，以寫作自娛，立定「既不平章
國事，更不月旦時賢」的寫作原則，出版的數本散文集以論吃為主，

包括了〈中國吃〉、〈南北吃〉、〈天下味〉、〈酸甜苦辣鹹〉、〈大雜燴〉、〈什錦拼盤〉、〈中國吃的故事〉、〈唐魯孫談吃〉等，在他的筆下，飲食滋味更加豐富誘人了。

他寫北京的大酒缸和上海的櫃檯酒，前者以二鍋頭等白酒為主，客人圍缸而坐飲酒聊天，後者以花雕等黃酒為主，客人倚櫃檯而立，喝裝在川筒裡的酒，酒舖的營業形式不同，多少也反映了北京和上海不同的文化，更重要的是記載了如今已不復見的民國初年飲酒文化，對於飲酒時的下酒菜也有詳細的介紹，唐魯孫寫的是生活，他不寫情，不寫人，但是在他描述的生活型態裡，那些人情自然而然的流露了。

唐魯孫曾經為文說明：「我喜歡寫吃另外一個道理，是朋儕小聚，談來談去就談到吃上來了，由鄉味醰醰引發了念我故鄉的情懷，……」[42]可見，在兩岸隔絕的年代裡，和同樣是離鄉背井的友人們，吃一頓家鄉口味的餐點，聊一聊家鄉菜或特色小吃，也成為當時宣洩鄉愁的一種方式呢。唐魯孫在〈故都中山公園茶座小吃〉[43]一文中，細數北京中山公園的茶和點心，喝茶的人冬天在屋內，夏天就在樹下，茶雖說以龍井、香片和紅茶為主，老主顧卻儘可以照自己的意思指定茶品，甚至寄茶，茶葉講究，泡茶的水也很講究，來自一口甜水井，茶香四溢，搭配好茶，少不了還要吃些點心，春明館的清湯餛飩、煨伊府麵，上林春的灌湯餃，百斯馨的咖哩餃和檸檬水，經過唐魯孫生動的描寫，曾經住在北京的人讀了，勾起多少美好的記憶，對於沒去過北京的人，也因此生出一種嚮往的心緒。比起直接寫懷鄉的感情，影響所及不見得遜色，因為吃是最

[42] 唐魯孫，《故園情》（上），大地出版社，台北，1988 年，頁 2。
[43] 同上註，頁 205-213。

直接的印象，如人飲水一般，每個人都有屬於自己的記憶，看飲食文章自然而然勾起了自己的情懷。就如唐魯孫所言：「古人說：『不誠無物』，任何事物都講究純真，自己的舌頭品出來的滋味，再用自己的手寫出來，似乎比捕風捉影寫出來的東西來得真實扼要。」[44]

小民是台灣另外一位寫作家鄉美食小吃的作家，和唐魯孫一樣，本名劉長民的小民也是北京人，1929 年出生於長春市，她的散文早年以描寫親子朋友間的溫馨情事為主，後來和丈夫喜樂，一人為文一人作畫，創作了一系列的懷鄉作品，收錄成為〈故園夢〉，她寫家鄉的驢打滾、豌豆糕、炸豆腐、綠豆丸子、雲豆餅和炸三角等街頭巷尾常見的小吃，這些小吃中有著她童年的記憶，也有著時代變遷的痕跡，相較於唐魯孫談吃，小民筆下的吃食要來得更常民化、更普羅大眾一些。

高大鵬在〈開到永遠，香遍十方──讀小民女士的《桂花月月香》〉一文中這樣寫的：「小民女士的散文取材於平凡的生活，卻流露出不凡的生命。基本上屬於閒話家常式的『女性書寫』，……兒時的點滴、故國的景緻種種失落在歲月裡的生活情味。」[45]

（二）美食發展歷程反映族群遷徙

逯耀東是台灣著名的美食家，1933 年生，2006 年去世，逯耀東的祖籍為江蘇省豐縣，他本身研究史學，專攻魏晉史，曾經任教於香港中文大學和台灣大學歷史系，由於喜好品嚐美食，因此也寫作了許多談吃的散文。他寫吃，和小民隨筆式的談吃不同，他描寫

---

[44] 同上註，頁 1。
[45] 小民著，《桂花月月香》，九歌出版社，1998 年，台北，頁 17。

其做法、滋味，也講述其發展過程，例如在台灣極為普遍的牛肉麵，幾乎各地都有名店，過去許多牛肉麵因為有些許辣味，店家喜歡在招牌上寫四川牛肉麵，就如同山東饅頭一般，許多特色小食被冠上了印象中的地域色彩，而其實台灣的牛肉麵和四川的牛肉麵風味截然不同。因此研究史學出身的他，忍不住想挖掘台灣牛肉麵究竟起源於何處，他主張源自岡山的空軍眷村。逯耀東所考據的牛肉麵在台發展過程是否屬實姑且不論，但是在他的作品中，這些關於飲食的描寫和敘述，確實呈現了台灣近幾十年的現況，美食發展歷程也反映出了族群的遷徙，在這些現象中，可以看得出時代的痕跡，吃得到不同地域的風味，以及彼此間互相產生的影響。

　　逯耀東有一段文字頗能代表寫作飲食散文的作家們心中的思鄉情懷：「『親不親，故園情』。一個人離開了自己的故園，雖然故園山水時縈心頭，但時日一久，記憶朦朧；所謂秋風一起就興鱸膾之思，因為故園山水遠不可及，家鄉之味卻是可實在吃到的，會有更深的懷念。」[46]

　　台灣面積不大，卻同時匯集著各省美食，逯耀東在《只剩下蛋炒飯》一書中，耐心的穿梭大家小巷，只為了吃到心中想念的滋味，南京鹹水鴨、符離集燒雞、同慶樓的醬肉燒餅、山西餐廳的刀削麵、銀翼的餚肉干絲、天然台的羊肉火鍋，不同於前述梁實秋、唐魯孫、小民寫的是故鄉的吃，逯耀東寫的多是在台灣的大陸各省菜館。

　　逯耀東寫到曾經在一家餐廳，見到一位父親帶著出生在台灣從沒見過家鄉的孩子去吃家鄉菜，孩子吃了，「對他父親說：『我沒想到你們家鄉的菜，還這麼好吃。』我扭過頭去看那位低頭猛吃的父親，他正高興抬起頭來，雖然那孩子說『你們家鄉』，他還是笑了，

---

[46] 逯耀東著，《只剩下蛋炒飯》，圓神出版社，1987 年，台北，頁 162。

笑的那麼滿足。」[47]然而，隨著時間的推衍，歲月流逝，由大陸來到台灣的各省廚師逐漸凋零，手藝卻未必有人繼承，像是符離集燒雞，如今就很難吃到了，美食的凋零，也讓逯耀東心生感嘆，這又何嘗不是一種新的鄉愁？

逯耀東在〈只剩下蛋炒飯〉一文中指出，飲食習慣是人類文化中重要的一環，漢堡可以說是美國食物的代表，食品特色是整齊劃一，隨著麥當勞打入世界各國，所以美國人不論去到什麼地方，幾乎都吃得到漢堡，可以聊慰思鄉之情。中國的吃是一門藝術，中國菜的學問和講究比漢堡高出許多，中國人離鄉之後，自然不那麼容易吃到家鄉俚味，想要藉著吃來紓解懷鄉之情，當然也就困難多了，但也因為如此，在遷台作家的懷鄉文學中，才會出現了許多色香味具全的飲食篇章。

和晉朝寫作〈思吳江歌〉的張翰是同鄉的散文作家艾雯，在〈聞聲聊慰故園情〉一文中這樣說：「並不是家鄉的肴菜特別鮮美，因為那裡加了最鮮的味精——感情。」[48]一語道破了離鄉背井的人們，因為思鄉情愁，更加懷念家鄉的一飲一食。

綜上所述，進一步分析會發現，遷台作家中描寫故鄉飲食主題見長者，以生長在北京者為主，像是梁實秋、唐魯孫和小民，因為北京長年是中國的首都，飲食文化特別豐富，所以成為懷鄉文學中的一項主題；另外江浙地區向來是中國的魚米之鄉，人民生活富庶，飲食文化走向精緻，也成為懷鄉文學中飲食主題中的一支。

由此可知，懷鄉文學中不同的主題產生，和其生活背景有密不可分的關係，不同的地域背景，也會產生不同的書寫主題。在本書

---

[47]　同上註，頁 164。
[48]　艾雯，《倚風樓書簡》，水芙蓉出版社，台北，1984 年，頁 66。

的第一節中曾經提及山東的流亡學生，山東在對日抗戰中和國共戰爭時都屬於戰事發生較早且戰況較為激烈之處，再加上就地理環境而論，山東省靠海，因此從山東遷徙到台灣的人口在外省人的比例中可以說是相對多數，但是山東人民的生活不如北京人講究，也不如江浙人富庶，因此在飲食文學的部分，鮮少著墨，在遊擊隊戰事方面的描寫，就比較多了，例如姜貴、楊念慈、端木方、田原、朱西甯、朱炎等人的作品中都可以看到。

　　川、湘、浙、粵是中國四大菜系，但是在台灣的飲食散文中，談北京吃食的篇章最多，當然北京長久以來是中國的首都，各種美食薈萃，除了京菜小吃外，也融合了各地菜餚，琳瑯滿目，內容豐富，因此許多文人在作品中討論到，其中最有名的就屬梁實秋和唐魯孫了。

　　中國的四大菜系，事實上在台灣都很普遍，餐館林立，但是早年又以江浙菜最常出現在重要宴會中，這和蔣中正為浙江人有關，加上江蘇、浙江人民生活富庶，對吃自然比較講究，積累了細緻豐富的文化，以及江浙名菜中多以魚蝦豬肉等為食材，比較適合台灣人的口味，台灣因為過去多以務農為主，所以許多人感念牛隻耕田辛苦不吃牛肉，至於羊肉，一來羊肉有羶氣，二來台灣蓄養羊隻有限，因此以牛羊肉為主要食材的北方菜，在台灣不易普遍，尤其少出現在宴會場合。

　　飲食散文雖然也是文學的一部份，但是因為飲食和生活貼近，尤其中國人是一個講究吃的民族，在一飲一食中還蘊涵豐富的文化，也就產生了更多來自社會因素的影響，所以在飲食散文中除了看到色香味，也可以看出在飲食之外的生活習俗。

　　60 年代的台灣仍是國民黨戒嚴時期，作家們的創作主題仍有多種禁忌，懷憂喪志會遭人非議，過多的關注男歡女愛也是會引來

批評的，文章中談吃不僅是一種避免碰觸禁忌的選擇，藉著尋常的一飲一啄，作家們寫下過往記憶，這記憶不同於其他記憶，在有生之年，依然可以依著味蕾的記憶如法炮製，將家鄉的味道在異鄉複製，對作者算是一種寄託，對讀者是更豐富的分享，紙上讀出了色香味，還可以捲起袖子下廚，和親朋好友分享美食家提供的私房手藝，一慰身在異鄉的對故鄉的想望。

第六章　外省第二代作家的懷鄉寫作

一、小說中的懷鄉類別

　　在台灣出生的外省籍作家，相較於本省籍作家，對於中國大陸以及遷台外省人的生活很自然有著更多的關注，這種關注在某些層面也成為一種創作動機，並且以不同的方式呈現在作品中。

（一）承襲自血緣的鄉愁與矛盾

　　中國的社會是父系社會，不同於西方社會中戀母弒父情結，在中國父子間承襲的是家族的責任與期望，基於對子嗣的重視，離鄉之後更背負著開枝散葉的責任，於是來自於父系家族的期望與壓力，外省第二代背負著他們不完全瞭解、未曾謀面的鄉愁陰影，甚至轉趨成父子間的糾結矛盾。

　　祖籍山東省的張大春，1957 年出生於台北市，他以魔幻寫實的手法寫作短篇小說〈將軍碑〉[1]，塑造了一位晚年能夠自由遊走於過去與未來的將軍，一生重要歲月都馳騁沙場的將軍，晚年得子，但是和獨子的關係並不好，妻子自殺後，孤獨的退休生活，他不斷回顧過去，思考未來，顯見父子的價值觀已截然不同，將軍甚至企圖修改自己的記憶，張大春在本篇小說中，以精鍊的文字刻畫出失去戰場的將軍糾結的情懷。

---

[1]　《新世代小說大系》，黃凡、林耀德主編，希代書版社，1989 年，頁 175-196。

　　同樣是描寫父子間矛盾的還有苦苓的〈父與子〉[2]，故事中的父親一生忠黨（指國民黨）愛國，曾經為收集情報由台灣偷偷潛伏回大陸，遭到共軍捕獲，囚禁多年，因為事屬機密，兒子完全不知道父親離家的原因，因而成長過程對父親有許多不諒解。多年後，父親回返台灣，兒子卻以對抗國民黨為職志，父子間因為時代而產生的衝突矛盾找不到答案。

　　〈將軍碑〉和〈父與子〉表面上看故事主題環繞政治，但是作者寫作的底層情感卻是源自於懷鄉情節，他們對於造成 1949 年大規模遷徙，不得不離鄉背井的歷史感到疑惑，對於遷台後上一代堅守的價值觀不能完全認同，但是又割捨不斷血濃於水的情感，因此在作品中真實呈現出這既屬於歷史，也屬於個人的矛盾。

　　背負著自血緣遺傳而來的鄉愁，外省第二代作家張大春經歷重大人生階段—為人父之時，他在 2003 年以更真實的情感寫出了《聆聽父親》，他為自己的兒子講述父親告訴他的，關於父親的父親的故事，也就是家族的故事，這故事中糾纏著濃濃的鄉愁。林秀玲在〈亦父、亦師、亦友—張大春的《聆聽父親》〉中指出：「家，對張大春這一代外省移民而言，具有多重矛盾，一方面，它代表著舊時代，舊體制，迂腐沒落；但它又是根源來歷，是記憶，是歷史，這是十分具有張力的矛盾，於是夾處在父親所屬的一個章回古戲文的忠孝節義的舊價值，到張大春所代表新式教育道德與政治體制乃至政治認同之間，父執一輩離家的渴望，以及離家之後，又是思鄉懷舊，人生真是個艱難的負荷，更何況這樣離家流浪又返家的永恆主題中，有許多又是身不由己的意外，益增人世宇宙的渺小之嘆。」[3]

2　同上註，頁 163-174。
3　《文訊雜誌》216 期，2003 年 10 月，頁 31。

（二）眷村生活的呈現

　　眷村文化可以說是台灣特有的文化，1949 年隨著國民黨來到台灣的各省人士中，軍人佔著極大的比例，這些人有的隻身隨隊伍走，有的帶著妻子兒女一起走，身世背景不同，相同的是來到台灣後，他們只能靠微薄的薪水度日，為了安置這一批軍人和其家眷，國民黨政府在台灣許多地方蓋起了宿舍，在台灣統稱為眷村。眷村的生活空間有限，屋舍櫛比鱗次，居住著來自大江南北不同生活習慣、不同口音的人，原本是不同省籍的人，到了台灣，這「不同」又因為同樣離鄉背井身在異鄉，而有了「相同」之處，因此眷村形成了台灣在 50 至 70 年代一種特有的社會文化。進入 80 年代，因應都市發展的需要，眷村逐漸改建，大多改建為國宅，有些人在改建時搬走了，有些長輩過世了，眷村文化在二十一世紀的台灣，已經難以重現。

　　描寫眷村文化最多的作品當屬小說，幾乎都是由台灣出生的所謂外省第二代作家寫成的，包括張大春、朱天文、朱天心、蘇偉貞等人都因為成長於眷村，因此在作品中出現眷村的縮影。蘇偉貞祖籍廣東省番禺縣，1954 年出生於台灣省台南市，愛情、親情和友情是交雜在她作品中的主題，她的長篇小說《離開同方》[4]描寫的便是一群在眷村中長大的年輕人，呈現出眷村特有的生活文化及既多元又統一的人物性格。

　　蘇偉貞的小說題材以描寫現代都會男女兩性關係為主，代表作《沉默之島》、《紅顏已老》、《陪他一段》等都不脫兩性間的情感糾

---

[4]　蘇偉貞，《離開同方》，聯經出版社，1990 年，台北。

葛與淡漠隔閡，描寫軍旅間袍澤情感的短篇小說〈袍澤〉[5]是蘇偉貞較少涉及的主題，小說中的江龍隨部隊來到台灣，大陸還有妻子和兒子，在他身上，年輕的軍人發現「部隊即家」並非一句口號，而是真實的人生，他們來到台灣後，舉目無親，最親的親人便是部隊中的袍澤，蘇偉貞的〈袍澤〉雖然沒有直接的描寫對家鄉的思念，但是她筆下江龍以部隊為家的形象，其間的移情作用，讓思鄉之情不知不覺流露。同時可以從中看出作家對於遷台老兵逐漸凋零的關懷之意，這一份關懷對於外省第二代而言，其實可以說是另一種思鄉情懷的依託，因為離鄉背井相似的身世，而產生了一種同理心。

（三）探親文學的出現

眷村文學之外，外省第二代作家的作品涉及懷鄉主題的當屬探親文學，80 年代開放探親，海峽兩岸有了更多的接觸，出生在台灣的作家們也許陪父母回返故鄉探親，也許代替父母回鄉探親，故鄉親情的衝擊，以及兩岸價值觀和生活的差異，都對年輕的作家們產生衝擊，這些衝擊形成作家寫作的潛在動力，蘊含著深沉的情感。

1964 年出生於台灣省台中市的楊明，祖籍山東省，在開放探親之後，寫作長篇小說《雁行千山》[6]，小說中的男主人翁姜峰 1949年由大陸來到台灣，在台灣娶妻生子，與大陸的家人隔絕三十餘年，開放探親後，台灣妻子才知道原來姜峰曾在大陸娶妻，並已育有一子，從氣憤到諒解的心情轉折，故事橫跨三十餘年，是當時許多遷台外省籍人士故事的縮影，以為回不了故鄉了，而在台灣有了另外成家立室的打算，該小說企圖呈現從遷台至開放探親，因為大

5　蘇偉貞，《熱的絕滅》，洪範書店，1992 年，台北。
6　楊明，《雁行千山》，麥田出版社，台北，1994 年。

環境的變異所導致的無奈故事，書名雁行千山便是藉著候鳥終將飛回出生地的習性，比喻離家者的心情，是外省第二代作家寫作懷鄉文學的典型之一。

同樣是祖籍山東的郝譽翔，出生於 1969 年，她的小說《逆旅》描寫了陪伴父親返鄉的情節，又化身為離家時還年輕的父親，一路奔波流浪，老時回憶歷史的無奈滄涼，甚至有些精采情節因為訴說了太多次，已經難辨真偽。郝譽翔的父母在她出生後不久便宣告離異，她的父親從山東隨流亡學校一路流亡至台灣，定居台灣後他卻又不斷的更換居所，無法安定，一心惦念家鄉的他，返鄉探親時，卻也在老家待不住，惶惶離開。從小和母親生活的郝譽翔，和父親並不特別親近，在《逆旅》一書中，她探索著父親的流亡，從一個地方到另一個地方，從一個女人身邊到另一個女人身邊；長長數十年的流亡是父親的人生，其實也是她的人生。

郝譽翔寫道：「你好奇睜大眼睛注視老家的親戚們，想像自己身陷在一個蠻荒部落，你簡直不是回家，而是出走探險，你其實是帶著去戰鬥營一般的可恥心態返鄉，一如高中時代參加自強活動時專挑探險隊一樣，你巴不得此行可以跳降落傘到雨林洪荒吃鱷魚肉騎大象。尤其當你記得小時後父親說老家是個山寨，而爺爺就是寨主時，你簡直羨慕死那種騎馬打仗撒潑的生活。只可恨萬惡的共產黨，害得你命運橫遭改寫，被困鎖在台灣這個鳥不語花不香的小島上，整天大考小考擠公車剪西瓜皮頭髮（過去台灣中學實施髮禁），如果有一天能夠反攻大陸有多好，扛著深度近視眼鏡的你才不在乎是否拯救水深火熱的同胞，你想念的只是那座本應歸你管轄的山寨。」[7]郝譽翔透過父親的敘述而衍生出的懷鄉之情，和返鄉之後

---

[7] 郝譽翔，《逆旅》，聯合文學出版社，台北，2000 年，頁 36-37。

所看到的、經歷到的卻有著極大的落差，這也是許多外省第二帶回到大陸後共同的感受，父親或母親敘述的家鄉，其實是透過一個孩子的眼光，童年的記憶可能已經失真，加上時間帶來的演進，出生在 60、70 年代的孩子們，以自己的經驗為基礎，加以發揮想像，使得父母的故鄉距離原本的真實面貌更加遙遠了。

　　郝譽翔的父親郝幅禎隨著煙台聯中往南走，這些來自山東的年輕學生們，一路走，有人便心生疑惑，學校究竟要帶他們去哪？吃不飽加上想家的心情，使得部分學生想返回北方，糾結矛盾的心緒，到台灣後卻又可能成為一項罪狀，郝幅禎便因為喊回了原欲響應共產黨返回北方的同學，結果使他枉死在台灣，多年後，他依然清楚記得。這些或繁浩或瑣碎的流亡史，經過別人整理之後，卻不像郝幅禎經歷過的歲月了。「一九九九年，郝幅禎握著《山東流亡學生史》，他知道自己從來不曾瞭解過共產黨，即使他站在街頭激情演講過數百回，他更不瞭解國民黨，雖然那曾經是他唯一的信仰。…….郝幅禎仍然不死心的翻著手中的史書，在字裡行間的縫隙、標點符號、書頁中留下的曖昧空白處尋找，尋找那任憑別人篡改、塗鴉、杜撰與填寫的，有關於他的一切，以及那未實現、發生，卻在他腦海中屢屢被虛構上演的，那被遺忘與被記憶的……」[8]雖然從國共內戰到國民黨遷台的這一段歷史，距離現在才不過是半個世紀以前的事，但是真實的歷史全貌我們卻已經難以看見。

　　外省人遷台的歷史，有如預言故事中的瞎子摸象一般，參與其中的人似乎也只能就其經歷說出片面的瞭解。在文學的領域中，對於從 1949 年離鄉的一批人，後來或者返鄉，或者客死異鄉，在不同的作品中，必定也會呈現出不一樣的面向。

---

[8]　郝譽翔，《逆旅》，聯合文學出版社，台北，2000 年，頁 92-93。

　　郝譽翔透過父親的敘述，以及自身對父親種種心緒的揣摩，寫成《逆旅》，字裡行間流露的懷鄉之情，既是感嘆故鄉回不去，也是驚詫青春已然消逝，五十年歲月流轉，一切都走了調，郝譽翔的文字在恍惚的意識中行走，這一刻父親在月台上，急著拉女兒一起登上載滿流亡學生南下的火車，口中叨念著流亡途中在杭州吃的饅頭，女兒戳破他：「爸，可是你根本就不應該搭這班火車的，如果你不搭，就不會到台灣去，也就不會有了後來的我。」[9]遊走在少年和老年間的父親哭了起來，他嘶吼著，想要拉住火車，他喊等等我啊，他要的不是火車等他，而是無法回頭的歲月等他，因為無可挽回，那一句等等我啊，聽在讀者耳裡也就特別淒厲。

　　上一代理所當然的懷鄉，到了第二代卻可能變得矛盾，甚至荒謬，親歷過逃難的人，悲慘的旅程一輩子也忘不了，擁擠、飢渴、疲憊充斥全身，即使已經在安定的歲月裡衣食無虞，依然一不小心就會陷在緊張不安中。流亡的路程難行，沒想到，返鄉的路更難行，國共戰爭引起的離散，是二十世紀許多中國人的悲劇，懷鄉作品除了出自第一代作家之手，隨著歲月的流淌，第二代作家將會有不同的反思、不同的角度，郝譽翔在書中對父親喊，你不該坐上火車，你不到台灣，就不會有我了。這阻止父親的話，說來有些荒唐，其實卻是沉痛的，那一場戰亂，那一列往南開的火車，改變了多少人的命運，生命值得感激，但是隨之而來的重擔呢？

　　直把他鄉作故鄉其實是一種幸福，尤其是在離亂的年代；但是從此失去故鄉的人呢？故鄉只存在記憶裡，現實中的故鄉已經變了，居住了半個世紀的地方，也難得到認同，背負著籍貫欄上陌生

---

[9]　同上註，頁149。

地名、以及血液中承襲了父母鄉愁的第二代，看似平安幸福的人
生，卻也有著另一種無奈。

（四）永恆的飄迫，留學生文學

　　留學生文學是懷鄉文學中的另一支，出生在台灣的外省第二
代，理智上說起來，從出生到成長都在台灣，台灣理應是他們的故
鄉，但是情感上卻受到父母的影響，心裡不知不覺間已經烙下對未
曾謀面的故鄉的魂牽夢繫，以及對時局變異的恐懼。

　　他們赴美留學之後（美國是台灣留學生的首要選擇，此一現象
同樣有歷史因素），種種糾結的情緒浮現，完成學業之後，是留在
美國就業定居，申請綠卡；還是回到情感上的故鄉台灣，又或者該
不該利用身在海外的機會和父母的故鄉中國大陸有進一步接觸
呢？這些複雜的心理層面，促成了留學生文學的生命力，雖然留學
生文學在台灣文壇興盛的時間只有短短數年，卻也留下不少值得省
思的佳作，寫作留學生文學的代表作家包括：於梨華、顧肇森、張
系國、保真等多位作家。

　　保真的母親小民也是一位作家，論文前面在第四章中曾經提到
過，祖籍北京市的保真，1955 年出生在台灣省嘉義市，大學畢業
後到國外留學多年，先後在美國加州大學、瑞典農業科學大學和加
拿大柏爾他大學就讀。他所寫作以留學生生活為主題的小說，集中
在美國的台灣留學生，《邢家大少》是其代表作，該書收錄了六篇
中短篇小說，在〈邢家大少〉中，保真描寫了身邊為去留問題陷入
掙扎的年輕人郭棠，郭棠雖然一心想回台灣，他的家人、女友、親
戚卻一面倒的希望他留在美國，作者在小說中以象徵的手法，設計
了一段小小的插曲，清晨的巷道裡一位美籍小男孩在呼喊尋找一隻
取名 China 的鸚鵡，小男孩的鸚鵡是向中國人買來的，所以會說中

國話，現在牠卻飛走了。鸚鵡雖然可以學會說人類的語言，但是對於自己所說出的話語，卻不解其意，小說中會說中國話的鸚鵡象徵黑頭髮黃皮膚卻對中國缺乏認同的中國人，生活在富裕的美國社會裡，終於迷失了自己。[10]

在另一篇短篇小說〈陳師慶夫婦〉[11]中，保真關注著更複雜的去留問題，小說中幾對退休後移民到美國的夫妻，他們背景和生活情況各異，聚餐時的聊天顯現出他們對移民生活的看法也截然不同，有人明明習慣台灣，卻連根拔起來到美國；有人批評台灣，讚揚中國大陸，但選擇安居美國。家鄉只用來放在心裡想，嘴上說，經濟進步且無戰爭之虞的美國才是安身之所（七〇年代，美國與台灣斷交，部分民眾擔心台灣發生戰爭，當時認為美國是安全的，當然沒料想到三十年後發生九一一事件）。

同樣作為海外作家，現代中國的海外作家相較於他國的海外作家，有著更複雜的情感，畢竟當一位俄國作家、波蘭作家、南非作家在想及自己的國家時，他們的本土都是同一塊的，但是台灣作家來到海外，他思及的本土卻要複雜的多，揉雜了台灣的風土記憶和中國的文化情感，這使得台灣文學中的留學生小說有著更深刻的自省和更廣泛的矛盾。

身為留學生作家的一員大將，張系國提出，作家面臨著：為什麼寫？為誰寫？寫什麼？這三項問題，他認為：「海外華人作家要繼續用中文寫作，便必須面對這種無形的焦慮和緊張心態。……最後的辦法是以鄉愁和上述的焦慮為創作靈感的泉源。那種對遙遠、可望不可即的故鄉之愛，畢竟是刺激海外華人作家繼續寫下去的原動力。」[12]

---

[10] 《邢家大少》，九歌出版社，1983 年，頁 114-115。

[11] 收錄於《邢家大少》，同上註。

[12] 〈遊子文學的背棄與救贖〉，收錄於張實琴等主編，《四十年來中國文學》，

　　懷鄉書寫在二十世紀末的台灣文學範疇，發展的更為寬廣，包括：離開台灣前往海外的移民作家；生活在台灣直接血緣受到父母影響，潛藏鄉愁情結的外省第二代；以及因為上一代的緣故，回到大陸一探從未謀面的故鄉和親人的年輕作家。他們的懷鄉書寫顯然不同於第一代遷台作家的鄉愁那般專注且確實，也因此他們的寫作不論在情感上、主題上都更為多元，為台灣的懷鄉文學掀開了新的一頁。

　　由於第一代遷台作家對於故鄉的記憶是確實存在的，當無法返回故鄉時，懷鄉的書寫往往成為一種記憶的轉述，換言之，在某種層面上，這種書寫是屬於過去式。但是，對於外省第二代而言，情形就產生了變異，可能以過去式紀錄承襲自父母的鄉愁情感；可能是完成式，例如重返父母的家鄉；可能是現在式，面對大環境轉折下的種種衝擊；也包含了未來式，兩岸的走向勢必影響著懷鄉文學的發展。

　　在台灣，懷鄉文學的書寫在比例上，21 世紀可能會較上一個世紀中期明顯減少，那是因為當時的離散起因於一次大規模的遷移，很自然會有廣泛的懷鄉作品在接下來的十幾年間密集出現，1949 年的遷移，雖然已經是超過半個世紀以前的事，情感上，它的影響仍在持續，只是潛藏在較深的底層，反映在文學作品中，也會以更多元的面貌呈現。

二、現代詩中的懷鄉類別

　　懷鄉主題一向是中國詩文學中的重要類別，在本書第三章中曾經提到過，外省第二代詩人雖然出生成長在台灣，但是對於故鄉中

聯合文學出版社，台北，1989 年，頁 465-466。

國大陸卻有血緣上和文化歷史上所衍生出的情感，蕭馳在〈中國抒情傳統中的原型當下〉一文中指出：「因詩歌寫作向為中國人生活之重要組成，文學程序故而得以在文人生活中創造出程序化的姿勢和情感。宋以後，詩詞作為文類形式漸漸神傷氣盡，難以表現新的社會生活情趣，卻因而累積了豐富原型而得以將文人生活在一定程度上模式化。此一現象令人聯想到奧爾薩賽（Louis Althusser）的下述論點：文學並非一個從社會話語到審美話語的單向過程，而是一個社會和審美話語之間相互構成和相互影響的過程。」[13]出生在台灣的詩人，其創作過程，雖然受現代主義的影響甚鉅，但是某種程度上，依然承襲著中國傳統文學的影響，懷鄉情感意象上尤其明顯。

（一）模擬揣想的鄉愁

　　和外省第二代作家在懷鄉散文和懷鄉小說的寫作中一樣，返鄉探親也是外省第二代詩人懷鄉詩作中表現的最直接的一種主題，祖籍四川省忠縣，1953 年出生在台灣的詩人陳義芝曾經寫下出川前記：「我從邊防一陸軍事學校結業把／手上積存的六十塊大洋交給母親／與最親近的姊姊說再見／與新婚妻子告別／出川，雖不忍，但我必須跨越自己／生命史上的一大關卡！／時代走到這一步／我不能不跟緊它／當運勢交匯成一股激流／我像棲泊在岸的小舟被／推下江」[14]通過詩人敏感的心思揣摩，陳義芝寫下對日抗戰時許多人共同經歷過的離鄉背井，對出生在台灣的陳義芝，那是一段歷史，但是懷鄉的情感拉近了他與歷史的距離，那甚至是為何他自身會出生在遙遠的海峽彼岸的初始原由，「出川前記」以敘事詩的

---

[13] 蕭馳，《中國抒情傳統》，頁 139，允晨文化公司，台北，1999 年。

[14] 向陽編，《七十五年詩選》（指 1986 年），爾雅出版社，台北，1987 年，頁 202-203。

形式寫作，長近三百行，他曾以此詩獲中華文學獎敘事詩第二名，余光中在評析此詩時說：「此詩共分十節，從家庭背景一直寫到出門從軍，……很有大陸老社會的鄉土味。」[15]

　　這樣以揣想來營造詩中情境的寫作手法，祖籍熱河省林東縣，在台灣出生成長的詩人苦苓也曾經採用過，他以〈只能帶你到海邊〉細膩的描寫出承襲自上一代的思鄉之情，詩句如下：「恐怕不能帶你到／我也未曾謀面的家鄉／故國只是夢裡／荒草離離的廢墟／輝煌的廢墟不能忍耐／風雪的侵蝕／在風雪中我們倉皇度江」[16]

　　須文蔚在〈法國梧桐〉一詩中這樣寫著：「那些懷鄉病發作的法國人早就離開租界／回到大西洋岸的故土了／插枝在中國土地上的法國梧桐卻安然地定居下來／在杭州城的仲夏午夜／以黃葉預示著秋日將提前到來／你用羸弱的雙足在故國大地上練習把脈／小心翼翼地用相機紀錄山水的氣色／而無情的天地一派冷漠的表情，我望／見你淒切的眼中正盤算最後一帖藥方／忍受著無藥可治的疼痛／在法國梧桐樹下／你笑著念道：／『斯世非無世，何鄉作故鄉？』」[17]1966 年出生在台北的須文蔚，祖籍江蘇武進，這一首詩是為了悼念亡故的友人而寫，也是藉自外國移植來的梧桐寫思鄉之情，法國梧桐在中國江南一代許多城市生長的茂盛碧綠，但是它終是離開了原生地，猶如許多中國人移居海外，離開故土，不知道該將何處視為故鄉？這是安土重遷的中國人在二十世紀所面對的心靈困境。

　　出生於 1975 年的詩人李長青，向近代史中找題材，他以〈在烏牛欄〉一詩獲得台灣第一屆玉山文學獎，詩的內容講述 228 事件，此一發生在 1947 年的流血鎮壓事件，至今依然是挑起台灣族

---

[15] 同上注，頁 206。
[16] 苦苓，《不悔》，頁 154，希代書版社，台北，1988 年。
[17] 瘂弦編，《天下詩選》，天下文化公司，台北，1999 年，頁 259-260。

群分裂意識的最重要因素。但是他的另外一首詩作〈落葉〉，講述的卻是 1949 年由大陸遷台的外省人心情：「1949 之後／我終於看清楚海峽／暗沉的黑潮／如此巨大的伏流／要將我帶往何處／故鄉的記憶沖刷殆盡／妻子挽起長髮／女兒熟睡的小臉蛋／這些畫面／這些思念，將是歷史的序／還是人生的跋／已經看盡／變換的遊戲／小島上／孤獨的花倒映／一生的雲朵／飄落的事變啊／飄落的上海／飄落的東北飄落的青島飄落的南京飄落的長江黃河／飄落的國共飄落的內戰／飄落的民族飄落的／血液」[18]

李長青訴諸於文字的簡介，只簡單的陳述了出生地，和現時的居住地，不同於過往在台灣所慣於註明祖籍的簡介形式，也許 1975年出生的李長青，認為出生地比祖籍要來得重要吧，李長青的《落葉集》中還收錄了七首以台語寫作的詩[19]，年輕的詩人顯然希望在詩的國度中做更多的嘗試，文字只是一種符號，重要的是寄寓在符號中的內涵。

（二）概念裡的中國

台灣在兩蔣時代，中國大陸的地理歷史在中小學教育中佔著極大的比重，但是到了李登輝執政之後，有心人士開始提倡本土化，將中國大陸的地理歷史文化部分的比重縮減，台灣本土的地理歷史文化比重增加，意圖使台灣年輕一代學子因為陌生不瞭解而失去對中國文化的認同。不過，目前二十五歲以上的作家，在其教育養成過程中，依然受到中國文化相當程度之影響，在其作品中，有時也會很自然的流露出來。

---

[18] 李長青，《落葉集》，爾雅出版社，台北，2005 年，頁 24-25。
[19] 台語無字，但台灣在本土意識高漲後，部分人士提倡台語寫作，取音相近的漢字寫作。

　　祖籍福建省惠安縣的詩人白靈，出生於 1951 年，他所寫作的大黃河：「日日黃河／以一億立方米的水量／流去，日日，白雲千朵萬朵／在遠方誕生，從渤海灣／逆河而上，逆河而來／看一條柔柔，柔柔／卻金閃閃的黃種手臂／伸進中國，怎樣伸進中國／穿過魯、冀、豫、陝／穿過平原高原／穿過沙漠／不舍晝夜」[20]黃河流域是中華文化的發祥地，孕育出珍貴的中國古文明，因此黃河也成為中國的一種象徵，一種圖騰，白靈在詩中，以黃河流入海裡蒸騰而起的水氣化為白雲，雲由入海口向西飄，逐漸往河的上游，逆流而上，尋找著河的發源地，藉著雲與河水的循環關係，象徵人與土地及孕育其上的文化的關係，看似飄離的雲，終將化為雨水墜入河中，即使已經飄出了平原飄出了海，還是會以另一種型態回返。

　　台灣籍作家綠蒂在〈帕米爾高原〉一詩中寫道：「陽光的瞳孔／凝視著雪山冰河構造的琉璃世界／烈日等待在頂峰／捲起驚濤的千堆雪／聆聽積雪崩解的白色回音／搜尋一窟永不融化的雪洞／冰藏思念的文字元號／以及／溶入你眼色的秋天／預約隱密而千年不朽的保鮮期」[21]詩人在登高之時，親睹完全不同於台灣的高原地形，原始且未受外界侵擾的美景，於是興起對大自然壯闊的感動，詩中用到蘇東坡〈念奴嬌〉中「亂石崩雲，驚濤裂岸，捲起千堆雪」的典故，可以看出其作受到中國文化之影響，但是在情感層次上，只是單純的對自然景觀的詠嘆。

　　另外一位本省籍詩人楊笛所寫作的〈寫花十二帖〉，該詩組依照花卉綻放的時間，依序為梅、杏、桃、牡丹、石榴、蓮、秋葵、木犀、菊、醉芙蓉、山茶、水仙，字裡行間洋溢濃濃的中國味，以

[20] 隱地編，《詩集爾雅》，爾雅出版社，台北，2005 年，頁 166-167。
[21] 陳義芝編，《2004 台灣詩選》，二魚文化公司，台北，2005 年，頁 248-249。

現代詩的寫作手法，融入了屬於唐詩宋詞的優美意境，就連主題花卉的選擇，也是十足中國化的，其中梅、杏、桃、牡丹在台灣都屬罕見花種，例如她在〈牡丹〉一詩中這樣寫著：「除了黃河流域／再沒有什麼建築跟我一樣／是天成的宮殿／在纖潤的玉柱上／架構千翅翱翔的簷牙」[22]

　　不論是綠蒂或是楊笛，在其詩作中，中國意象的出現是美學觀點的，而非情感思念的，這一點是台灣籍作家和在台外省籍作家從事文學創作時的不同，其中的差異便是由於中國意象對台灣籍作家而言，是文化教育養成的一部份，但是對於外省籍作家而言，是其原生故鄉，即便是出生成長在台灣的外省籍第二代作家，依然從小受到父母骨血的情感影響，耳濡目染因此在作品的表現上也就有所不同了。

　　相較於散文，詩的情感表現往往是比較隱晦的，在台灣出生的年輕一代詩人，故鄉對他們而言更是在具體中有抽象，因此，在作品中的表達，也就顯得不那麼直接，祖籍山東的詩人孫維民，出生在嘉義，山東靠海，台灣更是環海，海成為他作品中故鄉的象徵，他在〈海禱〉一詩中，這樣寫：「請你帶我走，請你來／帶我回到最初的居地／久別的家鄉──／你的呼吸成為我的生命／你的撫觸，我的唯一的感覺／你的手指為我除下，一件／沉重破舊的外衣，你的鼻音／哼唱一首溫柔的歌曲──／請你拾起一顆疲倦的心／在時間的此岸。請你／請你帶我走」[23]

　　台灣新世代詩人的創作風格是多變的，作品取材也是相當廣泛的，黃樹紅指出：「他們既不同於六十年代的台灣現代派，也有別

---

[22] 張默編，《小詩選讀》，爾雅出版社，台北，1987 年，頁 260。
[23] 孫維民，《拜波之塔》，現代詩季刊社出版，台北，1991 年，頁 44-45。

於台灣第一、二代的鄉土派。他們既注意於生活，又題材多樣，擅於思辨，藝術形式多樣。在詩歌創作方面，新生代詩人們的觀念和題材的取向，均有突破。」[24]在這些風貌多樣的詩作題材中，故鄉情懷只是其中一小部份，若是單以篇幅而論，遠遠低於以愛情為主題的詩作。

在外省第二代的詩人中，他們承襲中國古典詩的傳統，也受到現代主義的影響，但是對於具體的故鄉，著墨較少。當然，這和詩人們出版作品不易，可能有關，詩集在台灣出版市場上屬於最難銷售的類別，因此詩人的創作量或者說可發表的數量也就大幅受到限制，尤其是台灣報業的榮景衰退後，可供文學作品發表的文藝副刊也隨之削減，專業詩人難以生存，第一代外省籍詩人許多出自軍旅，職業除詩人外，同時也是軍人，相較於現時資本主義下的競爭，第一代詩人似乎能夠比較單純的依靠熱情寫作；第二代詩人也均有其他行業，例如陳義芝為聯合報副刊主編，陳克華為眼科醫師，孫維民和須文蔚任教職，這些職業某種程度上，一定對於他們作品有所影響，此一影響不是本書所欲探討的題目，粗略提到，只是分析第二代外省詩人作品類型可能的產生原因。

三、散文中的懷鄉類別

（一）轉述上一代的思鄉情懷

以父母親的故鄉生活為寫作題材的，是外省第二代作家懷鄉寫作中的一種類別，童年時代，時常聽到父母親談及故鄉種種，或者

---

[24] 黃樹紅，《台港澳文學新探》，中國文聯出版社，北京，2000 年，頁 69。

是戰亂流離中的悲歡往事，或者是家鄉特別讓人掛念的親人事物，因為聽得多了，情感思念彷彿也成為一種遺傳基因，從上一代傳給了下一代。

陳幸蕙在〈昔我往矣，楊柳依依〉一文中，便描述了一段父親在 1937 年如何從淪陷區北京逃往後方的故事，雖然故事並無特別驚心動魄之處，卻也在字裡行間流露出戰亂時同為中國人的情感，故事情節從天津到濟南，濟南城裡楊柳依依的景緻，經過父親的轉述，在陳幸蕙腦中浮現詩經中「昔我往矣，楊柳依依，今我來者，雨雪霏霏」的情境，正是一種思鄉情懷，陳幸蕙寫道：「在那樣一長串背井離鄉，無家可歸的顛沛之中，年長的一輩，都曾是歷劫的亂世兒女。他們從北伐、從抗戰、從剿匪、從斷瓦頹壁、從干戈之後寥落的田園，從一部活生生的中國現代史裡走出來。」[25]

祖籍山東，1951 年出生在高雄左營的周培瑛，對於母親的思鄉之情，有一篇動人的小品，題為〈祖傳大衣〉，描述 1949 年母親離家時，外婆親手縫製了一件大衣披在母親身上，年少的母親當然不知道此番離家，會是如此遙遠的一段路途，在往後的半生裡，想家想媽媽的時候，她只能拿出那件媽媽親手縫製的大衣仔細的刷去灰塵，在陽光下曝曬，周培瑛寫出媽媽對大衣從不耐到珍惜的心情：「母親根本不愛那件大衣，嫌樣子土氣，顏色老舊，她喜歡紅的，美的色彩。

外婆哄母親：就是不喜歡，也得帶著，到底是我一手做出來的，看到衣服，可以想到你還有個母親。

說完，外婆哭了，母親不得已，只好彆扭的把大衣夾在腋下，就是不肯穿上身。

---

[25] 陳幸蕙，《把愛還諸天地》，九歌出版社，1982 年，台北，頁 189。

來到台灣，母親沒有機會再見外婆。臨行交付的大衣，卻成了唯一紀念的物品。」[26]

林耀德的〈祖父的相簿〉，藉著祖父的相簿，瞭解祖父的人生，這一對相差六十五歲的祖孫，在祖父退休之後，逐漸有了交集，林耀德的祖父原是出生在緬甸，輾轉回到中國大陸求學，以公費留學日本，完成學業後，又回中國大陸任職，祖父的相簿記錄著祖父的人生，也透露出祖父和父親在流離歲月中的鄉愁。以相簿為本文的主題，不同於口耳相傳直接對家鄉、對童年的懷念，卻以另一種方式呈現一個已然消失的故鄉。

（二）探親之旅的記述

從父母的口述中擷取寫作題材，引發的懷鄉之作，是第二代懷鄉寫作中的一種，陪伴父母返鄉探親有感而發的寫作，又是另一種，相較於前者，作者投注了更多主觀的思考與情感。

祖籍河北，1961 年出生的張曼娟，陪伴母親返回大陸老家探親後，寫下：「門裡是母親和姨媽們的淚眼相對；門外是一望無際的土地，沙沙作響的白楊樹。我站在門裡與門外的交界，不願墜入任何一個輪迴。

上一次的離別，我沒有趕上，下一次的離別，又得多少年？

四十年的滄桑舊事，怎麼說得清？訴得盡？說著、笑著、哭著，在又笑又哭之中，許多曾經的苦難都淡了。」[27]

作家的心思是善感而敏銳的，雖然不曾親身經歷因為時代變遷而產生的離別，但是因為發生在骨肉至親身上，也會有著感同身受

---

[26] 周培瑛，《愛我們所有的》，黎明文化公司，1984 年，台北，頁 18。

[27] 張曼娟，《百年相思》，皇冠出版社，1990 年，台北，頁 244。

的深刻情感,親睹家人團聚時的歡欣安慰,訴說別後種種的心痛與思念,尤其是分隔的四十年間有太多讓人心酸的故事,陪同父母回鄉探親的經驗,於是促成了另一種懷鄉寫作主題的誕生。

祖籍安徽省無為縣的駱以軍,1967 年出生在台北,他以陪伴父親返回大陸探親,以及因為父親在大陸中風,他前往接病中的父親返回台灣,這輾轉的旅程、曲折的身世(駱以軍的父親在離開大陸前,已有妻兒,駱以軍為其父後來在台灣娶妻所生)、糾結的情緒組成一部長十餘萬字的散文集《遠方》,是外省第二代講述上一代懷鄉心情,以及自身沿襲遺傳的矛盾情結,比較完整的作品。隨著時間的推演,這一類的懷鄉作品應該還會陸續出現,不同於開放大陸探親初期的情感想望,第一代的凋零,大環境的轉變,都促使第二代有了更全面、更深沉的反思。

駱以軍在《遠方》一書中,以主觀的情感和旁觀的態度,來描述父親晚年的日常生活,其實他所描述的也是現階段部分在台灣的外省籍老人的生活,因為對台灣的政治生態與社會現象感到失望,「他已不再觀看與現實世界有任何關聯的新聞節目了。他也不再像那些咖啡屋裡穿著一身酸臭夾克的老外省們,痰聲濃濁,罵罵咧咧地批評時政了。我偶爾回永和老家,在他癱坐搖椅對面的電視裡,永遠播放著京劇,或是《八千里路雲和月》、《大陸尋奇》、《台灣人在大陸》……這一類的節目或錄影帶。」[28]駱以軍筆下父親想望的世界,其實指封閉在搖椅對面的「箱子」(指電視)裡,和事實上的中國有著出入,不如父親眼前螢幕呈現的那般靜美。

外省第一代註定失去了故鄉,他們在年輕時離家,數十年後終於得以返鄉,而家鄉的人事景物都變了,他們再也回不去,回不去

---

[28] 駱以軍,《遠方》,印刻出版社,台北,2003 年,頁 192。

故鄉,也回不去已然消失的青春時光。這一份無奈與傷痛,也對第二代產生了潛移默化的影響,駱以軍寫道:「我以為那只是生命裡無數次旅行的其中一次罷了。後來我才知道:那只是關於我的一個大遷移故事中一則,極濃縮的隱喻。

那個隱喻的線索,是從我父親多年後在江西九江一間飯店,全身赤裸裸濕淋淋,怒吼一聲倒下,他的大敘事被按下停止鍵後,才在我的身上開始展開。」[29]

駱以軍在書中將進入大陸的台灣人分成前後兩批,前者是返鄉探親的人,他們帶著金戒指回去,跪母靈修祖墳,然而這一切「全在一陣蓬煙之後被諾大的中國土地收殺揮發了」。後者則是台商,前者很快就「彈盡援絕」,後者「才真正像螞蟻舉巢的遷移」,中國人的遷移仍在繼續,鄉愁仍未消失,台商們有著現實層面利益上的考量,不同於探親者出於情感的渴望,而台灣政治上的統獨爭論,卻使得當下的遷移更顯矛盾與尷尬。

(三)故鄉,糾結矛盾的概念

還有一種懷鄉之作,不單單是出於個人的情感和血緣,同時也是出於民族的文化和歷史,成長在台灣的外省第二代,雖然沒有親眼見過故鄉,卻從父母口中和教科書上得到一個看似完整其實抽象的印象,因為距離和情感,這印象有某種程度的美化。

祖籍山東,1969 年出生於台灣的郝譽翔在遊訪中國大陸後,寫下〈由北入南〉,其中有這樣一段文字:「這樣一路由北而南走來,就彷彿走入了一個充滿著疑惑與不安的年代,什麼都可以相信,卻也什麼都不可以相信。……我們既非南方人,更非北方人,海島環

---

[29] 同上註,頁 66。

境下生成的性格，明眼人一看即知。……最感到熟悉的卻也是最感到陌生的，最感到親切的卻也是最感到恐懼的，我們走在熙攘的人群中，心情錯綜複雜，而這片土地唯一可以興起人一絲眷戀懷想的，無非就只剩下古人所留下來的歷史陳跡了。」[30]

這種對於故鄉情感帶有質疑的思考，是出生在台灣第二代外省人的另一種情緒。

畢業於台大中文研究所的郝譽翔，年輕歲月浸淫於中國浩瀚的文學世界，唐詩宋詞的意境影響著她，她想像中的中國是絕美精緻的，但兩岸隔絕數十年，在初開放之時，因為隔閡而產生的差異，難免造成想像中的落差，表面上看似乎對於故鄉缺乏認同，但是這落差的起源，當進行更深一層的探討，就會發現仍是因為自身原本已有的懷鄉情緒而產生，所以它不會發生在純粹的異鄉諸如法國、瑞士。在郝碧翔的另外一部作品《逆旅》中，對於父親的懷鄉情愁有更詳盡的著墨，本書遷台外省籍第二代小說作品中有所陳述。

陳浩在 2004 年出版的散文集《一二三，到台灣》，文集中包含了三代人的親情書寫，書中的第一代在戰亂中成長，又因為戰亂遷徙到台灣落地生根，新的記憶和舊的記憶被一次斷然撕裂，從此成為兩種截然不同的生活。第二代於是在和故鄉相異的島嶼上成長，黃錦珠指出：「在父母的鄉愁和新島嶼的風華中長大的第二代，擁有的是回憶想像的失根和實際生活的紮根，二者可能牴觸較勁，互不相讓，也可能包揉涵融，醞釀新機。」[31]三代人雖然擁有不同的記憶，這些記憶卻匯聚在同一塊土地上，使得這一塊土地──也就是

---

[30]　郝譽翔，《衣櫃裡的秘密旅行》，天培出版社，2000 年，台北，頁 80-81。

[31]　黃錦珠，〈三代人的童年和回憶──讀陳浩的《一二三，到台灣》〉，《文訊雜誌》238 期，2005 年 8 月，頁 40。

新的家鄉，變得更為豐富、更為多元，不同世代曾有過不同的期待，歸根結底，都蘊含著對「家」的情感。

散文的寫作是最貼近生活的，外省籍第二代作家對於中國大陸的書寫仍在持續進行中，其觀點自然有別於出生成長在大陸的年輕作家，黃樹紅在〈閃現著中國文學的華彩──當代台灣抒情文學〉中指出：「近年來，台灣散文在數量上，似乎又冠於其他文體之首，台灣著名的散文家許達然說：『在台灣，據估計，一年發表在報章雜誌的散文至少有四千篇。所寫的內容，幾乎無所不包，……』台灣有些作家利用散文的表現靈活，寫得意象活潑，詩意盎然。這種特色的形成，與台灣散文繼承著我國古典散文乃至五四以來的優秀傳統和吸收外域散文的營養分不開。」[32]

文學的發展絕對不可能憑空而起，而是一脈相呈的，台灣新一代作家不但在血緣上和中國大陸有著直接承續的基因，在情感上有著糾纏的牽掛，其在文學上所受到的薰陶和影響，也是直接承襲自中國，融為骨血，既深且遠，無法劃分開來的。

祖籍廣東，分別在澳門、香港和台灣完成教育的張錯，雖然父親也是 1949 年才離開中國大陸，但是他的成長環境並非單一地區，第二故鄉又要比別的外省第二代來的複雜曲折，也因此，張錯寫道：「我想我畢生追求的不僅是一個家，還有一個國，不僅是一個國，還有一個家鄉。可是我一直身處在這種複雜的求索，有似莊生夢蝶，每次返台，自喻適志，卻不知家國之夢為家鄉，與家鄉之夢為家國？我半生飄泊在外，了無根蒂，萍蹤之餘，常有一種失鄉的缺憾。……可是我同時又懷著深深的恐懼，台灣──我的家鄉與

---

[32] 黃樹紅，《台港澳文學新探》，中國文聯出版社，2000 年，北京，頁 58。

國家，是一個巨大而不可預測的變數，每次我們在歷史中追溯前因，總是脫離不了無數的惋惜與追悔……」[33]

外省第二代對家鄉的情感，往往比第一代更加隱晦複雜，父母的故鄉對他們而言是陌生的，成長的故鄉對他們而言卻又因為父母的思鄉之情而不是絕對的，這種思鄉不可得的心情使得他們更容易選擇異國為定居地，而出現了另一類懷鄉文學。

祖籍江蘇的方瑜將成長所在的南台灣視為故鄉，但是即便同在一座島上，隨著時代的演進，故鄉依然在或主動或被動的改變著，刻意回到南台灣，重訪曾經居住過的巷弄的方瑜，她竟不能辨認：「明明仍是同一條巷道，為什麼如此疏遠陌生？似曾相識，又恍若初臨？我究竟是不是回到了故居門前？」[34]令方瑜感到哀傷的不僅是景物的改變，還有生活節奏也已截然不同，那一種讓她懷念眷戀的生命情調，等同於她對家鄉的記憶，瀰漫在空氣中，在她離開之後，已經悄悄消失。

因為經濟發展，而帶來整體環境與建築物的快速變遷，都市的面貌不斷更新，使得「懷鄉」再度成為新一代作者的文學主題，甚至不需要離散遷徙，懷鄉之情也會因為地貌的快速改變，油然而生。雖然面臨的大環境變遷同樣是個人之力無法扭轉，但是其中的無奈不同於以往的驟然扯裂，因為人倫分離的哀痛自然也減輕許多。

《中國當代文學》緒論中指出：「當代文學與當代社會現實的運動同步而行，與當代人的精神情感同感共鳴。當代文學作為當代社會現實生活的反映，最積極最活躍地表現著當代社會的運動過程和精神思想，因此，它的社會作用常常具有直接的效果。」[35]台灣

---

[33]　《中國時報》，人間副刊，1990 年 2 月 12 日。
[34]　《聯合報》，副刊，1990 年 3 月 17 日。
[35]　張鍾等著，《中國當代文學》，北京大學出版社，北京，1998 年，頁 2。

的懷鄉散文寫作，在第一代遷台作家的作品中，呈現出的情感是細膩、直接而又深刻的；第二代作家的懷鄉散文則顯得更為多樣，呈現出不同的面向，但也因為自身所處環境的變遷，所面臨的抉擇，而呈現出矛盾的心情。

由中國大陸來到台灣的外省第一代註定失去了故鄉，他們離家時還太年輕，數十年後得以返回家鄉時，家鄉的人事景物早已被時間改變，他們再也回不去，回不去故鄉，珍貴的青春時光也蕩然消失，他們在年齡尚輕時其實便已經因為失去故鄉快速老去，在返鄉後赫然發現失去的東西原來再也尋不回，不是返鄉之日得以補償的，這一份潛藏心裡複雜的無奈與傷痛，不知不覺間對第二代產生了深刻的影響。

在台灣的外省第二代向歷史質疑，向成長的環境質疑，也向自身質疑，因此在承襲自遺傳的鄉愁之外，也多了反思，這反思包含文化的認同、情感的糾結、命運的無奈。

文學世界的廣闊往往超乎預測，而文學史的延續，有時也不是現階段能夠準確予以評估的，這也就是文學家們能夠留下豐沛作品且讓人期待之處，新的懷鄉散文寫作仍在持續進行中，繼續為文學累積更多的材料，為歷史提供更多不同的角度。

第七章　結語

一、遷台作家懷鄉書寫在台灣文學發展史上的意義

從台灣文學發展的角度來看遷台作家的懷鄉書寫，在 50 年代，懷鄉文學為台灣開啟了文學史上新的一頁，1945 年台灣光復之後，原本在日據時期以日文寫作的作家們，一時之間還無法適應以中文來寫作，如果不是有前述的這些作家們從大陸來到台灣，從事文學創作，台灣的文壇在當時將是貧瘠而荒蕪的。當然我們也不能否認在日本戰敗後，台灣歸還中國，原本在日本佔領之下的台灣作家在台灣文壇的發展確實受到限制，必須由日文寫作改成中文，由於不熟悉而使得創作量減少，這也使得遷台作家的文學創作對於台灣文壇日後的發展發揮了更大的影響力，中國現代文學沿襲五四以來的精神徹底根植台灣年輕一代作家心中。

遷台作家的懷鄉書寫一方面抒發了自己心中的懷鄉之思，一方面也將大陸各省的風土人情、飲食文化、自然景觀、人文之美經由文字介紹給更多的讀者，不論是江南的娟秀、北國的粗獷，從小橋流水到鄉野傳奇，不同於台灣島國風光的大陸情緻在在豐富了台灣讀者的視野。遷台作家們身在異鄉，寫的卻是故鄉之事，如今在有心人士口中被指為不認同台灣，其實透過中國文化薰陶的心，寫出中國的人情故事，在當時能夠不分省籍的吸引讀者，是因為台灣人本就與大陸人擁有同出一源的文化，儘管風土不同，人情卻是相通

的,所以經過時間去蕪存菁所留下來的懷鄉文學作品,曾經在台灣文壇扮演著傳遞文化開啟文學新頁的角色。

遷台作家的懷鄉書寫在文學意涵上有傑出的表現,他們承先啟後,承襲中國傳統文學的優美雋永,以及五四以來白話文學的精神,展現出恢弘的氣度,在文辭的運用上,流露出豐富的情韻,同時蘊含了深刻的民族意識,使得許多作品在紀錄歷史的同時,也達到了文學美感。作家在異鄉忍受思鄉的折磨,有家歸不得的痛楚積累在深沉的鄉愁裡,他們在腦中將自己在故鄉所見所聞反覆思量,提筆為文,作品風格寫實與浪漫兼具,以寫實之筆記錄人情故事,以浪漫之情抒發心中抑鬱。

80 年代之後,有部分評論者開始將 50、60 年代遷台作家的許多涉及國共戰爭的文學作品歸為反共文學,甚至稱之為「反共八股」,這樣的說法是有失公允,企圖以偏蓋全的。50 年代遷台初期,國民黨經歷連年戰亂,又在戰事中失利,退居台灣,相較於大陸,已經是海角一隅,自然會多所控制,以避免退守的台灣也發生動盪,國民黨為了確保台灣安定,台籍作家固然若執意以日文寫作難以在媒體公開發表,外省籍的遷台作家儘管熟悉中文寫作,但不代表就可以盡情抒發己意,50 年代的台灣依然存在著許多禁忌,而懷念家鄉的情感除了是真實的心情之外,其實也是比較不容易觸碰執政當局禁忌的主題,大部分遷台作家的懷鄉書寫不是為了迎合執政當局投其所好,反而是為了抒發真情並且避開禁忌,這些禁忌包括了暴力和色情,當然也包括了左傾思想。

黎湘萍指出:「台灣當代文論表現出強烈的主觀主義傾向,不論這種主觀主義採取的是什麼形式──海德格爾式的存在主義或中國傳統的心學(心物合一、主客相容)──都表現了台灣中國人

處於激烈動盪時代飄搖不定的心態。」[1]二十世紀末的台灣，社會環境持續動盪，國民黨失去執政權之後，1949 年遷台者的身分受到質疑的情況更加明顯，每逢選舉，族群問題便再一次被提出，不同的族群有不同的主觀意識，這一些主觀的主張原本並非不具備客觀性，只是在一次又一次的爭論後，為了捍衛自己的主張，在企圖說服別人的同時，也能夠說服自己，其中的客觀性不斷消失，主觀性日益增強。猶如黎湘萍所提出的：「凡是主觀的時代都是軟弱的時代。」[2]五四運動產生的年代是中國歷經長久積弱不振的年代，是中國遭受列強不平等待遇的年代，因此當時知識份子會主張一切西化，忽略了中國文化本身的價值，抬高了西方科學的位置，在當時所面對的民族不幸中，形成崇尚西化的主觀意識。黎湘萍認為：「主觀的時代產生了許多烏托邦。隨著社會的進步，時代的發展，人們需要日漸滿足，人們可能會逐漸放棄這一烏托邦。當某種理論完成了自己的使命之後，新的理論又將隨著新的問題（需要）的出現而崛起，並漸漸形成某種新的『理論共同體』了。」[3]

　　從中國大陸遷徙到台灣的作家們，思及家鄉種種以及捨不下的骨肉親情，在在讓他們對於政治情勢感到無奈，傷懷中凝聚的力量在當時很自然轉化成為反共思潮，他們的主張是因為當時的時代孕育產生，原本是可以理解的，但是在政治力量的影響之下，80 年代後，不論是台灣的文學評論者還是大陸的，均將之視為八股，忽略了其中的文學價值，以及作家們寫作時的特殊背景。海峽兩岸交流日趨頻繁，我們與其對於這樣一段特殊歷史背景下產生的文學經驗視而不見，或如王德威所言，依賴「反反共」的新八股，將之斥

---

[1]　黎湘萍，《文學台灣》，人民文學出版社，北京，2003 年，頁 403。
[2]　同上註。
[3]　同上註。

為胡言夢囈，倒不如正視這些作品裡所記載的上百萬中國人遷徙飄零的悲傷與哀痛。所以，後人在閱讀 50 至 70 年代遷台作家的懷鄉作品時，應將當時的歷史環境納入，但是將自身所處時代的政治因素抽離，企圖以更寬廣的心態跳脫，然後去審視一個特殊時代背景產生的文學。

在討論到台灣學研究時，陸士清認為：「要使台灣文學的研究深入下去，必須將宏觀的把握與微觀的深入結合起來。所謂宏觀視角，包括縱橫兩個方面。也就是說既要將台灣文學置於中國文學的大傳統中作縱向的歷史的觀察，又要將之置於華文文學體系、以及世界，特別是二十世紀世界文學發展中加以審視。……台灣文學不是一個孤立的存在，而是在傳統和現代，中國和西方文化撞擊中發展的，只有從這個視角出發，才能真正把握它。」[4]陸士清認為，當大陸學者要研究台灣作家和其作品時，必須要考慮到，大陸文學和台灣文學都是同出一源，受到中國傳統文化的影響，其中的共通性是不容否認的，但是也不能忽略了，在 1949 年以後，由於中國大陸和台灣社會制度不同，對外開放的時間及程度也有所不同，因此在作家養成的文化背景上也會有所不同，將此背景因素考慮進去，才不致產生主觀的偏差。

劉登翰、莊明萱、黃重添和林承璜共同主編的《台灣文學史》，在討論到台灣思鄉主題的作品時，指出：「總體看來，仍反映歷史的生活內容，顯露當時的社會心理。在風格上，具有現實主義文學的色彩。」[5]我認為，遷台作家的懷鄉寫作融合了寫實主義和浪漫主義，其中浪漫的成分不應被忽略，從此一觀點來看，就不難發現

---

[4] 陸士清，《台灣文學新論》，復旦大學出版社，上海，1993 年，頁 11。
[5] 劉登翰、莊明萱、黃重添和林承璜主編，《台灣文學史》，海峽文藝出版社，福州，1993 年，頁 40。

遷台作家的作品因為參雜了思鄉的情感，因為渴望扭轉離鄉背井的命運，在作品中形成了一種不知不覺的主觀思維，在經歷了或是少小離家，或是拋妻棄子的命運後，提筆為文，台灣五十年代懷鄉文學的興起，不是偶然。也不全然是因為國民黨的文藝政策所促成，單只從政策面來看所有的作品，勢必失去客觀的角度。

二、承襲中國傳統文學中的羈旅與放逐

　　楊匡漢主編的《揚子江與阿里山的對話─海峽兩岸文學比較》一書中提出：「在考察同『放逐』母題有關的文學對象時，不難發現，台灣地區的文學為中國文學提供了特殊的文學形象和經驗，而且在那裡形成了兩種基本的形式。其一是本土的『孤兒意識』模式，它的產生應在 30 年代中期至 40 年代日本帝國主義大規模侵華、抗日戰爭爆發期間。其二是外省的『羈旅意識』模式，這是 1949 年以後赴台人員懷著『亡國』之痛和『復興』的渺茫希望產生的。前者深深烙上了殖民主義帶給中國人民的創傷，後者則是『兄弟鬩於牆』，意識型態發生分歧的不幸結果。」[6]

　　本書所討論的主題──1949 年遷台作家的懷鄉文學，也就具備了前述楊匡漢指出的「羈旅意識」，所論述的作品和作者的自身經驗顯然有相當程度的關係，這些作品的內容有強烈的時間和地域色彩，也有著個人的情感判斷，如果在討論這些作品時，只論其文學藝術性，而不兼及形成的歷史背景，所能領略的作品意涵勢必是非全面性的。所以，在閱讀 1949 年遷台之外省籍作家的懷鄉作品時，自然要對國共間的矛盾衝突有所瞭解，這些矛盾衝突終將成為歷史

---

[6]　楊匡漢主編，《揚子江與阿里山的對話──海峽兩岸文學比較》，上海文藝出版社，上海，1995 年，頁 136。

的一頁，逐漸成為過去，但是文學作品卻留了下來。楊匡漢指出：
「一般認為放逐或自我放逐也是 20 世紀的一個共同母題。事實
上，放逐或自我放逐也是從屈原以來的中國文學的母題。不同的
是，戰後的自我放逐，是世界性精神荒原裡的普遍現象；而中國
傳統意義上的『放逐』，大抵都是出於政治的原因而被迫飄破異
鄉。」[7]

　　1949 年的國共戰爭，造成來自中國各省大規模的人口遷徙，
海峽兩岸的隔絕長達四十年，被迫遷徙的人們從此人生改寫，有著
截然不同的命運。因此，1949 年遷台作家的懷鄉作品，除了其中
蘊含的文學價值外，也反映出當時流離失所的外省族群的心懷，以
及外省籍人士出抵異地時的生活情形，這些在文學價值之外，還同
時涵蓋了歷史意義價值。文學紀錄人生反映情感，也因而和當時的
社會緊密結合，人類的情感是跨越時空依然存在，依然感動人心
的，張泌所寫的：「等是有家歸不得，杜鵑休向耳邊啼。」今人讀
時依然能領略其中無奈的漂泊感。在人類的歷史上，羈旅意識所產
生的影響，以及所呈現的面向，往往是同時呈現在肉體和精神。

　　關於放逐，塔柏里認為：「一個人被迫離開家鄉，雖然屈迫他
上路的力量可能來自於政治、經濟，甚至純然是心理作用。但是肉
體上感受的壓力，或是沒有即臨的壓力而自己做的決定，兩者在本
質上沒有什麼差別。」[8]

　　不可否認的，造成 1949 年國民黨政府遷台的原因和政治脫不
了關係，我們應該如何看待 1949 年之後兩岸的的文學作品，如果
將政治因素完全摒除，可能在理解上出現偏差？如果將政治因素納

---

[7]　同上註。
[8]　塔柏里，《放逐的解剖》，轉引自楊匡漢主編，《楊子江與阿里山的對話——
　　海峽兩岸文學比較》，上海文藝出版社，上海，1995 年，頁 137。

入日後文學論評時的背景因素，又可能因為立場和選擇的角度，無法公平對待，這都是需要思考的。羈旅意識原是中國文學中傳統便有的母題，1949 年之後的台灣文學更是頻繁出現，從五十年代的懷鄉文學，到後來七十年代的留學生文學，甚至八十年代都市文學中所描寫現代人的冷漠疏離與自我放逐，其中都不脫放逐這一個主題，並且從軀體上放逐，一步步走向精神上的放逐。

在討論台灣的鄉愁文學時，古繼堂指出：「80 年代之前，鄉愁詩是台灣詩的重要品種之一。從藝術上看，台灣的鄉愁詩到了相當高的境界。像紀弦的《二月之窗》、余光中的《鄉愁》、蓉子的《晚秋的鄉》、文曉村的《想的不願想》、秦嶽的《望月》、李春生的《睡醒的雨》、朵思的《鄉愁》等，均屬此中佳作。鄉愁詩到了 80 年代，隨著人們思維的深化和擴展，隨著社會生活境況和形成它的基因的演變。理論上和創作實踐上，均突破了原有的範疇和框限，增加了新的內涵和疆域。」[9]

古繼堂將鄉愁分成廣義的鄉愁和狹義的鄉愁，廣義的鄉愁包含了田園、山水等主題，因此對於鄉野的盼望、純樸田園的嚮往、原始自然的追求，甚至於對童年的眷戀，都可以納入廣義的鄉愁。而狹義的鄉愁則是被迫在外的遊子對故鄉的思念惦記。詩的意含常是文字表面含蓄內裡蘊藏深刻情感，讀來特別讓人感動，懷鄉主題本來就是中國文學傳統裡重要的主題，詩人借物象徵懷鄉之情的作品有很多，時常出現在古典詩歌中的象徵意含，在現代詩中依然延續了傳統，在台灣的現代詩壇中呈現出一種獨特的古典風格，可見懷鄉的心情古今皆同。台灣的現代詩人們很自然地傳承了中國古典文學，在創作時運用傳統意含結合現代詩的寫作手法，由於他們也受

---

[9]　古繼堂，《台灣文學的母體依戀》，九州出版社，北京，2002 年，頁 208。

到西方現代主義的影響，因此他們的作品在屬於中國的古典意境中，又多了西方的現代感，形成一種不同於中國大陸同時代現代詩的新韻味。

　　和新詩相較，散文創作更貼近於作者的生活，新詩以詩化的語言，揉合了象徵的手法完成的創作形式，散文更接近白描，作者有時運用更直接的方式向讀者敘述一段記憶，在台灣的懷鄉文學中，散文作家將對故鄉的風土人情娓娓道來，藉此抒發思鄉情懷，他們的文字，不僅抒發了一己的思鄉之情，同時也安慰了有相似經驗的讀者孤寂的心情。古繼堂認為台灣散文承繼了五四以來中國新文學的傳統，他指出：「假如沒有中國五四新文學和新散文的豐厚傳統，也許就沒有今日花團錦簇、萬紫千紅的台灣當代散文。除了我們上面所講的台灣散文從三四十年代新散文傳統發展下來的清晰脈絡外，另一個不可忽視的事實是，台灣當代散文中許多老一代的作家，他們自身就是三、四十年代中國新散文的一員，比如：梁實秋、胡秋原、臺靜農、田歌川、陳紀瀅、蘇雪林、謝冰瑩、張愛玲、孫陵、吳魯芹、張秀亞、林海音、徐鍾佩、宣建人等。這些作家是與三四十年代新散文直接聯繫的人物，他們自身就是一座座連接隔代散文和海峽兩岸散文的活的橋樑。」[10]這些作家在他們的作品中描寫故鄉，不僅是一種家國情感上的傳遞，也是文學傳統上的傳承。對於已經數代定居台灣的台灣籍人士，也產生某種程度的影響，人類文化本來就會隨著自身的遷移，以及他人的移入產生變化，因此當討論到台灣本土文學時，不能忽略掉 1949 以後遷台的外省籍作家，就如同我們不能只以原住民文學來代表台灣文學是一樣的。

---

[10]　古繼堂，《台灣文學的母體依戀》，九州出版社，北京，2002 年，頁 42。

　　對於鄉愁，1949 年由中國大陸來到台灣的作家們的懷鄉之情是自然而然的，但是，在台灣出生的外省第二代作家，心情就要來得更糾結複雜，還有孩提時代隨家人由大陸來到台灣者，他們清楚自己的籍貫，對於所謂的故鄉卻沒有清晰的記憶，他們在鄉愁的夾縫中，因為缺乏記憶作基礎，所以鄉愁對他們而言似乎也不那麼順理成章，卻也不能徹底擺脫，對於故鄉有著一種既熟悉又陌生的曖昧情感。

　　本書雖然討論的主題是 1949 年遷台作家的懷鄉書寫，但由於鄉愁是文學寫作永恆的主題，加上外省第二代曖昧的懷鄉情緒，使得他們以另一種方式在作品中展現對故鄉的情感，探親文學是其中一種，以文字轉述父母的成長記憶是另一種。如同劉大任所說的「不能自已地陷於這種既似血緣的本能感動，又像是莫名的文化鄉愁的混雜情緒之中。」[11]出生在台灣的外省籍作家，開放探親後，許多人曾經到過籍貫欄上填寫的故鄉，故鄉的種種卻可能和想像無法貼合，因此在既有的複雜矛盾情結中，又出現了新的矛盾，甚至於對故鄉的認同有了新的詮釋。

　　探親文學的出現，也是海峽兩岸隔離數十年後所產生的特殊文學現象，古繼堂將探親文學稱為回歸文學，不過回歸文學的範疇更廣。他認為：「海峽解凍之後，台灣的詩人們紛紛回到大陸探親，多年的回歸夙願得以實現；急切的鄉愁飢渴得到了緩解；許多鄉愁之夢變成了現實；……這種從思念到團聚，從夢幻到現實，從懸思到熱淚，是一種生活型態和情感型態的轉變。這種轉變也將詩人筆下的詩篇，由鄉愁詩推到了回歸詩的階段。原來的記憶、想像中的山水、故鄉的面貌，親人的形象等，統統變成了眼前實景，身邊真

---

[11] 劉大任，《杜鵑啼血》，洪範書店，台北，1990 年，頁 170。

相。因而，隨著海峽解凍，兩岸同胞交流、探親、旅遊、投資、觀
光日益頻繁，台灣的鄉愁詩逐步向回歸詩轉化。回歸詩是台灣詩歌
史上的新事物，它具有自己特定的歷史背景和時代內涵，它記載著
一個新時期的開始，它反映著一種新情感的產生。」[12]探親文學承
襲著血緣中的基因，而回歸文學卻不一定有直接的血緣，更多是來
自於所謂的「文化鄉愁」。

　　台灣詩人秦嶽在返鄉探親後曾經寫過一首詩〈夜宿鄭州〉，詩
是這樣寫的：「凝視著冷冷的故鄉的夜／屬於臘盡冬殘的青空／有
淡淡的月，舒舒的星／在小小的窗口／守護著一室的落寞和空寂
偶爾有雲經過／一如我離家時踉蹌的腳步／未留下任何承諾與訊
息／就匆匆地開始了無休止的漂泊／直到晨曦升起／照著我一無
睡意的醉眼／才驚訝的發現／那魂牽夢繞了四十年的故鄉／突然
猛力一把／擁我入懷」詩中有著淡淡的傷懷，但是也流露出故鄉給
他的溫暖，猛力擁他入懷。

　　楊匡漢指出：「中國古代和現代文學中，思鄉之作不絕如
縷，……只不過無論是哪一個民族哪一個地區，文學作品中的鄉愁
會像台灣這樣，在短時間內如此集中，如此色彩斑斕，富有我們這
個民族的傳統的悠久神韻。」[13]樓肇明進一步將台灣文學中的「鄉
愁」區分成「事實故鄉意義層面上的鄉愁；文化層面上的鄉愁；心
靈精神家園層面上的鄉愁。」[14]他認為 1949 年由中國大陸到台灣
的作家，親身經歷了歷史的滄桑，所以在作品中真實呈現了屬於他
們這一代的離愁。樓肇明認為台灣作家筆下的鄉愁「往往有一種宏

---

[12]　古繼堂，《台灣文學的母體依戀》，九州出版社，北京，2002 年，頁 209-210。
[13]　楊匡漢主編，《中國文化中的台灣文學》，長江文藝出版社，武漢，2002 年，
　　　頁 213。
[14]　樓肇明，《八十年代台灣散文選》，中國友誼出版社，1991 年，頁 18-22。

闊深沉的中華民族往昔光輝燦爛的自豪感，和基於近代中國受辱歷史的憂患感，且這民族意識和歷史意識的呈現，因空間和時間距離的睽違，經創作主體漂泊浪跡無根的強烈情感色彩的渲染。」[15]

如同前述樓肇明所言，第二代的鄉愁除了承襲自父母的記憶，也還有文化意涵上的鄉愁，一種認同，一種嚮往，因此他們所書寫的懷鄉之作，不單單是出於個人的情感和血緣，同時也是出於民族的文化和歷史，成長在台灣的外省第二代，雖然沒有親眼見過故鄉，卻從父母口中和教科書上得到一個看似完整其實抽象的印象，因為距離和情感，這印象甚至出現了某種程度的美化。這樣的懷鄉之作，在海峽兩岸隔絕的年代，是或唯美或沉痛的浪漫文學，美的是一種嚮往，痛的是對民族悲劇的感傷。但是當海兩岸交流日漸增加之後，原本的有家歸不得的悲傷逐漸減低，而故鄉的真實面貌卻和嚮往中的故鄉有所出入，於是產生質疑，這種對於故鄉情感帶有質疑的思考，是出生在台灣第二代外省人的另一種情緒，以台灣作家郝譽翔為例，本書在關於台灣第二代懷鄉書寫中對於她的作品有更多的討論，年輕歲月浸淫於中國浩瀚的文學世界，唐詩宋詞的意境影響著她，她想像中的中國是絕美精緻的，但兩岸隔絕數十年，在初開放之時，因為隔閡而產生的差異，難免造成想像中的落差，表面上看似乎對於故鄉缺乏認同，但若是對這落差的起源進行更深一層的探討，就會發現仍是因為自身原本已有的懷鄉情緒而產生，所以這樣的情緒不會發生在異國。

陳浩的散文集《一二三，到台灣》，文集中包含了三代人的親情書寫，書中的第一代在戰亂中成長，又因為戰亂遷徙到台灣落地生根，新的記憶和舊的記憶被一次斷然撕裂，從此成為兩種截然不

---

[15] 同上註，頁 21。

同的生活。第二代於是在和故鄉相異的島嶼上成長，承襲父母的鄉
愁和成長於新島嶼的風土人情的第二代，擁有的是既濃烈又虛幻的
回憶，甚至還有想像，以及對於實際生活的紮根，回憶面和實質生
活面這二者可能有所牴觸，也可能互相包容。三代人雖然擁有不同
的記憶，這些記憶卻匯聚在同一塊土地上，使得這一塊土地—也就
是新的家鄉，變得更為豐富、更為多元，隨著時間的推演，不同世
代有過不同的期待，歸根結底，都蘊含著對「家」的情感。

　　文學的發展不是憑空而起，而是有其根源，一脈相承的，台灣
新一代作家不但在血緣上和中國大陸有著直接承續的基因，在情感
上有著矛盾糾結難解的牽掛，他們在文學上更是直接承襲中國文化
的薰陶和影響。但是不可否認，外省第二代對家鄉的情感是隱晦而
複雜的，父母的故鄉對他們而言其實是陌生的，成長的故鄉對他們
而言熟悉，但似乎又不是絕對的，這種思鄉不可得的心情，有時反
而促使他們選擇異國為定居地，出現了另一類懷鄉文學，也就是所
謂的「留學生文學」。

　　楊匡漢主編的《中國文化中的台灣文學》中便指出「從台灣地
區的實情來看，歷史與現實的羈旅現象特異而且複雜，……有些是
出於現實政治的原因，在海峽兩岸對峙的情境下流落台灣，造成了
『我不是歸人，是個過客』的流浪心態。……近 50 年來離開台灣
地區，留學或移居他國的現象較為普遍，他們既思大陸又念台灣，
空間的雙重轉移變成望鄉的雙向投射。」[16]

　　台灣學者簡政珍在剖析台灣第二代文學創作者時，認為「1949
年以後出生的詩人是放逐者的後代，他們出生不久即陷入意識上對

---

[16] 楊匡漢主編，《中國文化中的台灣文學》，長江文藝出版社，武漢，2002 年，
頁 36-37。

於家的辨正。一方面，新生代在成長中感受自己仰望的穹蒼，腳下踩的泥土就是家的所在，不是一個已成朦朧的抽象意念。另一方面，那遙遠的大中國藉由教育已滲入人人的意識。新生代不知不覺中已和那無形的意識牽繫。思鄉不一定遙望海那一邊，如上一代渡海來台的詩人，把它轉換成眼放中國的意識。……前一輩詩人把思鄉的個人經驗融入民族風這個綿延的傳統，寫了不少成功的作品。新生代詩人表現的民族風，不是明顯的思鄉之情，或放逐之感，而是前一輩部分詩人從西方文學的詩風中走失後，新生代詩人在中國文字或形式上的自覺。所謂民族風不是以詩的題材或詩的主題作為唯一的憑藉，而是在詩的表現方式，包括遣字造詞、長短句的控制、詩的韻律感、意象的處理方式上，讓人覺得這是中國人寫的。」[17]雖然簡政珍前述的討論是針對現代詩的寫作，但就其根本的文化意涵對創作精神的深層影響，則放諸於散文和小說，亦有同樣的情形，儘管表現形式有所不同，影響卻是相同的。

　　在台灣現代文學的發展上，1949 年由大陸遷至台灣的外省籍作家們有著不容忽視的影響，他們之中許多人在台灣生活超過半個世紀，文學史不應該只用一個「戰鬥文藝」的名詞，就忽略掉他們的成績，甚至是貶抑他們，中國當代文學史的撰寫也不妨將台灣的部分納入，台港澳地區在文學創作上既然同是使用漢字，且同樣自中國傳統文化和古典文學中汲取養分，將其納為中國當代文學的一部份，以更寬容的態度來看待，不再陷溺於過去的政治思維，固執的不肯給予新的價值意義，如能這樣做，文評者將發現 50、60 年代台灣文學的藝術價值是凌駕於大陸文學之上的，而此一事實也註定影響著台灣 70 年代的文學發展勢必優於大陸。

---

[17] 簡政珍，〈由這一代的詩論詩的本體〉，台北，《中外文學》1990 年，第二期。

　　對於 1949 年遷台外省籍作家的作品，同樣身為中國大陸遷台人士的台大外文系教授齊邦媛將之稱為「漂流文學」，她認為漂泊是文學中重要的主題，對於部分文學評論者只將注意焦點放在作品中顯現的反共思想，她認為是有失公允的，且當時國民黨政府提倡「反共抗俄」，某種意義上是為了撻伐色情和暴力作品，希望端正社會風氣，反共思想有其特殊背景，而當時國共戰爭國民黨退居台灣，反共其實也是凝聚民族意識的一種途徑，畢竟遠離家鄉是既成事實，她寫道：「即使真正的軍中家的作品也並非都是『戰鬥文學』，而『反共懷鄉』作品也絕非無病呻吟。除了質量豐富的新詩外（詩人瘂弦、洛夫、辛鬱、管管等），有一些小說由於藝術價值和題材的歷史意義而傳誦數十年而且必可傳世的，如姜貴的《旋風》和《重陽》、陳紀瀅的《荻村傳》、潘人木的《漣漪表妹》、朱西甯的早期短篇小說如《旱魃》、《八二三註》等，司馬中原的《荒原》、《狂風沙》和早期短篇小說等，情意深摯，引起廣大共鳴，也曾給青年作家相當影響。但是他們在這個不幸的政治掛帥的世界，既被貼上『反共』標籤又被責為『壓根兒不認識這塊土地（台灣）的歷史和人民』（見葉石濤《台灣文學史綱》），在大陸和台灣文學史中都找不到有尊嚴的地位，將只有作 1949 年辭鄉後的第二度漂流了。」[18]

　　齊邦媛認為 1949 年遷台外省籍作家的創作其實是一種悲情的昇華。雖然遷台作家們的懷鄉寫作是本能的以文字抒發情懷，但是作為閱讀者，依然應該客觀的給予其基本的肯定。當時遷台的作家們的憂心不僅僅是個人的骨肉離散所造成的人生悲劇，也是眾人離鄉背井的遺憾難平，以及整個中華民族未來將走往何處？

---

[18] 齊邦媛等著，《評論十家》，爾雅出版社，台北，1993 年，頁 41。

　　1949 年遷台作家作品，在文學性之外，同時蘊含深刻的歷史性，而這些歷史因素，寫作者懷抱主觀的情感，閱讀者又何嘗不是具備了主觀的情感，這歷史和情感因素不但是這些作品感人之處，也正是引發非議之處。以同一立場審視，遷台作家的寫作有其歷史因素，強調台灣文學本土性的文學評論者也有其歷史因素，我們同樣不能忽略，1945 年之前的台灣，由日本佔據，在日據時代出生的台灣籍作家，他們的成長是被大環境所撕裂的，他們同時受到日本文化和中國文化的影響，年紀更大一些的作家，他們在年輕時以日文寫作，直到對日抗戰勝利後，才有機會學習或者是說受到政治環境轉變的影響必須學習中文，台灣歷史並非在 1945 年以後才發展出來的，台灣與中國的隔閡和牽繫可往前追溯近四百年，三百餘年來的台灣人民為了適應生存環境，已經發展出一種屬於台灣風土的拓殖者，同樣的對於這一種歷史現象，我們在研究台灣文學時也不應當忽略。

　　1949 年遷台的作家，和大陸有著直接血緣上的聯繫，所以產生羈旅和漂泊的心情，但是更早一代台灣籍作家，他們移居台灣已經數代，對於中國，血緣上的牽繫不那麼直接，甚至已經難以尋找，因此產生了一種孤兒的心情，台籍作家吳濁流所寫的長篇小說《亞細亞的孤兒》闡述的便是這一種孤兒心情。小說中胡太明在台灣受到日本殖民者的欺壓，嚮往中國，終於來到中國後，因為來自日據地區，而被誤認為是日本間諜。楊匡漢指出台灣當代作家「在作品中傳達了一種在『正統教育』之外尋求歷史真相的意向，以寬容、人道的態度，理解歷史雲霧中人物的特殊處境，開掘常常被塵垢所掩埋的蒙發『孤兒意識』的真實原因，即歷史的特殊際遇變成了雙重放逐者。」[19]

---

[19] 楊匡漢主編，《中國文化中的台灣文學》，長江文藝出版社，武漢，2002 年，

　　不可否認的，文學作品在某種程度上多少反映出作者所處的時
代的特質，即使是非寫實的武俠小說或是科幻小說，其價值判斷或
是思考邏輯還是受到該時代的背景影響，更何況是傾向寫實風格的
懷鄉文學呢？隨著歷史的演進，文學也產了相當程度的變化，1949
年國共戰爭造成了中國的分裂，使得許多家庭因而分崩離析，來到
台灣的外省人成為歷史因素造成的漂迫者，有家卻不能回去是人生
中的大悲劇。從離鄉到返鄉，是一條漫長的人生道路，對於走上這
一條路的人，以寫作來抒發其心緒，其實可以說是情感上的沉澱與
昇華。台灣和中國從文學的角度來看，兩地的人民閱讀相同的古典
作品，有著相似的生活禮俗，形成類同的文化氛圍，在此一歷史和
文化背景之下，對於曾經是日本殖民地下的台灣，人民受到不平等
的對待，所產生的孤兒心情；或是 1949 年的散離歷史影響了許多
人的一生，產生的羈旅漂泊心情，我們即便沒有相似的遭遇，但也
可以嘗試著理解，至少不應該忽視這段歷史，更不應該扭曲，如果
我們將華文視為一種文化符號，那麼，在此一共同符號之下，已具
備一種認同，現在應該有的是更多的包容和尊重。在海峽兩岸交往
日益頻繁的今天，原本的隔閡逐漸在消弭中，新的關係和新的文化
逐漸被建立，在瞭解面逐漸擴大的基礎下，台灣的懷鄉文學將出現
新的一頁。

三、台灣懷鄉文學在中國當代文學史中的位置

　　二十一世紀，有愈來愈多的人由台灣前往大陸，並在大陸定
居，新的懷鄉情感已經展開。在此時回顧台灣 50、60 年代興起的

頁 38。

懷鄉文學，我們可以理解因為當時有其特殊的時代背景，懷鄉成為一種受到認同的思潮，既然曾經成為一種文學主流，難免良莠不齊，有些作者迎合流行，作品中缺乏真實感情，也有作者雖然情感濃郁，但是缺乏文學技巧，也難寫成佳作。在 50、60 年代的台灣出現了不少以寫作大陸家鄉為主題的作品，當然並非所有作品都值得傳世，但是時間將會淘汰掉濫竽充數之作，留下來的文學作品，後人能給予公平的機會。懷鄉文學，既為文學，當然不一定要完全符合歷史，更何況真正的歷史為何？常常也難以論定，對作者而言，文學作品符合的事實是主觀的事實，而非客觀的事實，畢竟這不是史實的撰述，而文學主觀的陳述，難免受到作者一己之經歷、情感、主張的影響。

　　文學的評論或詮釋並不能等同於文學作品，有些文學評論者在未熟讀所有文本前，便輕率的依照其他人的批評作出了歸類，這樣的態度，不僅對自己、對作者，尤其是對讀者是不夠負責任的。黎湘萍指出：「一種文學理論或者文學批評，可以對文學創作現象進行極其深刻而詳盡的剖析，這種剖析有很大一部份是從作品所展現的充滿豐富內涵和『潛力』的藝術化意義世界當中得到靈感；此外，文學理論與它所從生的歷史文化和生活世界的關係也常常要通過創作的仲介。但是，不論它與文學創作有著怎樣密切的聯繫，它似乎都擺脫不了這一『宿命論』：1、它並非作品本身，而是關於作品的『意識』；2、它只是作品的某種被實際理解了的某一方面的『意義』。這個被深刻地理解、發現和再創造的『意義』取決於作品，也取決於理論家和批評家對於文學藝術以及自己的生活秩序和歷史文化理解的程度。」[20]也就是說，當評論者在處理台灣的懷鄉文

---

[20]　黎湘萍，《文學台灣》，人民文學出版社，北京，2003 年，頁 402。

233

學時，不論是針對其藝術性作出評論，或是企圖為其在文學史上尋找位置，都需要先對當時的歷史文化有充分的理解，而此一理解不是僅僅站在自己的立場，而是站在創作者的立場。

但是黎湘萍又同時指出：「作為人們追求意義和價值的方式，文學作品和理論才在同一基礎上統一起來。只有這樣看，才可能理解理論和文學創作現象的所謂『多元性』。正因為這樣，每種新範式都是自己時代的產物。任何超越意識都難以超越自己的侷限。這也是一個語言學悖論，它是一個擺脫不掉的自我囚禁的『囚籠』。」[21]如果任何超越意識都難以超越自己的侷限，是一個語言學悖論，我們更應該以寬廣的態度來面對，而不是促使作品的「意識」和「價值」更加窄化。

台灣詩人余光中曾經以〈當我死時〉為題，寫下一首詩：「當我死時，葬我，在長江與黃河／之間，枕我的頭顱，白髮蓋著黑土在中國，最美最母親的國度／我便坦然睡去，睡整張大陸／聽兩側，安魂曲起自長江，黃河／兩管永生的音樂，滔滔，朝東／這是最縱容最寬闊的床」[22]詩人詩中的懷鄉情感是寬闊的，詩人心中嚮往的祖國──中國也是寬闊的，在文學的領域裡，寬闊得以擁有無限空間，而文學批評者企圖尋找以及強化其中某一層面的意義，是為了加深讀者的理解，但是此一理解卻很可能是非全面性的。

對於台灣的懷鄉文學，古繼堂認為：「台灣是個移民島，兩千三百萬人幾乎都是大陸的移民和他們的後代，尤其是 1949 年的二百多萬移民中又有許多文人。移民島的特色決定了文學的鄉愁特色。海峽兩岸開始解凍之前，鄉愁文學，如鄉愁詩、鄉愁散文、鄉

---

[21] 同上註，頁 403。
[22] 余光中，《敲打樂》，九歌出版社，台北，1986 年，頁 55-56。

愁小說是台灣文學的重要品種，也是台灣文學中最有情，最感人，寫的最好的部分。……鄉愁文學最大的特點是，作者的身分是『獨在異鄉為異客』，作品的題材是對舊日生活的懷想和回望。題材的過去時和情感的現在時形成巨大反差。這種文學的構成，必須具有兩大差距，即空間上和時間上的差距。」[23]

　　台灣是一座面積不大的小島，曾經被荷蘭人和日本人佔據過，1945 年對日抗戰勝利之後，日本將台灣歸還給中國，想不到，內戰緊接著發生，國民黨隨即在內戰失利的情況下，退守台灣。特殊的歷史背景，使得台灣人對於懷鄉的心情有深刻的體驗，在一座狹小的島上懷想廣闊的中原大陸，其中情感亦是壯闊的。古繼堂指出：「台灣的鄉愁文學在 1949 年以前便已存在，那時是老移民在異族殘酷的統治下，嚮往祖國和原鄉的親人。如巫永福的詩《祖國》、鍾理和的小說《原鄉人》皆是。1949 年，大批大陸人隨著國民黨崩潰的政權殘餘去到了台灣。其中一批文化人成為台灣鄉愁文學的作者，台灣的鄉愁文學驟而成了台灣文學的主色調。伊始，懷鄉和反共結合在一起，逐漸地反共內容淡化和消失，六、七十年代發展成了較為純正的鄉愁文學。八十年代後期，蔣經國宣佈開放部分台灣同胞回大陸探親。未久，全面開放台灣同胞回大陸探親、旅遊。大陸同胞也可以去台灣訪問、交流，於是鄉愁文學必備的兩個要素空間距離和時間距離逐漸地發生變化。期盼變成了現實，思念變成了擁抱，分離變成了團聚，於是鄉愁文學便向探親文學，回歸文學轉變。作品的敘述方式也由原來的懷想和玄思，變成了直觀式的體驗和感受的敘述。」[24]由懷鄉到探親，二十一世紀，有愈來愈多台

---

[23] 古繼堂，《台灣文學的母體依戀》，九州出版社，北京，2002 年，頁 206-207。
[24] 同上註，頁 207。

灣人選擇到大陸求學、就業或創業之後,又會出現另一種懷鄉文學,雖然科技使得距離大幅縮短,但是作為一種浪漫與真實兼具的懷舊情感,懷鄉之情依然會在眾多異鄉人的心中。

楊匡漢在討論中國文化對於台灣文學的影響時,進一步指出玉石母題在台灣當代文學中的出現,可說是一種隱藏的懷想之情,楊匡漢認為:「中華民族經過大憂患。台灣地區和大陸內地一樣,人民歷經滄桑,經受一代又一代人生痛苦與磨難。但苦難從未掩埋希望對人們的誘惑,人們對一切美好的事物總是執著地追求。先民以崇尚聖潔、委運乘化為人生旨題,或魂係自然,或張揚性靈,以衝決苦難所設置的層層堤壩。在原始思維的作用下,中國人潛意識裡既有天人合一的形上幻想,又有人與物互滲的自然崇拜。在『神與物遊』中,與人石互滲結拜而來的對石、玉聯成一體的原始信仰,演化為人文景象中的玉石原型,也是一種源遠流長的藝術母題。……觀察玉石母題在台灣當代文學中的延展,我們不可先驗地照套搬用,也不能移『神』取『形』去強求切合。……作為文學研究,主要是從玉石盤結的題材或意象入手,探討作品的隱層次──意境、情調、哲理。石、玉世界的深情真意往往不被人盡知。」[25]這一種屬於隱層次對中國傳統文化的嚮往,和前述的「狹義鄉愁」有所不同,屬於「廣義鄉愁」,是一種文化層面的嚮往,而非獨在異鄉為異客,對於故鄉景物、親人油然而生的直觀情感。

對於廣義的鄉愁和狹義的鄉愁,古繼堂以台灣當代文學為範疇作了以下的分析:「廣義鄉愁和狹義鄉愁,大鄉愁與小鄉愁作品界限的出現和區分,一方面表明時代生活和人們情感和思維的深入,

---

[25] 楊匡漢主編,《中國文化中的台灣文學》,長江文藝出版社,武漢,2002 年,頁 40-41。

擴展和豐富；另一方面也表明，作為生活和情感轉化而成的藝術，也更加精細、豐富和發展了。因為人們的思維總是在對外在客觀事物的認識中深化的，人們對外在客觀事物的認識愈深入，愈擴展，人們自身的思維功能就愈強化，愈趨於成熟。人們的情感也總是在對外界的接觸和交往中，不斷豐富和昇華的。人們對外界感觸的愈深，交往的愈頻繁，人們的情愫就愈活躍，愈高漲。」[26]六十年代台灣的懷鄉文學，大多屬於狹義的鄉愁文學，當時內戰方休，社會局勢不安定，海峽兩岸處在隔絕的狀態，由大陸來到台灣的作家們，連家書都無法傳遞，對於團聚的渴盼就更無從說起，鄉愁直接反映在對於家鄉風土人物的想念，大則期盼能見父母一面，互訴別後種種；小到希望吃點家鄉味，聊慰思鄉情緒，起點望梅止渴的作用。台灣詩人秦嶽在詩作〈望月之一〉中寫道：「曾經山過／曾經水過／曾經風景過／曾經嚼著月餅溫馨的團員過／而如今／廣式月餅，只是街頭招來顧客的旌幡／道口燒雞也咀不出一絲故土的風味／今夜／月若是高懸的鏡／就舉頭望明月吧／拔地而起的阿姆斯壯／腳下仍踩著吾鄉泥濘的臉／吾兒看著我凝神而視的癡迷焦急地問俺可看到奶奶／於是，垂掛著的天河／在俺臉上氾濫成滴滴清淚，敲響了深藏著的美麗鄉愁／俺與俺兒在月光下對視著，無話可說／就低頭思故鄉吧。」可算是最典型的思鄉範例，月若是高懸的鏡，詩人多希望能在鏡中看見母親的身影，從家鄉食物的風味到親人的掛念，中秋節掛在天上的一輪月亮雖是相同的，但是每逢佳節倍思親的心情卻截然不同啊。

「過客」曾經是許多初到台灣的外省人的心情，然而他們沒有想到的是，後來他們當中絕大多數人竟然在台灣終此一生，台灣已

---

[26] 古繼堂，《台灣文學的母體依戀》，九州出版社，北京，2002 年，頁 208-209。

然成為他們的第二故鄉，但是作家的心裡依然對於初始的家鄉念念
不忘，相信如若讓他們回到故鄉定居，其中許多人又會反過來牽掛
台灣的種種事物，這些因為政治局勢而大批遷移的人們，當他們離
開家鄉的那一天起就已經註定，不論他們日後選擇居住在何處，都
無法擺脫「懷鄉」情結。楊匡漢指出：「在作家筆下，心靈的漂泊
與放逐，以生命的歷史化為特徵，『尋根』的趨向是文化認同，是
對東方傳統精神的皈依，是遊子返歸母體途中對人生意義的重新追
尋。」他又說：「這種尋找使羈旅母題顯映著作家及其筆下的人物
無常又難以消解的陣痛。身世如石縫中隨風飄落至此而求生存的雜
草，心靈在虛實邊緣飄蕩。……然而實在的人生漂流轉化成藝術上
的羈旅母題，字字行行，則是一種反放逐的生命掙扎，遍插茱萸
而尋求瞬間超越，這正是中國人文精神所固有的交相辯證之輝
光。」[27]

　　徘徊在難以返回的原始故鄉和其實已經成為第二故鄉的異鄉
之間，1949 年由大陸遷台的作家們，心中一直有著難以言喻的情
結，詩人向明在〈吊籃植物〉一詩中寫道：「從前他們說／你是一
棵不用著地的／移植的藿草／不再思念故土／貪戀現成的營養和
食料／現在他們卻說／你是一株不願著地的／寄居的藿草／只會
緬懷昔日的家園／難於認同眼前的窩巢／你的枯槁能為你說什麼
呢／你委實不想說什麼了吧／再這樣的氣溫下／反正離鄉背井這
麼久／說什麼也不好」向明以吊籃植物比喻由大陸遷台的所謂外省
人，離開了故土，活下去，活不下去，都惹人議論，也都自陷矛盾
掙扎，只能一日一日枯槁，這樣糾結的心情，時日一久，什麼都不

---

[27] 楊匡漢主編，《中國文化中的台灣文學》，長江文藝出版社，武漢，2002 年，
頁 40。

想多說了。其實說也說不清，人的情感畢竟不是數學公式，能輕易的加加減減。

　　初到異鄉時，抱著過客的心情懷念著家鄉，別人也能理解那種突然被連根拔起的痛，那種思念家鄉卻回不去的苦，劉登翰等人編寫的《台灣文學史》中就指出：「同期來台的一批文化人，大多也懷有這樣濃烈的情緒。他們熟悉以往在大陸的生活，且有種種深切的體驗。而在台灣，他們多少有一些『過客』的心理，對台灣尚需要一些深入瞭解的過程。這樣，以追憶大陸為題材，表現或寄寓綿遠的鄉愁的作品，即成為文壇的一種突出的現象。」[28]在五十、六十年代，台灣的讀者被遷台作家的懷鄉文學所感動，例如歸人的散文集《懷念集》和《夢華集》，收錄了不少懷念故鄉的散文，而梅遜也在《故鄉與童年》一書的自序中明白表示：「在回憶裡，一些被淡忘了人與事，又都十分鮮明起來，給我無限的甜蜜，也使我非常感傷。」[29]而祖籍黑龍江的梅濟民則在他的作品《北大荒》的自序中，將該書獻給「充滿寂寞的心靈，和那些充滿鄉愁的遊子。」[30]由上述的例子可以看出在當時的時代氛圍中，懷鄉之情是被理解且合於人性情感的行為。

　　但是到了七十、八十年代，對於以懷鄉為主題的文學作品出現了不同的批評，評論者將其中部分作品歸為反共八股，其他未被歸類的作品，也受到連累，對於這些懷鄉作品其中的政治層面，劉登翰等人編寫的《台灣文學史》認為「儘管在這一主題中，某些作品也潛藏著一定的政治意蘊，但多數的作家，卻迴避赤裸的政治介

---

[28] 劉登翰、莊明萱、黃重添、林承璜主編的《台灣文學史》，海峽文藝出版社，福州，1993 年，頁 38。

[29] 梅遜，《故鄉與童年》，大地出版社，台北，1967 年，頁 2。

[30] 梅濟民，《北大荒》，立志出版社，台北，1969 年，頁 3。

入，把懷鄉思歸的主題，建立在人性和人情更為普遍的情感層面上。」[31]懷鄉文學是不是政治八股，姑且擺放在一邊，遷台作家們對故鄉的思念隨著時間，受到了新的質疑，當他們在異鄉生活的年月已遠遠超過在故鄉度過的少年時光，為什麼生活在台灣，卻一直想念遠在大陸的家鄉，明明已經在台灣生兒育女，卻還要牽掛變的陌生了的家鄉。這也就是向明寫作〈吊籃植物〉的心情，從他們少年離家的那一刻起，漂泊已成這一代文人的宿命，他們註定在異鄉想念故鄉。

未來，懷鄉依然是中國文學的重要母題，在年輕一代作家身上，將以不同的面貌出現。

而現階段在台灣，從文學評論到文學史的寫作，都很難完全擺脫政治影響，不預設任何主觀的立場，尤其是文學史的編寫，不可否認的，這和台灣近百年的歷史有不可切割的關係。林政華指出：「台灣新文學創作及研究的蓬勃發展，不幸在 1937 年四月一日，日本台灣總督府禁用漢文，許多運用漢文字，乃至本土話寫作的優秀作家和研究者，被迫學習日文，並練習用日文寫作評論，其初期的生澀、低澀以及困難可以想見，以致始若干人封筆改行，冷卻文壇，傷害很大。

而雪上加霜的是，一些努力學習日文，並用以寫作的台灣文人，經八年抗日勝利後，政治上 1947 年的二二八事件不說，國民黨政府又宣佈禁止使用日語，就在 1946 年四月一日，國語（指北平漢語）普及委員會成立，主持全省推行國語的工作。」[32]

---

31 劉登翰、莊明宣、黃重添、林承璜主編的《台灣文學史》，海峽文藝出版社，福州，1993 年，頁 38。
32 林政華，《台灣小說名著初探》，文史哲出版社，台北，1997 年，頁 172-173。

　　由上述這段文字，可以發現台灣部分人民對於中國的認同和中國大陸的人民並不完全一致，他們出生在日據時期的台灣，對於日本有相當程度的認同，他們熟悉日文更甚於中文，所以當對日抗戰勝利，台灣重返中國時，部分人士並非欣喜若狂，終於回到祖國的懷抱，而不再是殖民地了，他們反而覺得不能繼續使用日文，是讓人困擾的。如果這些使用在 1937 年後因日本規定台灣人不得用漢字而改採日文寫作的作家們，對於中國有著絕對的認同，基於民族意識，他們應該非常樂意改用漢字。但是中國對他們卻是遙遠而陌生的，日本不論好壞，卻是直接接觸的，從他出生後就一直在他們週遭的，所以並非所有人在情感上都會對中國產生認同。

　　齊邦媛指出：「五四文化運動之後，新文學的特點之一是迅速地反映政治。各種名字的文學不斷地興起，也不斷地被政治潮流所淹沒。存留下來總其成的名字如革命文學、普羅文學、抗戰文學、反共懷鄉文學、傷痕文學……見證了短短七十年間中國只有苦難。憶昔抗戰勝利驟至，還鄉的喜劇未及上演，流離的悲劇又佔據了全國。甲午戰後清廷愚昧地揮霍割掉台灣，在被迫以日文為國語五十年後（日本佔據台灣的初期，依然有地下中文刊物發行，雖然學校使用日語，但是作家們依然使用中文寫作，台灣作家真正以日文寫作的時間，大約是十年。），又恢復讀寫中國語文。在光復初期，中文書刊、報紙副刊尚未找到文學寫作方向之際，隨著政府遷台的大陸作家反共懷鄉的作品漸漸萌芽、壯大，成了一股宏亮的聲音。」[33]

　　由此可見，懷鄉文學在台灣的出現以及產生的後續影響，不僅是因為一批大陸人來到台灣之後，數十年回不去家鄉的無奈與悲

---

[33] 齊邦媛，《千年之淚》，爾雅出版社，台北，1990 年，頁 29。

傷；50 年代也正是台灣作家在學習日文後，重新學習以中文來寫作的時期。遷台作家的懷鄉書寫中有一部份涉及抗日戰爭的主題，這一類作品在當時對於日據時期成長的台灣民眾而言，也多少產生了民族意識釐清的意義吧。而這些背景和動機的產生，都和政治密不可分。

　　近代中國人所面臨的苦難，對個人而言當然是漫長的歲月，處於中國近百年戰亂中的人們，文學對他們而言不僅僅只是一門藝術，而是具有更碩大的意義，更深遠的寄託，就如齊邦媛所言：「我出生在繼台灣之後，被日本人佔領多年的東北。自幼年起全家即隨著一生追求拯鄉救國理想的父親漂泊過半個中國，直到定居台灣，以此作埋骨之家鄉。我親嘗過戰爭的殘酷與恐怖，眼見過生生不息的希望、奮鬥、和更多的幻滅。中國的憂患已經融入了我的生命。文學對我從來不是消遣，也不僅是課堂上的教材，它是我一生尋求事實的意義，進而尋求超越的唯一途徑。」[34]和齊邦媛年歲相似的許多作者，相信都是抱持著這樣的信念，因此對於文學創作，他們無法輕鬆對待，將之視為一種消遣，一種興趣，他們個人的生命因為中國的憂患而沉重，他們只能對文學寄與更龐大的期望。

　　樊洛平認為：「一般來講，文學研究應以文學的本體性研究為重，但文學本身所涉及所融入的文化背景和文化資源，又使這種研究可以從政治學、社會學、歷史學、文化學、民俗學、心理學、人類學等多種角度切入，做出『越疆界』的探討。台灣文學不是一種孤立的存在，僅就文學談論文學是遠遠不夠的。台灣文學與民族文化的血脈淵源，它與地域文化的親緣關係，它在中西文化衝突中的發展變異，它受大眾化、商業文化影響的創作現狀，它對政治文化

---

[34] 同上註，頁 1-2。

的吸納與抗拒，它在民間文化、宗教文化之中得到的浸潤，都使其
具有豐富的文化內涵及其變動資訊。」

　　宏觀的對待文學研究，將可以有更寬廣宏偉的的研究成果，不
僅是將其形成的文化背景納入，在討論其相互間的影響時，如果也
能以更開放的態度來作討論，相信可以得到更客觀的結論。方忠指
出：「海內外很少有研究者自覺地將台灣文學納入 20 世紀中國文學
的框架中加以整合研究，更鮮有研究者能以宏觀的文學和文化視
野，全面自覺地審視大陸文學對台灣文學的影響，從而在源頭上清
晰地梳理出大陸文學與台灣現代文學的淵源關係。另一方面，隨著
大陸的改革開放，台灣文學以其獨特的風貌對大陸文學產生了較大
的影響，而大陸文學同時也登陸台灣，這種你中有我、我中有你的
文學互動關係，應該成為中國現代文學研究的重要課題。……台灣
文學研究應當由單純的、封閉的研究，走向整合的、開放的研究，
這樣既可以細緻地梳理台灣文學與大陸文化、文學間深刻的淵源關
係，又可因此更好地形成 20 世紀中國文學的整體觀。這在現在不
僅成為越來越多的大陸台灣文學研究者的共同理念，而且也已演化
為大陸台灣文學研究的一種趨勢。」[35]

　　文學的領域是廣闊的，以宏觀的態度來面對，將可以促進其更
加生生不息的成長與茁壯，作家創作的作品並不是在其完成時，便
已成就所有的意義，其作品和讀者之間產生的互動，以及對於日後
文學創作者的影響，都仍然在持續發酵，因此其文學生命日後還將源
源不絕發揮影響，整合且開放的研究台灣懷鄉文學，對於中國當代文
學的完整性將有正面影響，也是當代研究者對中國文化傳承的責任。

---

[35] 方忠，〈從紛紜走向整合──近期大陸台灣文學研究的一種趨勢〉，《文訊雜
　　誌》，台北，2005 年 12 月，頁 59-62。

後　記

　　2003 年秋天，我由台灣到成都四川大學讀博士，對於自己的人生，那可以說是一個轉折點，唯有往下走，才知道這樣的選擇，對往後的人生會造成什麼樣的影響？不同於過往在台灣求學的經驗，在川大求學的四年，讓我有了不同的視野，在蜀地迥然不同於台灣海島型文化氛圍的薰陶之下，也逐漸體悟了四川好山好水中孕育出特有的靈性，難怪李白、杜甫和蘇東坡這幾位大文豪都和四川頗有淵源。

　　四十歲了，才又回到校園求學，需要很大的勇氣，尤其還是來到對我而言十分陌生的四川省成都市。加上學術界和我原本工作的傳播界有著截然不同的文化特質，如果不是曹順慶先生的鼓勵與教導，我想我是絕對提不起這樣的勇氣。在成都修業期間，曹順慶先生和師母蔣曉麗先生不但給予我學業上的教導，對於異鄉的生活也同樣的予以關懷和協助，使我在面對困難時，得以堅持下去。

　　在台灣時，1949 年遷台作家的懷鄉文學寫作，一直是我所關注的課題，其特殊的形成背景，讓我傷懷也讓我感動，文學作品反映出作者所處的時代，隨著時間的推演，環境有所改變，文學也產生了相當程度的變化，1949 年國共戰爭造成了中國的分裂，也使得許多家庭因而破碎，來到台灣的外省籍人士是歷史因素造成的漂迫者，對於安土重遷的中國人，有家歸不得是人生中莫大的悲劇。值得慶幸的是此一歷史造成的悲劇，在開放兩岸探親之後，已經獲得了極大的紓解，也形成了新的文學創作動力。

　　從離鄉到返鄉，是一條漫長而痛苦的人生道路，對於走上這一條路的人，一生中有著難以彌補撫平的傷痛，他們不得已離開家鄉，忍受思鄉之苦，讓人感佩的是他們將因思鄉而引起的深刻情感，經過沉澱昇華成為當代台灣文學的養分。

　　當我在四川成都進行台灣的懷鄉文學研究之時，忍不住思索著，遷台的作家們在異鄉（台灣）懷念家鄉，寄情於創作，以期稍稍緩解思鄉之苦，而如今我在異鄉（成都）論述昔時他們因為身在異鄉不能返鄉而興起的種種心情，同樣是身在異鄉，雖然如今兩岸隔阻不再，回鄉之路暢通，但是今日的我在成都依然會有思鄉之情悄然漫上心頭的時候，將心比心，1949 年離家的人們，長達四十年的返鄉之路，一路走來有多少辛酸，真是讓人不忍往下想。

　　近年在台灣紛擾的政治局勢影響之下，許多事物都遭受到嚴重的分化，僅簡單以象徵藍綠的二分法，社會環境受到此一價值觀的影響，文學免不了也被賦予了更深一層的政治意涵。1949 年來到台灣的這一群人，他們對台灣的認同受到質疑，在二分法的社會環境中，認同中國就意味著不認同台灣，1949 年遷徙至台灣定居的人們，在台灣居住了數十年，並且孕育了第二代、第三代，他們早已將台灣視為第二故鄉，難道因為無法割斷對原始故鄉的情感與牽掛，就抹滅了他們對現居的第二故鄉的付出嗎？身為一名文學研究者，文學創作者，同時還是文學愛好者，我期待文學的世界應該是寬廣無界限的，環境情勢會改變，政治紛擾會成為歷史，而優秀的文學作品依然應該留存下去，讓不同時代的讀者有機會欣賞。

　　思鄉情懷是人類最真實也最自然的情感之一，王鼎鈞在他的作品中曾經提及，所謂故鄉就是祖先們遷徙的最後一站，因為童年的成長記憶，而在腦海裡埋下了切割不斷的情感。中國人一向對於生長的土地有濃厚的情感，離開家鄉往往是有重大因素，尤其是在交

通不便的年代裡，然而在數千年的歷史中，卻有多次因為社會動盪而造成的遷徙，這使得「懷鄉文學」在過去的中國文學史上留下許多重要的作品，也希望 60 年代台灣的懷鄉文學在當代華文文學史中，早日得到應有的位置。

寫作本書期間，翻閱 1949 年遷台作家的懷鄉作品，思及那種骨肉分離的錐心之痛，常使我不能自己，為中國人的傷痛感到心疼，也對中國人的堅強感到驕傲。對於二十世紀的中國人，經歷了生死戰亂、分別離散，期待在二十一世紀，中國大陸和台灣都能在穩定的環境中進步成長，在和諧的氣氛下快樂茁壯，不再有無奈的骨肉離散。

如今我任教於杭州浙江傳媒學院，回首這一條路，我是如何從台灣的報界轉業至大陸的學界，要感謝的人和事很多，馬森先生、龔鵬程先生、曹順慶先生都在其中扮演了關鍵性的角色，同時要感謝的還有昔時與我在台灣中央日報同事的朋友們，當我在成都求學時，江偉碩先生、朱春梅小姐及黎嘉瑜小姐都提供了最大的協助與支持。人生的機緣往往在開始時看不出端倪，非得往下走才知道結果，人生提供了我一個嶄新的機會，我願意努力讓自己更成熟。

另外值得感謝的是，我們夫妻有機會在工作多年之後，又一起回到校園，重新體驗校園生活，對於忙碌的現代人，無疑是相當難得的成長經歷，在成都修業期間，我們彼此扶持，共同度過 512 汶川大地震，一路走來，感情更加深厚。

很多人說，人生是一條長路，其間有很多不同的階段，對我而言，從川大畢業是一個階段的完成，也是一個新階段的展開，對於即將完成的階段，我的心中有許多感念，對於未來正要展開的階段也充滿期許，並且相信人生的轉折將是一種成長，讓自己的思想得以更趨成熟圓融，生活態度和視野也更加寬廣開闊。來到浙江傳媒

學院則可以說是下一個人生階段的啟始，我會時時提醒自己，仍將繼續再接再勵，不斷充實自己。

語言文學類　PG0353

鄉愁美學
——1949 年大陸遷台作家的懷鄉文學

作　　者 / 楊　明
責任編輯 / 藍志成、邵亢虎
圖文排版 / 鄭維心
封面設計 / 蕭玉蘋

發 行 人 / 宋政坤
法律顧問 / 毛國樑　律師
出版發行 / 秀威資訊科技股份有限公司
　　　　　114 台北市內湖區瑞光路 76 巷 65 號 1 樓
　　　　　電話：+886-2-2796-3638　傳真：+886-2-2796-1377
　　　　　http://www.showwe.com.tw
劃撥帳號 / 19563868　戶名：秀威資訊科技股份有限公司
　　　　　讀者服務信箱：service@showwe.com.tw
展售門市 / 國家書店（松江門市）
　　　　　104 台北市中山區松江路 209 號 1 樓
　　　　　電話：+886-2-2518-0207　傳真：+886-2-2518-0778
網路訂購 / 秀威網路書店：http://www.bodbooks.tw
　　　　　國家網路書店：http://www.govbooks.com.tw

2010 年 10 月 BOD 一版
定價：310 元
版權所有　翻印必究
本書如有缺頁、破損或裝訂錯誤，請寄回更換

Copyright©2010 by Showwe Information Co., Ltd.
Printed in Taiwan
All Rights Reserved

國家圖書館出版品預行編目

鄉愁美學：1949年大陸遷台作家的懷鄉文學 / 楊
明著. -- 一版. -- 臺北市：秀威資訊科技,
2010.10
  面； 公分. -- (語言文學類；PG0353)
BOD 版
ISBN 978-986-221-574-6(平裝)

1. 中國當代文學 2. 臺灣文學 3. 文學評論

820.908   99015588

讀者回函卡

感謝您購買本書，為提升服務品質，請填妥以下資料，將讀者回函卡直接寄回或傳真本公司，收到您的寶貴意見後，我們會收藏記錄及檢討，謝謝！
如您需要了解本公司最新出版書目、購書優惠或企劃活動，歡迎您上網查詢或下載相關資料：http:// www.showwe.com.tw

您購買的書名：_____

出生日期：_____年_____月_____日

學歷：□高中 (含) 以下 　　□大專 　　□研究所 (含) 以上

職業：□製造業 　□金融業 　□資訊業 　□軍警 　□傳播業 　□自由業
　　　□服務業 　□公務員 　□教職 　　□學生 　□家管 　　□其它_____

購書地點：□網路書店 　□實體書店 　□書展 　□郵購 　□贈閱 　□其他

您從何得知本書的消息？

　□網路書店 　□實體書店 　□網路搜尋 　□電子報 　□書訊 　□雜誌

　□傳播媒體 　□親友推薦 　□網站推薦 　□部落格 　□其他_____

您對本書的評價：（請填代號　1.非常滿意　2.滿意　3.尚可　4.再改進）

　封面設計____ 版面編排____ 內容____ 文／譯筆____ 價格____

讀完書後您覺得：

　□很有收穫 　□有收穫 　□收穫不多 　□沒收穫

對我們的建議：_____

_____

_____

_____

請貼
郵票

11466
台北市內湖區瑞光路 76 巷 65 號 1 樓

秀威資訊科技股份有限公司　　　收

BOD 數位出版事業部

⋯⋯⋯

（請沿線對折寄回，謝謝！）

姓　　　名：_____　　年齡：_____　　性別：□女　□男

郵遞區號：□□□□□

地　　　址：_____

聯絡電話：(日) _____(夜) _____

E - m a i l：_____